貴女 5 完

風文創 219

油燈 著

目錄

第八十一章

九月八日，楊府採買了很多做菊花糕需要的食材，一直盯著楊府的人將這件事情稟告給了孫明。

孫明冷笑一聲，親自到善堂，和善堂的主事——他的親弟弟孫亮——說了好大一會兒話，走的時候留下了一個小小的瓷瓶。

孫亮瞪著那個瓶子好半晌之後，才將它慎重地收了起來。

九月九日，辰時兩刻，楊府的角門駛出一輛馬車，出門的時候，馬車停了停，坐在車轅上的丁勤笑著對站在角門邊的中年男人笑道：「來喜叔，你放心吧，我不會耽擱太多工夫的。」

一直躲在暗處窺探的人眼睛一亮，等馬車慢慢駛出，那男人返身回楊府，關上角門之後，立刻飛奔給孫明報了信，告訴他楊家的點心已經出門了，送點心的是經常在外面跑的丁勤。

孫明冷笑一聲，把消息傳到了孫亮耳中，並讓傳話的人帶給孫亮一句話——

「出手要快！」

他不知道的是，那輛馬車雖然往善堂方向駛去，卻沒有駛到善堂，在善堂所在的街口停下，丁勤笑呵呵地和車裡人打了個招呼，從車轅上跳了下來，和車夫揮揮手，車夫打了一個響鞭，便趕著馬車走了——馬車裡坐著秋霜，她奉命將家中廚娘做的菊花糕送到齊府、張府。

馬車一走，丁勤便熟門熟路地往街口一家門面頗大的點心鋪子走去。前日敏瑜赴宴，他在這裡訂了二十斤菊花糕，約定今日上午過來取貨。他一個人自然是拿不了的，不過這家名為稻香村的點心鋪子有一項為人稱道的服務，凡是在他們鋪子裡消費超過一兩銀子的客戶，只要在兩里之內，就能送貨上門——善堂距此地不過百來步，自然在送貨範圍內。

孫大管家更不知道的是，就在丁勤笑呵呵地拿出取貨單，讓稻香村的夥計用那稻香村貼心地為客人準備的、沒有稻香村標誌的禮品盒將菊花糕包裝好的時候，後腳出門的楊府大管家丁來喜乘坐的馬車正好駛過稻香村店門口，停在了善堂的大門外，求見善堂主事孫亮。

在孫亮詫異的目光中，丁來喜簡單地做了自我介紹，而後笑著道：「我家少夫人命我送些菊花糕、菊花酒到善堂給老人們過節，我特意趕前一步過來和孫主事打個招呼，東西馬上就到！」

孫亮笑笑，先是萬分感激地代表善堂向楊夫人道謝，而後熱情地道：「大管家既然來了，就到裡邊走走轉轉，和老人們見見面、說說話……楊夫人這番善舉，你也可以和他們說說。」

「孫主事客氣了！」丁來喜笑呵呵的，道：「不過送點過節的點心而已，又不是什麼大事，哪能這般大肆宣揚。不瞞你說，我家少夫人交代過，點心送過來就好，別的就省了。」

孫明臉上帶著笑，嘴裡說著好聽的話，心裡卻冷哼一聲，她以為不乘機宣揚就能掩蓋她想要染指善堂的事實，就能平安無事不出半點岔子了嗎？真是天真！

正說著，便有人來報，門口來了一個自稱丁勤的楊府管事，說是奉命送來二十斤點心，給善堂的老人們過節。

「來了！」丁來喜呵呵一笑，道：「麻煩孫主事找兩個力氣大的，幫著把點心搬進來。」

「這個自然！」孫亮笑呵呵地招招手，立刻有人過來，他吩咐了一聲，那人便去叫人了，他則和丁來喜一道出門。

不知道是丁來喜想早點見到丁勤，將差事辦完好走人，所以腳步快了些，還是怎樣；明明是一起往外走的，孫亮卻明顯落後了丁來喜兩步。孫亮微微一偏頭，原本跟在他身後的跟班就一步跨到了他身側，擋住所有人的視線，不動聲色地將那個剛剛從袖子裡落到孫亮手中的瓷瓶接了過來。

將瓷瓶握在手心，那跟班微微點頭，給了孫亮一個「明白，放心」的眼神，而後頓住了腳，沒有繼續跟在他身後。

將「要命」的東西交到了心腹手中，孫亮加快幾步。這個時候，丁來喜已經到了善堂大門外，迎向門口站著的人。

孫亮心裡冷笑，嘴上卻熱情地道：「丁管家，這位便是丁勤丁管事了吧！初次見面，你可得好好的給我們介紹介紹，讓我們好好的親近親……呃！」

就像被人掐住脖子一樣，孫亮套近乎的話戛然而止，投向門口幾人身上的目光也帶了幾分驚疑不定——門口除了疑是楊府下人的年輕人之外，還有四個雙手都拎了點心盒子的夥計，他們手上的盒子沒有什麼特別的標誌，但孫亮還是一眼認出了他們的身分。

這四個夥計都是街口那家稻香村的夥計，也是孫亮再熟悉不過的老熟人——他們都是在善堂長大的，滿十五歲之後由善堂安排去了稻香村做事。

稻香村是肅州最大、最有名的點心鋪子，除了總店之外尚有五家分店，街口的是第三分店。值得一提的是，生意興隆的稻香村是薛家的產業，這是全肅州人都知道的事情。

「丁勤，還不給孫主事見禮！」丁來喜似乎沒有察覺到孫亮的異常，他微微側身，笑呵呵地看著孫亮，道：「孫主事，這是丁勤，他是我手下最得力的管事。」

「見過孫主事！」丁勤笑呵呵地拱手為禮，而後道：「這裡有二十斤點心，是我家少夫人特意讓小人送到善堂給老人們過節的，還請孫主事收下。」

「勞楊夫人費心了！」孫亮的笑容勉強起來，一看這陣仗，他就知道，事情出了偏差，這送來的點心不是楊家人自己做的，而是楊家到稻香村買的。

不用他交代，那四個夥計便很熟絡地將點心盒子遞給了晚孫亮兩步出來的幾個半大小子，那幾個半大小子來之前便已經得了交代，接過點心盒子之後，沒有停頓，便返身進了善堂。

幾個半大小子的行為舉止並沒有讓丁來喜和丁勤感到意外，他們心裡冷笑一聲，什麼都沒有說，而孫亮則心裡一沈，想到了自己安排的心腹打算抓時間立刻辦妥的「要事」。

此事事關重大，不容有半點閃失，也不能洩漏出去，孫亮便選了最信得過的心腹。尤其這心腹還是個死心眼的，不管孫亮交代他做什麼事情，他都會嚴格地遵照孫亮的吩咐去做，絕對不會有任何偏差，更不會有自己的主意。

想到自己之前的吩咐，孫亮渾身一涼，驟然之間冒了一身冷汗，臉上的笑容都僵住了，帶了幾分他自己都沒有察覺的慌亂，朝著幾個往裡走的半大小子喝斥一聲，道：「祥子，你們怎麼這麼不懂規矩，還不過來向丁管家和丁管事道謝！」

「不用客氣！」見已經走進門的半大小子一頭霧水地轉身，丁來喜連忙笑著道：「你們趕快把點心送過去吧，不用理會我們，煩勞孫主事留下和我們說兩句話就是了。」

聽到這句話，幾個半大小子又轉過了身去，他們倒不見得是什麼笨人，只是一直以來孫亮等人都不遺餘力地灌輸給他們一個思想——除了薛大人一家，沒有什麼官員和夫人願意管他們、照顧他們，那些人都將他們視為拖累。這樣的思想，不但讓他們感恩薛立嗣一家，讓他們願意為薛立嗣夫妻盡忠效力，也讓他們心裡對其他官員和他們的家眷帶了怨恨和排斥——如果不是因為戰爭讓他們失去親人、失去依靠，甚至身帶殘疾，他們也不會淪落於此，那些尸位素餐的官員沒有資格嫌棄他們！

要是往日，孫亮會很滿意這幾個半大小子的表現，但是現在……孫亮只想撞牆！

不過，他也知道不能上前攔人，只好向丁來喜尷尬地笑笑，道：「原本倒是想留兩位坐一坐，只是我也知道，兩位是大忙人，我呢，也就不耽擱兩位了！」

這是在下逐客令嗎？

丁來喜和丁勤心裡冷笑。

丁勤笑呵呵地道：「孫主事這話也就見外了，別說小人沒有什麼要緊的事情，就算有……孫主事都說了這樣的話，小人又豈能掃了孫主事的面子呢？大管家，你說可是？」

「我也是這個意思。」丁來喜呵呵一笑，而後道：「孫主事，我家少夫人心慈，也樂意為需要的人做點事、盡點心意，像今日這樣送東西過來的事情，以後定然也不少。我一把老骨頭，是跑不動了，以後要再有這樣的差事，都會交給丁勤。你們倆以後打交道的機會還多，能夠多聊幾句、多親近一下也好。」

沒有見到那四個夥計之前，孫亮腦子裡想了無數個藉口，務必將丁來喜和丁勤拖住，不用拖太久，只要保證事發時他們還沒有離開就好，而現在卻是丁來喜和丁勤不想走了。

丁來喜和丁勤來之前，敏瑜仔細交代過，如果一切都很正常，那麼東西送到便可以離開；但如果孫亮前後表現不一致、情緒反覆，就順勢拖一會兒，不用拖到出現什麼意外事故，只要讓孫亮知道怕、服了軟就好。

被算計了！

孫亮心頭閃過這個念頭，看著臉上帶著笑的兩人，想到不能脫身去阻止那件事情可能造成的嚴重後果，他渾身直冒冷汗，臉上的笑容也端不住了，勉強維持著表面上的客氣道：「能和丁管事多親近一下自然是好的。不過今日重陽，善堂事情不少，我還有不少活兒需要去忙，只能改日了！這樣吧，明天，明天我一定抽出時間來請丁管事喝酒。」

看著孫亮額頭上亮晶晶的汗漬，丁來喜和丁勤心裡又是一陣冷笑，相視一眼，丁勤笑了起來，道：「孫主事這話又見外了！這樣，明日我作東，請孫主事喝酒。」

「那就這麼說定了！」孫亮大大地鬆了一口氣，心頭甚至浮起了一絲感激，絲毫不敢拖延，拱手道：「兩位慢走！」

「告辭。」丁來喜和丁勤回了一禮，倒也不再囉嗦，一起轉身上了馬車，孫亮一直提著的心總算落了下去，不等馬車駛出去，就想回身往裡走──他必須用最快的速度將那可能已經加了料的菊花糕給攔下來，要不然的話，後果不堪設想！

可是，就在他轉身的那一剎那，他那心腹領著七、八個半大小子一陣風地衝了出來，到他身側的時候沒有停留，直接衝到了馬車前，將馬車給攔了下來，嚷嚷道：「不能走！」

「胡鬧什麼？」孫亮剛剛落下的心一下子提到了嗓子眼，險些就跳了出來，他一邊朝心腹使眼色，一邊喝斥道：「還不讓路！」

「孫叔，不能讓他們走！」他那心腹看到了他的眼色，雖然沒有看懂，卻本能地意識到事情出了意外，便沒有說話，甚至還後退了一步，讓了開來；但是那些什麼都不知道，完全被當槍使的半大小子卻沒有讓開，還有一個上前拽住了馬車韁繩，眼睛紅紅地道：「耿大爺吃了他們送過來的勞什子菊花糕口吐白沫，眼看著就不好了……」

孫亮如遭雷擊，傻傻地看著心腹，腦子裡奇異的只有一個念頭——你他媽的能不能不要這麼能幹啊！

「楊夫人真是太客氣了。」齊夫人語氣淡淡的，笑容淡淡的，看秋霜的眼神也淡淡的，道：「要做足送到善堂的菊花糕就已經夠忙的了，還給我們送，這不是更麻煩了嗎？」

敏瑜不聽勸告，非要一意孤行地往善堂送菊花糕的事情，讓她對敏瑜頗為失望。她相信，薛夫人一定不會放過這個機會陷害敏瑜一把；也敢肯定，陷害成功之後，薛夫人絕對不會像上次那樣，輕輕地放過。畢竟，自己和她根本沒有利益衝突，而敏瑜卻不一樣，她們注定無法和平相處，薛夫人絕對不會放過這個難得的機會。

賞菊宴之後，齊夫人想了很多，和薛夫人一樣，她也派人留意著楊府的動靜，也知道敏瑜到了肅州之後低調得可以，除了拜訪她和張夫人之外，都沒有出過門。之前她認為，那是敏瑜沈得住氣，但現在……

她想到了從京城打聽到的楊瑜霖婚事的傳聞——

在肅州，楊瑜霖是少年將軍、是大英雄，不知道有多少的小媳婦、大姑娘都對他愛慕不已，恨不得以身相許。但在京城，他不過是個立了些許功勛的武夫。出身不高、家風不正，別說是名門望族，就算和楊家一般的官宦人家都不願意和楊家聯姻。

關於敏瑜極有可能是皇后娘娘最中意的兒媳婦一事，齊夫人並不知情；但是敏瑜出身侯府，深得皇后喜歡，這她卻很清楚。就算不清楚，能讓皇后的親兒媳寫信過來，她在宮裡貴人心中的地位也定然不一般。這樣一個女子，卻被指給了楊瑜霖，其中定然有貓膩，尤其是她還未及笄就嫁了過來，這就更不尋常了。

之前，她不敢多想，可現在卻不得不往壞處去想。她甚至在想，敏瑜是不是對這門親事極為不滿，有沒有想過從楊家這個爛泥沼脫身出去？這門親事是皇上所賜，不管被休還是和離都是行不通的，要脫身，敏瑜只能盡一切可能地讓自己成為寡婦。

可要當寡婦也不是一件容易的事情，她總不至於給楊瑜霖投毒或者買凶殺人，尤其楊瑜霖是個有武功的，那樣的手段顯然不夠看，也難起到作用，最好的辦法莫過於讓楊瑜霖犯下不可饒恕的大罪，讓皇上把他給處置了。只是楊瑜霖也是個有真本事的，要他自亂陣腳出岔子可不容易，但如果後院起火，讓他兩頭亂的話，可就不一定了。

至於這個度能不能掌握好、會不會牽連她，她或許沒有考慮，也或許已經有了脫身的法子，畢竟她是侯府的姑娘，在皇后娘娘面前也頗為得寵，想要保全自己，應該不算難。

想通了這些，齊夫人對敏瑜自然心冷了，要不是因為一切才開始，要不是因為慶郡王妃那封信，她的態度說不準會更加冷淡，隨意地讓管事嬤嬤招待秋霜，自己連見都不想見。

「不麻煩、不麻煩！這菊花糕看著和外面的沒有太大區別，但用的卻是我家少夫人從御膳房討來的方子，味道極好。夫人嚐了要是喜歡，奴婢再給您送些過來。」秋霜似乎沒有察覺到齊夫人的冷淡一般，格外熱絡地自誇了一番，而後又笑呵呵地道：「不過，夫人應該也知道，這御膳房出來的方子，好是好，就是費時費工；我家少夫人素來體恤下人，家中廚娘只做了三、五斤菊花糕，除了送到貴府和張府，讓您們嚐個味之外，只留了一點給家裡人吃。送到善堂的，是到肅州最有名的稻香村買的，還是我家那口子奉命去辦的呢！」

齊夫人微微一怔，確認般地道：「稻香村？」

「是！」秋霜笑著點點頭，道：「我家少夫人讓人打聽的，說這稻香村的點心雖然稍微貴了些，但是用料好、味道好，還有好些特別的點心，在肅州口碑極佳。最方便的是，稻香村還能送貨上門……所以我家那口子前兒在南淮街口那家稻香村特意訂了二十斤菊花糕。」

秋霜的話讓齊夫人心頭浮起一股笑意，連敏瑜都知道稻香村是薛家的產業，她又怎麼可能不知道？到了這會兒，她總算明白敏瑜在賞菊宴上說要往善堂送東西並非只是話趕話趕上了，隨意作的決定，而是早就已經做好了準備。

心裡想著，齊夫人臉上的笑容也深了幾分，笑著道：「楊夫人心思機敏，才能想到這麼省事、省力，也不容易出岔子的好法子！唉，和楊夫人一比，我們可都成了榆木腦袋！」

「當不起夫人這麼誇獎，我家少夫人這也是無奈之舉。夫人想必也明白，這送吃食最要小心，一個不小心就容易出岔子，可她當著那麼多的人把話給說滿了，總不能反悔，讓人笑話吧！」秋霜笑笑，道：「好在，肅州有稻香村這樣口碑好、又能送貨上門的點心鋪子，否則我們少夫人還真得抓瞎呢！」

齊夫人笑著搖搖頭，她現在最想知道的是薛夫人是什麼臉色，她冷笑一聲，道：「楊夫人做事小心謹慎是對的，要不然說不定就得像我一樣，也在送吃食這事上栽個大跟頭。」

「夫人的事情奴婢倒也聽我家少夫人說過……」秋霜笑笑，順著齊夫人的話說道。「我家少夫人還笑著說，若非有夫人的前車之鑑，她也不會這般小心。還說，要是不出什麼意外，她這樣做也不過是被人笑話一聲，說她以小人之心度君子之腹；但要出了意外……」

看著齊夫人若有所思的表情，秋霜很有眼色地頓了一下，不等齊夫人說什麼，笑道：「哎喲，時間不早了！夫人，奴婢還得去張府送菊花糕，不能陪您說話了。」

「妳去忙！」齊夫人知道秋霜要說的話都已經說完了，便也沒有留她，笑著道：「妳帶句話給楊夫人，就說這菊花糕很好，謝謝她的心意。」

秋霜才轉身離開，齊夫人便匆匆地直接去了齊大人的書房，夫妻倆說了幾句話之後，齊夫人叫來齊府的大管家，特意交代了幾句。沒多久，齊府的大管家帶了七、八個下人急忙忙地往善堂去了。

而齊大人則叫來師爺，商議了一番之後，師爺便匆匆地帶了小廝出門，不大一會兒就把休沐的衙役給召集起來，也匆匆地趕去了善堂。

齊家大管家一路緊趕慢趕，趕到的時候，看到善堂七、八個半大小子圍著一輛馬車嚷嚷著，馬車前站了一個中年男人和一個年輕人，他們滿臉無辜的和幾個半大小子解釋著。

齊家大管家想到齊夫人的交代，眼睛一亮，圍上去之後，輕聲問一個看熱鬧的——

「這是怎麼了？」

「聽說是這兩個人往善堂送了不乾淨的東西，有兩個老人吃出問題來了！」那人頭都不回地說了一聲，道：「善堂的主事都把前街的戴大夫給請過來了，估計夠嗆！」

「各位、各位——」被纏了好一會兒的丁勤，眼尖地看到了齊家大管家，敏瑜去齊家拜訪的前一天，是他奉命送的帖子，也是齊家大管家招待他的，兩人算是熟人了。他心裡踏實了許多，但臉上的苦笑卻更深了，他朝著幾個半大小子連連作揖，道：「各位小哥，我真不知道為什麼好端端的點心吃了會有問題！那點心我也嚐了一塊，我現在都還好好的，怎麼可能別人吃了就有問題？是不是弄錯了？」

「沒錯！」擔心兩人趕著馬車逃走的半大小子一直拽著韁繩，他狠狠地瞪著丁勤，道：「耿大爺和王大爺除了你們送來的菊花糕就沒有吃別的東西，不是你們的菊花糕有問題，還能是我們陷害你們？」

「小哥，我不是這個意思，只是我真的不敢相信我送來的糕點會有問題！那些菊花糕是我在街口的稻香村買的，我這裡還有買點心的單據……」丁勤連連苦笑，而後笨拙地從懷裡掏出一張摺得整整齊齊的紙揚了揚，道：「稻香村的點心可是出了名的好，怎麼可能會有問題呢？」

丁勤手裡的紙，讓一直在周邊似乎想要擠進去勸阻卻又擠不進去的孫亮眼睛一亮，不動聲色地招了招手，將心腹找了過來，低聲吩咐了兩句，那人點點頭，立刻往裡擠。

「稻香村的點心自然不會有問題，但點心可是你送過來的，誰知道你有沒有往裡面加什麼東西？」拽著韁繩的半大小子立刻反駁，他既然是帶頭過來攔人的，自然知道那麼一點點事情，也知道該說什麼話。

「小哥，你可別冤枉我啊！」丁勤叫了一聲冤，道：「點心是我送過來的沒錯，但真沒往裡面加什麼料啊！裝點心的是稻香村的夥計，也是稻香村的夥計幫我拎了送過來的，他們直接遞給了善堂的幾個小哥，我連碰都沒有碰過這些點心啊！」

丁勤的話讓圍觀的人一陣譁然，他們自然不知道其中的奧妙，但卻對稻香村有了懷疑，懷疑是稻香村的點心有問題卻連累了買東西的人。

丁勤的話讓孫亮眼中閃過冷光，他又輕輕地一招手，有幾個頗為壯實的人上前，他交代了兩聲，那幾個人便也往裡擠進去，可就在他們往裡擠的時候，齊家大管家卻走到了他身邊，熱絡地打招呼，道：「孫主事，好久不見啊！」

孫亮的心咯噔一聲響，不容他細想，一陣喧譁聲傳了過來，他定睛看去，卻見七、八個衙役手裡拿來了傢伙，一邊喝斥著一邊往這裡奔來，孫亮眼前一黑，腦子裡只有一個念頭——完了！真完了！

第八十二章

肅州城籠罩在一種詭異的氛圍之中。

「哎，聽說了嗎？稻香村的菊花糕吃死人了！」自以為消息靈通的某甲神秘兮兮地道。

「當然！這麼大的事情怎麼可能沒聽說啊，我還聽說死的是善堂的人呢！」一貫喜歡說些東家長西家短的某乙不落人後地道。

「你也聽說了啊，我聽說是個十四歲的小姑娘，長得跟天仙似的。可惜啊，真是天妒紅顏！」某乙的話讓某甲覺得有些沒面子，立刻又說了一個自以為隱秘的消息。

「不是吧？我聽說的是個半大小子，有些傻，都十五歲了還傻乎乎的，連說話都不利索。」某乙反駁了一句，而後將自己聽說的消息說了出來，還嘆息一聲，道：「這傻子也真夠可憐的，希望他下輩子投個好胎，當個聰明人吧！」

「你們都弄錯了！死的啊，是善堂的一個管事，咳咳，那管事在善堂裡耀武揚威不是一天、兩天了，善堂裡沒少被他欺負過的，這才遭了怨恨。這不，報應來了，從善堂出來的小夥計，在稻香村送到善堂的菊花糕裡下了毒，就把他給毒死了！」這是某丙，他左顧右盼一番之後，壓低聲音，道：「聽說，這管事背後有靠山，他這一死，嘖嘖，他背後的靠山肯定頭疼。」

「你們都胡說什麼啊！」某丁實在是聽不下去了，道：「善堂是死人了，但死的是個老頭子，聽說都已經六十多歲了……你們要不信的話，可以去善堂看啊，善堂可是為他設了靈堂，有不少官家夫人還派人去弔唁，聽說明天就出殯，到時候還不知道場面會有多大呢！」

某丁的話讓甲乙丙都瞪大了眼睛，某甲巴巴地看著某丁，道：「真不是個漂亮得跟天仙似的姑娘？」

「不是！」某丁肯定地道：「我家就在南淮街上，出事的那天我還去看了熱鬧呢，絕對不會錯的。除了死了這個姓耿的老頭子，還有個姓王的老頭也出了事，不過他命大，被救了回來，聽說刺史大人派了專門的大夫守著他，要求務必將他照看好了。」

「你見著了？」甲乙丙臉上都帶著好奇，湊上去，道：「你一定知道事情的始末，說來聽聽！」

「事情啊，要從重陽節的一早，楊都指揮使……嘿，你們不知道楊都指揮使？楊瑜霖楊小將軍你們該知道了吧？我告訴你們，就是他了！他啊，因為英勇作戰，被皇上破格提升，封為都指揮使了，以前的都指揮使知道是誰不？是老國公爺！我跟你們說啊，這可是我們肅州最大的官了，誰都比不上！薛將軍不知道瞅這個位置瞅了多少年了，硬是沒有那個福氣，沒當上。」

某丁一副神氣活現的樣子，又道：「楊都指揮使的夫人派了人往善堂送點心，送的啊，就是我們重陽節都要吃的菊花糕，說是送給善堂裡的老人們過節的。這個事情啊，楊家夫人早早的就和薛夫人說過了。為什麼要和薛夫人說？你們怎麼連這個都不知道啊！薛夫人管理善堂都十多年了，善堂的主事是薛夫人安排的，善堂裡大大小小的事情也都是薛夫人說了算的。楊家夫人不事先和薛夫人打招呼的話，善堂的人能讓她把東西送進去嗎？結果呢，這菊花糕前腳送進去，送東西的楊家管家、管事才和善堂的孫主事告辭，轉身要離開的時候，就出事情了。」

某丁灌了一大口茶，看著圍過來的好事者，眼中閃過精光，繼續道：「幾個半大小子從善堂衝出來，說楊家送去的菊花糕吃出問題來了，已經有人口吐白沫，眼看就不行了！諸位，你們想啊，這剛吃到嘴裡的東西，就能讓人口吐白沫，除了被黑了心的人放了劇毒之外，還能有什麼可能？」

圍著的人紛紛點頭，還有人道：「別賣關子，然後呢？繼續說啊！」

「然後，善堂的一幫子人就把楊家人給圍上了，要人家給他們交代啊！口口聲聲都說楊家人黑了心肝要害人，嘖嘖！」某丁搖頭晃腦地道。「楊家的那個管事急了，這才說了實話，說他們為了省事，沒有自己做菊花糕，送到善堂的菊花糕是在街口的稻香村買的，讓稻香村的夥計幫著他送過來，到了善堂之後，又由小夥計送出去，從頭到尾，楊家人連碰都沒有碰到那吃了出人命的菊花糕。」

「也就是說，楊家人被冤枉了？」立刻有人疑惑地問了一句，又自顧自地道：「莫不是有人和楊家有仇，所以趁這個機會陷害？」

「這個我可說不準，不過楊家被冤枉卻是肯定的。」某丁哈哈一笑，道：「你們不知道啊，當時鬧得那叫一個不可開交，善堂的人也不管楊家的管家、管事怎麼辯解，就是認定了人家黑心使壞，還要把人給扣下。嘿嘿，這一扣下，很多事情可不就是他們說的算了嗎？」

「那後來呢？哎喲，你別賣關子了行不行？」聽著正著迷的人急了。

「哈哈，就在善堂的人準備撕下面子胡來的時候，刺史大人派人來了！嘖嘖，七、八個彪形大漢，手裡都拿著傢伙，那麼幾下，就把鬧事的、看熱鬧的，和被圍在中間、差點要被打個鼻青臉腫的給分開了；然後刺史大人身邊的師爺，就是那位最喜歡到一壺春喝茶的柳師爺也來了。人家秉公辦事，把楊家的管家、管事、稻香村的大掌櫃、四個送點心的小夥計、善堂那位孫主事，以及經手過點心的人，全部帶回了衙門一一審問。對了，還有，那沒吃完的點心也被帶走了。」

某丁說到這裡，又微微地頓了頓，道：「你們知道那點心裡發現了什麼嗎？發現了砒霜！是用管子從點心的側邊弄進去的，一塊點心裡就塞了不少，吃下去不死才怪！」

某丁的話讓所有人譁然，這不明擺著要害死人嗎？是什麼人幹的？

「還有啊，有衙役當堂搜身的時候，還從善堂的人身上搜出一個可疑的瓷瓶，瓷瓶裝的就是砒霜，只有半瓶，不用說，那是用剩下的。」某丁說著公堂之上發生的事情，這一幕也有不少人親眼看見，他說起來格外的大聲。

啊？

這話更引起一陣議論，怎麼會是善堂的人自己下的毒呢？

「那人原本梗著脖子，怎麼都不肯認罪，但被搜出了毒藥，還有善堂自己的人指證，說那吃死人的點心是他一個人單獨送過去給兩個老人的。他無可辯駁，最後也認了罪。」某丁搖搖頭，嘆了一口氣，道：「他說那兩個老頭總是給他找事，一下這樣一下那樣，甚至好幾次還倚老賣老地往他臉上啐口水，實在是可惡，便存了給他們下毒的心思，只是一直找不到機會。這次覺得是個好機會，便往菊花糕裡下了早就準備好的毒藥，原本想把罪名推到楊家人身上，卻不料還是被查出來了。還說一命抵一命，他一條命抵上便是！」

「這人可真歹毒啊！」有人嘆息著，道：「好在楊家人為了省事，沒有自己做菊花糕，要不然還真是跳進黃河也洗不清了。」

「可不是，要不是楊家人小心，還真不知道會不會因為一時的好心而闖下什麼樣的禍呢！」某丁又嘆了一聲，而後道：「也不知道出了這樣的事情，薛夫人該怎麼交代啊？」

「這和薛夫人有什麼干係？」立刻有人不理解地問道，對於某丁口中的薛夫人，他們都沒有誤認為他人，在肅州，只說薛夫人，大家都知道指的是哪一位。

「能沒關係嗎？」某丁看著眾人，道：「你們不會不知道善堂這十多年來都是薛夫人在管理，善堂上上下下、裡裡外外的管事都是薛夫人任命的吧？」

「那又怎樣？」立刻有人反駁道：「薛夫人要管自己的家，要管自家的產業，要為老百姓做好事，哪能時時刻刻地盯著一個地方呢？這樹大有枯枝，不是很正常的事情嗎？」

「可不是！」立刻有人應和，在大多數人心中，薛夫人的形象都是極好的。「要我說啊，薛夫人也是受害者、也是被人連累的，怎麼能朝她要交代、討說法呢？」

「就是！就是！」此起彼落的應和聲，證實了薛夫人無可替代的地位。

「你們誤會我的意思了！」某丁心頭很失望，但也不是特別意外，薛夫人的良好形象不是一天就能樹立起來的，也不是一件、兩件事情就能影響的，他笑著道：「我的意思是，薛夫人是不是該把善堂交給別人打理，而不是還這麼一直攢在自己手心裡？你們想啊，這善堂上上下下都是薛夫人任命的，用他們的話來說都是自己人；這自己人啊，出了事情難免會相互包庇。這件事情不就是這樣的嗎？如果不是認為犯了錯有人包庇，那人哪來這麼大的膽子下毒害人？如果不是因為太相信自己人，善堂的那些人為什麼會把楊家的管家、管事給圍堵起來，讓人家俯首認罪啊！」

「你說的倒也有道理，可要就因為這麼件事情而否定了薛夫人，是不是不大合適啊？」

「我可沒有因為這個就否定了薛夫人。」某丁笑了起來，道：「我這也是為薛夫人考慮啊，你們應該也知道，薛夫人可是個大忙人，忙著打理薛家的產業、忙著做善事；聽說啊，經常忙得連水都喝不上一口呢！把善堂交給別人打理，也是給薛夫人自己減輕負擔啊！」

「你說得對！」當下就有人點頭，但是卻又道：「不過，這事情啊，我們也就圖說說過個嘴癮，真正要怎麼辦，還得作得了主的人說了算。」

「是啊、是啊，我們也就隨便說說！」某丁哈哈笑著，話音一轉，說起靈堂的事情來……

薛家的花廳裡一片沈寂。

孫明、孫亮兄弟戰戰兢兢地看著薛夫人，她的臉陰沈得彷彿能結成冰一般，這樣的薛夫人是他們從未見過的，讓他們覺得陌生的同時，心裡也沒了底氣。

「夫人……」孫亮的聲音打破了彷彿凝結起來的空氣，他小心翼翼地看著薛夫人的臉色，卻又不知道該說什麼。

「你還有臉叫我！」薛夫人沈著臉，道：「我問你們，往點心裡放砒霜是誰的主意？你們不知道那會死人嗎？一條人命啊，你們怎麼下得了手？」

孫明兄弟倆交換了一個眼神，沒有想到薛夫人一開口問的居然會是這個，孫明微微遲疑了一下，道：「夫人，是小人擅作主張，那砒霜也是我拿給亮子的。小人想著，要想把事情鬧大，就得狠得下心來，要不然的話……都是小人的錯！」

孫明嘴上認錯，但心裡卻頗有些不以為然，不過是個早該進棺材的老不死罷了，算得了什麼？再說，要不是楊夫人辦事謹慎，沒有算計到她反而砸了自己的腳，夫人恐怕也不會說這種話了。

「這不是誰對誰錯的問題！」薛夫人輕輕搖頭，道：「那可是一條人命啊，我說過多少次了，不管做什麼事情都要有個底線，你們跟在我身邊也有十多年了，你們什麼時候見過我為了算計什麼都不管？你們真是太讓我失望了！」

薛夫人自認為這麼多年來做事問心無愧，但是這一次，她看著那張因為中毒而泛青的臉，她卻滿心慚愧，頭一次覺得自己錯了。

「娘，您也別這麼生氣了！」薛雪玲見她的神色不對，立刻上前輕撫她的胸口，道：「事情都已經發生了，再說那些已經沒用了，現在最要緊的還是那眼前的難關得先度過去，別的都可以放下。再說，有了這次的教訓，以後再有類似的事情，孫叔他們一定會更小心的。」

「姑娘說得是，我們以後一定會更小心，一定不會再犯相同的錯誤了！」孫亮立刻順著薛雪玲的話說道，而後看著神色微微有些緩和的薛夫人道：「只是，真要把善堂交出去嗎？夫人，那裡費了您多少的心血啊，就這麼就……」

「你還有更好的辦法嗎？」薛夫人打斷了孫亮的話，直接問道，她真沒有想到事情會發展到這一步，原本不過是想要故技重施，阻止丁敏瑜染指善堂，卻因為眼前這個膽大包天、不把人命當回事的蠢貨胡作非為，鬧出人命來，還被刺史的人抓到了證據。

她冷冷地道：「你沒聽刺史大人說什麼嗎？他說當年讓我來打理善堂原本是一時之計，早就該由州府接手過去管理了，只是鑑於我這麼多年來管理得極好，沒有出過什麼大紕漏，所以才一直沒有收回去。他說在善堂發生這樣惡劣的事情，身為善堂主事的孫亮也逃脫不了責任，要不是因為他當了這麼多年的主事，沒有功勞也有苦勞，這件事情絕對不會這麼輕易放過……他雖說的是孫亮，最後指向的卻是我，如果我不同意，你以為他會在胡鐵牛將事情攬到身上之後就打住嗎？嚴刑拷打之下，你認為胡鐵牛還能咬死是他自己的主意，還能不把孫亮給供出來？」

說到這裡，薛夫人閉上眼睛，深深地吸了一口氣又呼出，她今天過得真的是很憋屈，而這一切的一切，都是這些不聽命令、肆意胡來的蠢貨造成的，如果他們聰明一點，怎麼可能這麼簡單就讓人算計了去？

如果他們照自己的吩咐去做，就算被人算計了，也不會造成現在這種萬分被動的局面，上吐下瀉可以說是吃了不乾淨的東西，也可以說是那人不小心吹了冷風，只要大夫請對了，怎麼說還不都得看自己的意思？

偏偏他們沒有把人命當回事，一心想藉此機會把事情鬧大。

好吧，現在事情如他們所願的鬧大了，可倒楣的卻不是楊瑜霖夫妻，而是自己啊！經營了這麼多年的好名聲，還有掌握在手裡的善堂，都因為這件事情大受影響！

被薛夫人罵了一聲又低下頭的孫亮抬起臉，道：「都是小人辦事不力，才讓夫人落至這樣的局面，夫人，就讓小人承擔這件事情吧，小人一定不會讓夫人受牽連的！」

「蠢貨！肅州城誰不知道你們兄弟是我最信任的人，你脫不開干係了，我還能清白嗎？」薛夫人喝斥一聲。

孫亮極少被她這麼喝斥，臉上頗有些抹不開。

薛夫人看在眼裡，心裡暗嘆一聲，稍微緩和了一下臉色，道：「再說，你為我辦事這麼多年了，別說這件事情一開始還是我吩咐的，就算我沒有吩咐，也和我沒有什麼關係，我也不能眼睜睜地看著你被關進大牢裡啊！」

「夫人仁義，小人心裡明白，這件事情都是小的辦砸了，給夫人添麻煩了！」孫亮滿臉感激地點頭，而後又道：「可是，這件事情……」

「這件事情暫時就這樣吧！」薛夫人頭疼地揉了揉太陽穴。

和孫亮一樣，她也滿心不甘，可是正在風頭上，她再怎麼不甘也只能暫忍一口氣了，她看著孫亮，道：「我知道善堂裡為我們說話、做事的人不少，但是現在這個節骨眼上，最好什麼事情都別鬧出來。」

「難道就這樣把善堂給放棄了？」孫亮是一萬個不願意，對薛夫人來說，善堂只是一個積累人脈、積累名聲的地方，但是對他來說，善堂幾乎是他的全部。

「當然不！等這件事情稍微平息之後，我自會想辦法把善堂拿回來！」薛夫人搖搖頭，冷笑一聲道：「我以前能夠把善堂從別人那裡搶過來，掌握在手裡，那麼以後也能再次搶過來。」

孫亮點點頭，卻不敢說現在人人對她早有戒備，想要成事定然較以往更難。

薛雪玲笑道：「就是！憑娘的本事，別說是小小一個善堂，就算是更大的地方，娘要把它拿到手裡，也都是輕而易舉的事情！娘啊，您也別煩心了，善堂可沒有那麼好打理的，等接手的人忙得焦頭爛額的時候，他們就知道您的好、您的不容易了，到時候他們說不定得求著您接手他們的爛攤子呢！」

「就妳會說話！」薛夫人被薛雪玲逗得笑了起來，輕輕地點了點她的鼻子，心情眼看著就大好起來。

薛雪玲俏皮地吐吐舌頭，而後看著孫明、孫亮，道：「孫叔，你們要是沒有什麼事情的話，就下去吧。我娘為這件事情已經奔忙了兩天了，該好好地休息一下了。」

孫明倒是沒有什麼事情了，但孫亮卻猶豫了一下，遲疑地道：「夫人，胡鐵牛……」

「他只能這樣了！」薛夫人搖搖頭，道：「砒霜是從他身上搜出來的，他也親口承認了是自己下的藥，我也沒辦法為他開脫，只能走一步看一步了。」

「可是……」孫亮雖知道胡鐵牛的事情難辦，可也不能眼睜睜地看著他被判重刑卻不去想辦法啊！

「好了，亮子，夫人是什麼脾氣你也不是不知道，只要有辦法，夫人一定不會坐視不理的！」孫明打斷孫亮，沒有讓他多說，而是看著薛夫人，道：「夫人，善堂交還給了州府，亮子也就沒了差事，您看是不是給他另外找個差事呢？」

「這件事鬧得有些大，定然有人盯著孫亮，要是讓人知道他接了其他的差事，說不定還會出亂子，還是等這件事情稍稍平息之後再說吧！」薛夫人搖搖頭，並沒有馬上給孫亮安排差事，一來是沒有合適的，二來卻是對孫亮的能力有了懷疑，擔心他又給辦砸了。

孫亮有些傻眼，不等他說什麼，孫明就笑呵呵地道：「是！亮子，還不謝夫人體恤！」

孫明都這麼說了，孫亮再怎麼不情願也只能向薛夫人道謝了。

薛夫人也累了，輕輕地搖搖手，孫明給孫亮使個眼色，一起告退出去。

等出了二門，孫亮就不甘願地叫了起來：「哥，我……」

「好了！什麼都別說了！」孫明打斷孫亮的話，道：「這件事情是哥的錯，如果不是哥擅作主張，你也不會丟了差事。你安安心心地回去，好好地休息一段時間，等過了風頭，哥一定在夫人面前給你討個油水足的差事。」

「哥，我們是親兄弟，我怎麼能怪你？再說，我最關心的也不是這個，我最擔心的是鐵牛！」孫亮訕訕地笑了笑，又道：「哥，你也知道，鐵牛也算是我大舅子了，他要是有個什麼三長兩短的話，我怎麼向他妹子交代啊？」

「你現在擔心也沒用，夫人一向護短，能幫一定會幫的！」孫明無奈地嘆氣，道：「你回去之後好好地哄哄鐵牛他妹，別讓她胡鬧，明白了嗎？」

「我知道了。」孫亮點點頭，而後又道：「我的差事你也得給我盯著點，你也知道我有那麼一大家子要養活，要是閒的時間長了，一家人可都得喝西北風了。」

「知道了！」孫明搖搖頭，他這個弟弟和他可不一樣，除了媳婦之外，有三、四房小妾，一個比一個嬌氣，一個比一個會花錢，要不能早點找個好差事，還真的是麻煩。他皺皺眉頭，道：「你回去也好好的想想，要是有合意的差事和我打個招呼，我也好給你想法子。」

「哎！」孫亮高興地應了一聲，笑呵呵地道：「我就知道哥不會不管我的！」

第八十三章

「來，喝杯茶。」楊瑜霖親自給敏瑜倒了一杯茶，輕聲安慰道：「妳也別太內疚了，這件事情也怪不得妳，妳根本想不到他們會這麼狠，這般不把人命當回事。」

「我雖不殺伯仁，伯仁卻因我而死，我又怎能安心呢？」敏瑜輕聲嘆氣，她剛剛從善堂弔唁回來，和其他人都不一樣，她多了一分自責。

她接過茶杯，卻無心喝茶，將茶杯順手放到一邊，道：「我還是急功近利了些，如果我再小心謹慎一點，更瞭解薛夫人後再出手，或許就不會發生這樣的慘劇了。唉，希望王老爺子能熬過這一劫，要不然我的罪過就更大了！」

敏瑜的自責並非沒有由來，她決定從善堂入手之前，仔細地研究過薛夫人為人處事的風格，覺得她的手段雖然算不得光明磊落，但卻存有善念，極少將事情做絕，更不會傷及人命；說得不好聽，就是有婦人之仁，難成大事。

正是有了這樣的判斷，敏瑜才會從善堂入手，做這些安排。她甚至都已經想好了，只要這一次送去的吃食沒有出問題，就要再接再厲，等到薛夫人和善堂的人習慣之後，再更進一步。至於讓秋霜在齊夫人面前說的那些話，更主要其實還是未雨綢繆，並沒有指望派上用場。

但是，一切都超出了她的意料，出乎意料的順利，也得到了出乎意料的結果，然而想到這樣的成果是用人命換來的，敏瑜的心就有些沈重——她不認為自己是心軟的人，如果有必要，她也不介意自己的手上沾血，但在可以避免的情況下，她還是希望不要禍及無辜。

「大夫不是說了嗎，王老爺子雖然元氣大傷，但卻不會傷及性命，好好地休養一段時間就會好的。」楊瑜霖輕聲安慰道。「妳送去了那麼多的補品和藥，又有人專門照看，他會好起來的。」

「希望是這樣，要不然我就更難安心了！」敏瑜輕嘆一聲，道：「不過，這件事情也給我提了一個醒，我以後再對上薛夫人也會更小心的。我想，她現在心裡定然恨極了我吧！」

「她恨由她恨去，反正就算沒有這件事情，她也不會喜歡妳的。」楊瑜霖不在意地冷笑一聲，道：「當務之急，是將善堂穩穩地掌握住，不能再讓她找理由搶走。」

「那是州府的事情，我不會插手的。」敏瑜搖搖頭，道：「善堂原本就是朝廷下旨，讓州府開辦管理，都指揮使司原不該插手，現在將它交還給州府管理也是情理之中。我不能像薛夫人一樣，為了一己之私和個人名聲就不講規矩。」

「這樣也好。」楊瑜霖雖然覺得有些可惜，但也沒有勉強敏瑜，道：「妳要做的事情很多，沒有必要在善堂上浪費太多的精力；只是，我覺得齊大人也好、齊夫人也罷，定然不會這麼想，他們一定會想分妳一塊餅的。」

「我可以出主意，也願意出銀錢，可我不會親自出面，也不會派人過去。」敏瑜知道楊瑜霖說的是事實，但她卻肯定不會涉足太深，她笑道：「薛夫人管理善堂得了些什麼好處，大家可都看在眼裡，不知道有多少人暗地裡羨慕嫉妒，也不知道有多少人打過分一杯羹的主意；只是薛夫人護食得厲害，不願意和人分好處，想盡一切辦法不讓人染指。現在，善堂出了這麼大的事情，薛夫人想讓也得讓，不想讓也得讓，而早就虎視眈眈的那些人，定然會一窩蜂地撲上去。善堂就那麼大的一塊餅，還不見得有多美味，我還是不摻和的好。」

「還是妳看得透澈！」楊瑜霖讚了一聲，為敏瑜的理智而自豪。

「不是我看得透澈，而是我清楚什麼能要、什麼不能要；我更清楚，一個人不可能把所有的好事給占全了，若想要把所有的好事都占全，到最後只會落得一無所有。」敏瑜搖搖頭，想起了薛夫人。

薛夫人就是覺得自己能把好事都占全，卻不知道為了占那麼多的好處，給自己留了多大的隱患。而她，只要將這些隱患一一挑破，就能讓薛夫人摔得鼻青臉腫，甚至再也爬不起來。

正說著，秋喜進來，輕聲稟告道：「少夫人，齊夫人來了。」

「看吧，我就說他們定然會投桃報李的，這不就來了嗎？」楊瑜霖笑了起來，一邊讓秋喜請齊夫人進來，一邊起身，道：「我去書房看一會兒書，妳們慢慢聊。」

「嗯。」敏瑜點點頭，又道：「小叔那邊你也別忘了關照一二，雖然說讓他多吃點苦頭是好事，但也要掌握好分寸，別幫了人、出了力，最後還落了抱怨。」

吧！

「我知道了。」楊瑜霖點點頭。

楊衛武被他直接丟進了新兵營，和新兵一起接受操練，這段時間應該已經脫了一層皮了吧！

「這件事情可真的是大快人心啊！」齊夫人臉上洋溢著笑容，自從善堂出事之後，她就這副神清氣爽、揚眉吐氣的樣子，心頭那口忍了近五年的惡氣終於一吐為快，讓她彷彿都年輕了好幾歲。

她拉著敏瑜的手，笑道：「這多虧了楊夫人，如果不是楊夫人神機妙算，哪能把善堂從那個女人手裡給要回來啊！」

「夫人別只會誇我！」敏瑜笑著將手抽了回來，道：「如果不是夫人行動快，僑役們去得及時，還不知道事情會演變成什麼樣子呢？說不定丁勤手上的單據就會被人搶走，到時候稻香村矢口否認，說丁勤沒有去他們那裡買過菊花糕，更沒有送貨的事情，那下毒害人的罪名，說不得還得讓人戴我頭上呢！」

「如果沒有楊夫人的先手，我的行動再快、僑役們跑得再快，又能有什麼作用呢？」齊夫人呵呵一笑，卻也認同了自己的功勞，她笑著看向敏瑜，道：「不知道楊夫人現在有什麼打算？」

「齊夫人是指……」敏瑜輕輕挑眉，帶了一絲不解，似乎不知道齊夫人話裡的意思一般。

「我們不是外人，就打開天窗說亮話吧！」齊夫人原本沒有想過和敏瑜直接說破，只是她來之前丈夫便仔仔細細地交代了，讓她別看人家年幼就和她玩心眼，只人家隨便露的這一手，就把她給比趴下了，還是直接一些比較好，不但能少繞彎子，還能得到她的好感。

齊夫人笑著道：「出了這樣大的紕漏，薛夫人就算不願意，善堂的事情一時半會兒她也不能再插手了，更別說像以前那樣，把善堂當成了自家的私產一般。我有意把善堂接手打理，但是我也知道，自己就那麼一點點本事，所以想請楊夫人出手，妳為正、我為輔，一起打理。」

「齊夫人的好意，敏瑜心領了。」齊夫人的坦然直接確實讓敏瑜大生好感，但敏瑜卻沒有因此改了主意，她輕輕搖頭，道：「只是這件事情還需要從長計議。」

「楊夫人的意思是……」齊夫人心微微一跳，難不成她不想占這個最容易賺名聲的位置？不會吧？

「善堂若有需要，我願意出錢出力，但我不會出面。」敏瑜微微一笑，看著興致高昂的齊夫人道：「我建議夫人也不要輕易插手善堂的事情。」

「我也不能插手？那讓什麼人打理善堂？」齊夫人皺緊了眉頭，心裡有些不滿，如果敏瑜沒有強調她自己不會出面的話，她說不定就會認為敏瑜和薛夫人一樣，也想把善堂當成了自己的私產。

「善堂原本是朝廷下旨，州府設建的，自然該由州府派人打理。刺史大人身邊應該有好幾位辦事得力的師爺，將善堂交給他們打理最合適。」敏瑜輕聲建議道。「夫人想打理善堂，無非不過是想賺點好名聲，為齊大人的仕途出一分力，既然如此，為什麼不讓齊大人直接派人打理呢？這樣一來，既不會讓人背後說閒話，也避免了善堂再次淪為某些人為所欲為的地方。」

敏瑜的話讓齊夫人有茅塞頓開之感，她點頭，道：「妳說得沒錯，是我急功近利了，只看到了眼前的好處，卻沒有想到隱患。」

「不是夫人的錯，只是善堂一直都是由薛夫人管理，所以夫人習慣性地認為，善堂就該由女眷出面打理，卻忘了在薛夫人之前，善堂從來都是州府派人管理的。」敏瑜微微笑著，為齊夫人找了個解釋。

「那麼，關於管理善堂，楊夫人可有什麼好的建議？」齊夫人虛心地問道，這下她算是真正認可了丈夫所說的，她不及敏瑜的說法了。

「我不清楚薛夫人這些年來是怎麼管理善堂的，也說不上有什麼好的建議；只有一點，薛夫人管理善堂這麼多年，雖然養成了許多不好的風氣，但卻極少出什麼紕漏，證明她的管理方法必有獨到之處。州府接手之後，需要的不是全盤否定薛夫人以及那位孫主事的功勞，而是肯定他們的功勞，然後再仔細地找出不足之處，一一補充和改進，讓善堂的各項規章制度更好、更完善。」

敏瑜輕聲又道：「當然，善堂的某些風氣也該殺殺了，別讓善堂成為給某些人養小妾的地方，也別讓善堂成為某家人培養班底的地方。善堂的宗旨只有一個，那就是撫養失去了依靠的孤兒，贍養失去了謀生能力的孤寡。」

「我明白了！」齊夫人點頭，一副受教的樣子，又道：「薛夫人管理善堂少說也有十年了，就算出了這檔子事，善堂的人也定然忘不了她的好，說不準會給接手的人製造麻煩，那該怎麼辦？」

「接手的時候定然不會很順利，這就需要有足夠的耐心，面對挑釁的時候一定要沈得住氣，該做什麼要做什麼，不要受情緒的左右。」敏瑜微微沈吟，而後又道：「薛夫人是個聰明人，現在在風頭上，她一定不會讓人出頭挑事，那些會出頭挑事的，不過是些心思單純的。若他們鬧事也無妨，既不會有預謀的計劃，也不會在事後揪著不放，不如因勢利導，讓他們將心頭的怨氣發洩出來，然後讓他們慢慢地了解州府接手善堂的無奈與事實。等把這些人的毛給摸順了，向著薛夫人的人想跳也跳不起來了。」

「我明白了！」齊夫人點點頭，對敏瑜的敬佩越發的深了，她想了又想，暫時卻想不到什麼了，笑著道：「我先回去和我家老爺說這件事情，以後要是還有什麼不明白或者想不通的話，可還得過來請教妳。」

「有什麼需要幫忙的，夫人開口便是。」敏瑜笑笑，又道：「還有一點，連夫人都忽略善堂原本該是由州府出面管理，想必和夫人一般想的人也不少，現在在一旁觀望、希望能夠得些好處的夫人應該也不少。夫人還得多費心思找點事情，把那些人的視線給引開，要不然，若讓人誤以為夫人和薛夫人一樣護食可就不好了。」

就在自認為有分量、有本事、有能力的夫人們汲汲營營，使盡渾身解數，準備在善堂這塊大餅上分杯羹的時候，州府確認了由府衙裡資歷頗高的金師爺出任善堂主事。

這不但讓那些摩拳擦掌、躍躍欲試的夫人們大吃一驚，也讓她們不約而同地觀望起來，準備看看風往哪裡吹再做計議。

齊大人為了選一位各方面都合適、能夠勝任孫亮離去而空出來的善堂主事，也算是煞費苦心了，而金師爺便是他挑了又挑才挑出來的。

齊夫人將此人的出身資歷告訴敏瑜的時候，敏瑜都覺得眼前一亮，覺得實在是沒有比金師爺更合適的了。

金師爺今年四十有餘，在州府七、八個師爺中，不是最有學識、最有見識的，也不是最有本事的，當然，也不是最得齊大人倚重的。但他之所以被挑出來，最大的優勢便是他的出身——

金師爺出身善堂，祖籍不可考，對父母也完全沒有了記憶，就連這個姓，也是他識字之後，自己選的。

從還沒有記事的年歲起，金師爺便在善堂了。五、六歲上啟蒙之後，讀書頗有些天分的他便被善堂的主事送到了私塾。他自知這樣的機會難得，也知道珍惜，讀書格外用功，十四歲那年考中了秀才。照善堂的規矩，年滿十五歲之後，就要離開善堂獨立；到了他十五歲那年，善堂主事覺得他很不容易，便對他格外照顧，一直拖到了他十八歲，讓他參加了鄉試之後，才讓他離開善堂。

金師爺讀書略有些天分，卻也不是什麼天資卓越的人，兩次鄉試不果之後，便放棄了科舉之路，到府衙找了個差事，從刀筆吏（注）做起，這麼多年下來，熬到了這個位置上。他和州府其他的師爺不一樣，那些師爺多是某位大人信得過的得力下屬，在某位大人那裡頗有臉面；他的優勢是土生土長，數十年都未離開過肅州，對肅州的情況變化瞭若指掌，雖然不曾被重用，但混得也還不錯。

和大多數在善堂長大的人一樣，金師爺對善堂有著特殊的感情，別說逢年過節，就連休沐日也會去善堂，或者陪那些在善堂待了很多年的老人說說話，或者擺出長輩的姿態誇獎、責罵那些半大孩子。對他來說，除了妻兒之外，最親的便是善堂裡生活的人了，尤其是那些年長的老頭、老太太，把他們當成了家中的長輩一般尊重。值得一提的是，這次被殃及的耿老爺子和他頗為相得。

金師爺對善堂有著不一般的感情，對將善堂變成了自家一畝三分地的薛夫人卻帶了厭惡——他離開善堂的時候，薛夫人還不知道在哪個地方呢，與他自然沒有半點恩惠。但是薛

注：刀筆吏，指撰寫公文或狀詞的人。

夫人給善堂帶來的改變卻讓他看在眼中、痛在心裡，聽到齊大人說準備讓他接手善堂主事這個位置的時候，他只差沒有拍著胸脯保證，說自己定然不會辜負齊大人的信任了。

金師爺上任雖然讓人大出意料之外，卻也沒有生出任何的波瀾，他和善堂關係匪淺，在善堂裡也有好名聲，他出任這一職，善堂中大多數人都很心安。尤其金師爺上任之後並沒有新官上任三把火，他只做了一件事，那就是安撫人心。於是乎，除了換了一個主事之外，善堂看起來和以前似乎沒有兩樣。

這樣的平靜正是敏瑜所希望看到的。

今日，她正拿著薛府送來的一張請柬，找上了張夫人王氏，想看看她有沒有受邀，也想問問她，這個宴會所為何事。

「這不是已經九月了，天氣馬上就要涼起來了嘛！」張夫人輕輕地瞥了瞥那張帖子，帶了淡淡的嘲諷道：「自打那位大善人到了肅州，每年的九月中旬她便會宴請各家夫人、如夫人，請大家捐一些舊衣裳、舊物件出來，將這些舊衣裳、舊物件集中清洗、整理之後，分發給家境貧寒的人過冬，這倒也是肅州的傳統了。」

「原來是為了這個啊！」敏瑜笑了，她之前便聽說過有這麼一件事情，但是卻沒有想到薛夫人會為了這件事特意設宴，她笑著道：「這算什麼？捐衣宴嗎？」

「噗！」張菁菁忍不住笑了起來，道：「嫂嫂真風趣，可不就是捐衣宴嗎？嫂嫂不知道，在肅州，就薛夫人的各種宴請最多，幾乎每個月都會有一次宴請，每次都有好聽的名目，捐衣、捐藥、捐銀錢、捐糧食……嘖嘖，妳不知道，每次捐這捐那的都挺讓人頭疼，而她還美其名曰這是慈善宴會。」

「薛夫人可真是……」敏瑜忍不住地搖頭，冷嘲道：「自己樂善好施還不夠，也不忘記拉著別人一起。不過，肅州城好像除了她之外，沒有哪位夫人有樂善好施的美名啊！」

「每次捐出去的東西，薛夫人都要親力親為地將它們送到需要的人手中，一開始的時候還有幾位夫人跟著一起去，但是大多去一次、兩次就不願意去了。」張夫人冷笑一聲，道：「每當有人跟著一起去，薛夫人就會去那種最貧困也最髒亂的人家，總是善心大發的和渾身髒污的人接觸，還要求一起去的夫人和她一樣。試問，又能有幾個面對這樣的情況還能坦然自若呢？當場被嚇得花容失色都是小事，甚至還有幾個嬌生慣養的夫人被嚇得噩夢連連。如此幾次之後，也就沒有人願意跟著她一起去了，而她也樂得如此。時間長了，肅州百姓便只知道薛夫人的善舉，卻都不知道，做了善事的根本不只她一個。」

「難道這麼多年來就沒有人跳出來，不讓她這麼肆意擺佈嗎？」敏瑜有些不理解地皺眉，就善堂一事她便看出來了，薛夫人還真不是什麼機智百變的人，要不然怎麼可能還用那種換湯不換藥的手段呢？肅州這麼多的官員、這麼多的夫人，難道就沒個能夠和她抗衡的？這未免太詭異了吧！

「還真是沒有！」張夫人給了一個讓敏瑜驚訝的答覆之後，卻又惱恨地道：「也不是因為大家都信服她，或者大家都願意聽她的，只是……妳不知道，勇國公老夫人一直都很欣賞她，不止一次地在人前誇獎她，也不止一次地對她的行為舉止表示了贊同。我因為和她對著幹，被勇國公老夫人叫到跟前狠狠地責罵，老夫人甚至直接說了，和薛夫人作對就是和她過不去！老夫人把話都說到了這個分上，我心頭有再大的怨氣，也只能忍了！我不知道還有哪個和我一樣，因此被老夫人叫過去訓斥的，但是我敢肯定，有這樣遭遇的人定然不少。」

張夫人怨氣沖天，而敏瑜卻豁然開朗，想到勇國公老夫人對薛夫人的評價，她噗哧一聲笑了出來，搖搖頭，道：「嬸娘別惱了，老夫人這般做可不是因為欣賞她、喜歡她；相反，正是因為不喜歡她，老夫人才會這樣。」

「妳的意思是……捧殺？」張夫人猶豫地道。她也曾想過這個，但老夫人對她可以說十年如一日的好，十年如一日的支持啊！

「不錯！」敏瑜點點頭，萬分肯定地道。「嬸娘，我問您，薛夫人當初能夠從州府那裡把善堂接手過來，老夫人有沒有幫忙？」

「有！」張夫人肯定地道。「我還記得，當時的刺史夫人和老夫人以姊妹相稱，兩人十分親密，薛夫人想要管理善堂，求了老夫人之後，老夫人便為她往刺史那裡遞了話，刺史大人大開方便之門，讓她如了願。我特別不服氣，找了老夫人，想要爭上一爭，卻被老夫人訓斥了一頓。那個時候，我甚至在想，是不是國公爺想要培養薛立嗣接位，所以老夫人才這樣傾力地幫她。」

「嬸娘，您想錯了！」敏瑜笑著搖頭，道：「我敢說，老國公爺從來就沒有培養薛大人的念頭，而老夫人呢，也正是清楚這一點，才會這麼不遺餘力地扶持薛夫人，不讓她受半點挫折，也不讓任何人給她攪局。因為她知道，這樣一來，薛夫人定然會自命不凡，也定然會小窺了天下人，等有朝一日，老國公爺真正屬意的接任者和薛大人對上的時候，這位一直以來為薛大人積累名聲、積累人脈的賢內助，就會發現她最擅長的，其實是扯後腿。」

敏瑜終於明白了，有偌大名聲的薛夫人為什麼沒有與之相匹配的精明和世故，以她的身分要創下今天這麼大的局面，照常理而言，應該是精明厲害得讓人驚心才對；可是現在，她卻沒有疑惑了，薛夫人能有今天的名聲和地位，離不開勇國公老夫人的操持。勇國公老夫人盡一切可能地為她鋪平了道路、擋住了風雨，但是勇國公老夫人這樣做卻並非是為了她好，而是方便她有朝一日讓人宰殺。現在，自己便是那個持刀的人，當然，能不能順利地將這頭已然被養得肥肥胖胖的獵物宰殺，也還得花費不少精力和腦力。

看出了這一點，以前心頭總是想不通的地方，也就都通了。她將此事拋開，好生安慰了有些失神的張夫人之後，又仔細地詢問起關於明日「捐衣宴」的具體事宜來了。

第八十四章

「薛夫人，真是太抱歉了！」敏瑜偏頭看著主座的薛夫人，臉上帶著深深的愧疚，道：「我真的沒有想到不過是送點過節的菊花糕，就鬧出那麼多的事情來，還連累薛夫人背上監管不力的名聲……」敏瑜的聲音帶了些許的哽咽，她看著薛夫人道：「事情發生之後，我就派人送了拜帖上門，不為別的，只想當面向您說聲抱歉，卻一直得不到您的回應……唉，昨天接到夫人請柬的時候，我這心裡不知道有多高興！」

敏瑜的話讓薛夫人氣得咬牙，善堂出事的那天她確實接到了敏瑜讓人送過來的拜帖，只是認為敏瑜是故意來氣她的才沒有回應，她正在頭疼怎麼和齊守義談判、怎麼盡可能地挽回損失，哪裡還有心思和敏瑜見面鬥心機，自然回絕了。沒想到敏瑜會當著這麼多人的面，把這件事情拿出來說，這不是故意氣人嗎？

但是，薛夫人卻不得不笑臉相迎，道：「楊夫人這是哪裡話？您不怪我監管不力，讓那些人肆意妄為，險些給您添麻煩，我就高興了，哪裡還能讓您說抱歉呢？」

「您能這樣想我就放心了！」敏瑜輕輕地拍著胸，笑著道：「來肅州之前，便聽說薛夫人最是寬容大度，我之前還不敢肯定，這回倒是沒有疑慮了。不知道夫人今日請我等過來，有什麼吩咐呢？」

句。

「這個我也想知道。」敏瑜話音一落，薛夫人都還沒有來得及回答，便有人附和了一

敏瑜偏頭看過去，臉上的笑容立刻淡了下來，原來是在京城去探望李安恬時，在封府有過一面之緣，疑是封維倫妾室或通房的女子。

和上次所見不同，她不再是一身中規中矩毫無特色的打扮，一襲鵝黃撒花的裙子外，套了一件銀紅色的褙子，頭上的鳳釵，耳朵上綴了珍珠的耳環，皓腕上的金絲手鐲……她原本就有十分姿色，這麼一精心裝扮，越發的動人，硬是將在場的女子都比了下去。

「車太太，妳可總算來了！」和敏瑜驟然冷淡的表情不一樣，薛夫人臉上的笑容更熱絡了幾分，她笑著迎上前，攏著車秀娟的手，笑著道：「雖然也給妳送了請柬，但我可還不敢期望妳能光臨寒舍！」

「薛夫人這是在埋汰我吧？」車秀娟笑彎了眼，臉上透著和薛夫人如出一轍的親暱，道：「薛夫人相邀，秀娟哪敢不來呢？」

「妳才是說話埋汰我呢！」薛夫人笑著嗔了一聲，而後偏頭對敏瑜道：「楊夫人，給您介紹一下，這位是車秀娟車太太，她和您一樣，都是從京城來的，妳們可以多親近親近。」

敏瑜冷淡地點點頭，卻連個笑臉都欠奉，只要有眼睛的人都知道，她對眼前這絕美的女子半點好感都沒有。

敏瑜如此這般不給面子，別說車秀娟，就連薛夫人都覺得臉上有些掛不住。薛夫人打了

個哈哈，沒等她說什麼話就想揭過這一節；但到了肅州之後一直受人尊重、被人追捧，有些忘乎所以的車秀娟卻不想就這麼算了，她臉上帶著笑，嘴上卻不客氣地道：「楊夫人好大的架子啊！」

敏瑜斜睨她一眼，卻沒有和她說話的意思，而是偏頭對身旁的張夫人道：「嬸娘，怎麼不見菁菁？」

「菁菁沒有來。」張夫人雖然不知道敏瑜為什麼這般不給車秀娟面子，但她相信她這樣做自有道理，便也裝作什麼都沒看到、什麼都沒聽到的樣子。

「妳……」車秀娟覺得自己的肺都要炸了，她恨恨地瞪了敏瑜一眼，確定敏瑜沒有理會她的意思之後，轉過頭對薛夫人道：「薛夫人，看來我今天就不該來，我告辭了！」

「這……」薛夫人心裡很樂意見到她們兩人不和，但臉上卻滿是為難和歉然，拉著車秀娟的手，道：「唉，我也不知道該怎麼說了！車太太，楊夫人年幼，妳別和她認真。」

封維倫雖然只是肅州通判，但以他的出身和家世，升遷不過是遲早的事情。齊守義這個刺史到明年便是滿兩任了，等他走了，接任者除了封維倫之外，還有更合適的嗎？就因為這個，封維倫帶著車秀娟到肅州之後，薛夫人沒少和車秀娟打交道，也沒有少向車秀娟示好，她心裡清楚，薛立嗣最大的弱勢便是朝中無人，要是能和封家打好關係，那會帶來意想不到的好處。而現在，除了以前的考量之外，薛夫人交好車秀娟還多了一個原因——她還等著封維倫當上刺史之後，把善堂再要回來呢！

「薛夫人——」敏瑜的臉上徹底沒了笑，她冷冷地看著薛夫人，道：「您這話是什麼意思？」

「我這不是……」敏瑜的反應更讓薛夫人樂開了，但臉上卻是兩難的神色，看看車秀娟，再看看敏瑜，心一橫，道：「楊夫人，不是我要偏向誰，但這次真的是您……唉！」

「薛夫人可是想說我無禮？」敏瑜冷笑一聲，起身道：「薛夫人，我且問妳，這位車太太是何人？」

「我剛剛不是說了嗎？」薛夫人好脾氣地看著敏瑜，彷彿在看任性不懂事的女兒一樣，耐心地道：「車太太也是京城人氏，她的夫君是肅州通判封維倫封大人。封大人出身好，相貌堂堂，還是大才子，聽說曾是風靡一時的風流才俊，楊夫人不會不知道吧？」

「封維倫是何人我自然知曉，不用薛夫人為我解惑，我不知道的是這位車太太的身分。」敏瑜冷冷地看著車秀娟，再一次為李安恬不值，想到李安恬，她的臉色更冷了。

薛夫人這回總算知道敏瑜在計較什麼了，她心裡冷笑一聲，面上卻滿是歉意地看了車秀娟一眼，低聲道：「車太太是封大人的如夫人。」

「如夫人？」敏瑜冷笑，道：「妾室就是妾室，有必要自欺欺人地稱什麼如夫人嗎？一個姨娘，薛夫人卻這麼熱情客氣……哼，薛夫人不在乎，但請您不要勉強別人！」

敏瑜這話一出，在場的女子臉色都微微一變，有些臉上帶了幾分快意，而有些則多了幾分難堪，首當其衝的車秀娟臉色慘白，身子微微一晃，一副搖搖欲墜的樣子。

薛夫人連忙扶她坐下，等她坐穩之後，帶了三分不知是真是假的薄怒，道：「楊夫人，您這話未免太過了吧！」

「太過了嗎？我可一點都不覺得過。薛夫人，我不知道您心裡是怎麼想的，但是我絕對不會與一個妾室姨娘親近。」敏瑜輕輕一挑眉，道：「還有，封維倫封大人是安宜郡主的夫君，薛夫人可別再說錯了，要不然怎麼得罪了人都不知道。」

敏瑜的話讓薛夫人的臉一陣青一陣紅，車秀娟更是氣得喉頭一陣腥甜湧上，差點就要吐血，她死死地瞪著敏瑜，咬牙切齒地道：「丁敏瑜，我車秀娟什麼地方得罪妳了，妳要這樣讓我難堪？」

「秋喜，掌嘴！」敏瑜冷冷地一喝，一直在她身邊侍候的秋喜幾步就走到車秀娟面前，「啪啪啪」地就打了起來，薛夫人也好，在場的其他人也罷，還真沒見識過這樣的陣仗，都呆住了。等她們回過神來，想上前阻止的時候，秋喜已經住了手，退到了敏瑜身後。

「楊夫人，您未免也太跋扈了吧？」薛夫人徹底怒了，她希望這兩人不和，但絕不願意看到這樣的事情發生，她覺得自己的臉也像被人打了耳光一樣，火辣辣的。

「薛夫人，我這是為她好，這是在教她規矩。」敏瑜冷冷地看著捂著臉、滿臉恨意的車秀娟，道：「她一個妾室，居然敢直呼我的名字，是誰給她的資格？掌嘴算是輕的，要是恬姊姊知道這件事情，還不知道會怎麼發落她呢！對了，薛夫人或許不知道，我和安宜郡主關係極好，她一定不會介意我這個當妹妹的教訓一下不懂事的賤妾。」

薛夫人覺得自己今天真是長見識了，她真的從未見過像敏瑜這樣，打了人還理直氣壯的小姑娘，她才十五歲啊！要再過幾年還得了？

「我記住妳了！」車秀娟恨恨地盯著敏瑜，臉上的火辣讓她備感屈辱，她恨不得撲上去，把敏瑜的臉給抓花了，但是她不敢，她甚至連敏瑜的名字也不敢叫了。

「秋霞，把車姨娘送回通判府，轉告封大人，就說是我說的，不要讓這種忘了自己身分的人丟他的臉，也丟了安宜郡主這個主母的臉。」敏瑜沒有將車秀娟的威脅放在眼中。如果封維倫還清醒，聽了這句話之後自然明白該怎麼做；如果他犯了糊塗，想為車秀娟出頭，那麼她不嫌麻煩，寫封信給李安恬也就是了。

「楊夫人，車太太是我請來的客人，妳無權這樣做！」薛夫人都要氣瘋了，她看著敏瑜，怎樣都不能讓敏瑜把車秀娟送回去，那樣的話，她以後還怎麼做人？

「那我呢？」敏瑜冷靜地看著薛夫人，心裡喟嘆一聲，唉，薛夫人真的是被勇國公老夫人養傻了！

「楊夫人自然也是我請來的貴客！」薛夫人想要強調的是敏瑜的客人身分，想要提醒她別做喧賓奪主的事情，但她卻沒有想到她這話本身就有問題。

「這麼說來，在薛夫人眼中，我和這位車姨娘其實是一樣的嘍？」敏瑜輕輕地搖搖頭，站起來，道：「薛夫人，我不管別人怎樣想，但是我，絕對不會和一個、甚至一群姨娘坐在一起談笑風生，那對我而言是一種侮辱。」

敏瑜說完便站了起來，環視一圈，將在場眾人的表情都看在眼中，而後，儀態大方地看著薛夫人。「薛夫人，恕我無禮，先行告退了。對了，以後夫人設宴，如果請了什麼『如夫人』，那請柬就不用送過來了，外子沒有妾室，也沒有可以赴宴的人。」

「楊夫人，別著急，等我一起！」齊夫人隨後起身，笑著補充一句，道：「薛夫人，我也要先行告退了。對了，我家老爺倒是有個姨娘，請柬還是可以送來的。」

如果說敏瑜的話打了薛夫人的左臉，那麼齊夫人這話就打在了薛夫人的右臉上。隨後，張夫人也站了起來，她沒有說話，卻也表明了自己的立場。她們兩人站了出來，與她們交好的、與齊守義和張猛同一派系的夫人們也紛紛站起來，表達了同進退的立場。

一個，兩個，三個……到最後，幾乎所有的正室夫人都站了起來，就連薛立嗣最器重的幾個屬下的正室也一樣。不是她們想要和薛夫人作對，也不是她們不願意和薛夫人同一戰線，實在是積怨太深了——她們家中都有善堂出身的如夫人，平常可沒少仗著薛夫人和正室叫板、給人添堵，那些如夫人幾乎都在座，就憑這一點，這些正室夫人便坐不住了！

薛夫人張了張嘴，卻不知道自己該說什麼、又能說什麼，但她終於知道，被人逼宮是什麼滋味了……

「夫人！」一道極為清麗的聲音打破了僵局，聲音的主人是一個極漂亮的婦人，看她的穿著打扮還有身邊的人，應該是「如夫人」中的一員，只是不知道是哪家的如夫人罷了。她有些不安地道：「夫人讓我等過來，就是想著讓我們見見京城來的貴人，也長長見識……夫人原是好意，卻讓夫人為難了，夫人，您不用為難，我們離開便是。」

還是個很會說話的！敏瑜心裡冷笑，只是她這理由又有誰能相信呢？就連她都知道薛夫人的請柬從來不分正室、妾室，這些在肅州待了不知道多少年的人，又怎麼可能不知道呢？

不過，她這樣說給了薛夫人下臺的梯子，敏瑜也沒有必要把梯子又給抽了，便一聲不吭地等著薛夫人作決斷。

薛夫人沒有猶豫太久——一邊是人數更多、身分也更高的夫人們，一邊是她一手培養出來的如夫人們；從情感上，她自然偏向屬於自己人的如夫人們，但是她卻只能選擇讓這些會和她唱反調、會和她爭名奪利，還會給她添麻煩的正室夫人們。什麼叫做勢比人強？這就是勢比人強！

「我不為難，我既然請了妳們，那麼……」薛夫人的話沒有說完，並非被人打斷，而是她有意識地微微一頓，等著人插話進來。

還是那個如夫人，很有默契地「打斷」薛夫人的話，笑著道：「夫人的心意我們姊妹都知道，是我們不知好歹，辜負了夫人的一番苦心。夫人，如月告退！」

如月一帶頭，其他的如夫人也紛紛起身告退，薛夫人自然不會挽留。到最後，只留下了兩頰微微紅腫的車秀娟，不等她說什麼，敏瑜便給了秋霞一個眼色。

秋霞走過去，很不客氣地道：「車姨娘，請！」

和薛夫人一樣，車秀娟這個時候也明白了什麼叫做勢比人強，她不敢硬撐，緩緩起身，最後看了敏瑜一眼，轉身離開。

這麼一清場，在場的就只剩下真正的夫人們了，她們妳看看我，我看看妳，就算平日見了面要擠兌幾句的老冤家也忽然間順眼了幾分，不用薛夫人開口，笑著妳讓我、我讓妳，又都坐下了，讓薛夫人又是一陣氣悶。

鬧了這麼一齣，薛夫人也沒有心思像以前一樣，東拉西扯一番之後才說意圖，她勉強帶上笑容，道：「想必各位夫人心裡也明白，今日相邀，是想請各位夫人捐衣物，捐出來的衣物會照老規矩，集中清洗、整理之後，分發給家境貧寒的人。還是那句老話，一件衣服對在座的諸位而言不算什麼，但是對一個衣不蔽體的人來說，意義就完全不一樣了，說不定就能讓他熬過嚴寒，救他一條命。」

薛夫人說完，微微頓了頓，道：「還是老規矩，不用麻煩諸位跑來跑去，後天一早，我便派人一家一戶地送過去，諸位只要今日回去之後，將不要的舊衣物收拾出來便是。不知道諸位可都聽明白了？」

最後這句話顯然是針對敏瑜說的，因為在座的只有她是第一次參加這樣的「慈善宴會」，而敏瑜還真一臉疑惑地道：「薛夫人，我有一事不明，還請夫人賜教。」

「楊夫人請說。」敏瑜的發難薛夫人並不意外，事實上敏瑜要是什麼都不說、什麼都不問，她才會覺得意外。

「薛夫人這麼肯定我們都有舊衣物嗎？如果沒有舊衣物怎麼辦呢？」敏瑜不負眾望地提

出了一個最現實的問題——沒有怎麼辦？總不至於為了有得捐特意去做吧！

「楊夫人真是說笑了，怎麼可能沒有舊衣物呢？」薛夫人失笑，覺得敏瑜終於說了一句傻話。

「我還真不是說笑，事實上我真沒有什麼舊衣物。」敏瑜認真地道：「薛夫人或許不知道，我和瑾澤成親不滿一個月，我櫃子裡、箱子裡的衣物都是成親之前才做的，別說是舊衣物，就算八成新的衣物也沒有一件，要我找舊衣物，可真是為難我了。」

薛夫人真心覺得敏瑜就是那種惹人厭的刺頭，也真心的想把這個刺頭給狠狠地收拾一頓。當然，她也明白，暫時只能幻想一下。她忍了一口氣，道：「楊夫人未成親前的衣物呢？難不成都丟了？」

「薛夫人，您成了親之後還會穿在閨閣之中穿的衣裳嗎？」敏瑜反問一聲，裝出了一副忍耐的樣子，也不知道是忍耐薛夫人的愚笨呢，還是別的。

「我知道楊夫人定然不會穿，那不正好可以捐出來嗎？」敏瑜臉上的神情薛夫人看懂了，這讓她心頭火起，不假思索地也反問一句。

「薛夫人，我們夫妻剛從京城過來，行李再精簡還是有不少，您說我會帶些以後都不可能再穿的舊衣物過來嗎？」敏瑜輕輕地搖搖頭，很有幾分為薛夫人聰明才智著急的意味。

「楊夫人沒有舊衣物，那麼這次就算了，下次再說吧！」一再被敏瑜逗弄取笑的薛夫人感覺到了喉嚨湧上來的腥味，她忍了又忍，終於決定把矛頭轉向他人，她勉強擠出一絲笑，對都指揮僉事之一盧闕榮的夫人梅氏道：「盧夫人，妳府上離這裡最近，後天一早先去妳們家取舊衣物，妳看如何？」

盧夫人還沒有說話，敏瑜就涼涼來了一句。「盧夫人未必就能有舊衣物啊！」

我忍！我忍！我再忍！薛夫人咬著牙，努力忍了又忍，才開口道：「楊夫人怎麼知道盧夫人家中沒有舊衣物呢？楊夫人不要以己度人的好！」

「這句話正好是我想對薛夫人說的，還請薛夫人不要以己度人，覺得別人家總有捐不完的舊衣物。」敏瑜針鋒相對地回了一句，而後問道：「盧夫人，我想問您一下，貴府上一季做幾次衣服？每次做幾件？」

這話實在！盧夫人梅氏心頭湧起一陣笑意，盧闕榮是薛立嗣一手提拔起來的，他不止一次地說薛立嗣對他有知遇之恩，盧夫人也曾因為這個，對薛夫人十分的尊重。雖然不能說是唯命是從，但起碼也是馬首是瞻，可是她得到了什麼？得到了一個讓盧闕榮疼到手心裡、讓她恨到骨子裡，依仗著自己和薛夫人有「母女般」情分，和她分庭抗禮的死對頭！如月對她做的一切，她都記在薛夫人的頭上。

不過，盧夫人也不會直接和薛夫人唱反調，她遲疑地看著薛夫人，見她點頭，才道：「不瞞楊夫人，我們家每季只做一次衣裳。每次做衣裳，我家老爺、我、還有孩子們每人四套，姨娘每人三套，下人則只有一套。」

「嬸娘，你們家呢？」敏瑜又問張夫人。

張夫人笑著說了，基本上和盧家是一樣的，不同的是她們家沒有姨娘。

敏瑜再問齊夫人和其他夫人，得到的答案也基本差不多。

「薛夫人，您看，各家基本上都一樣，每季都是四套衣裳。換洗著穿，一季過去，這衣裳起碼還有六成新，要是愛護一些，說不準還能有七、八成新，七、八成新的衣裳真算不得舊衣物啊，您說可是？」

「我沒有說讓她們捐當年做的衣裳！」薛夫人真是被敏瑜給繞昏了。

「可她們不捐當年的衣裳，捐什麼呢？」敏瑜反問，不等薛夫人再說，便道：「薛夫人自己也說了，捐舊衣物是老規矩，也就是說每年都要捐。第一年，大家定然都有不少不穿的舊衣物，但是第二年呢？第三年呢？到今年不知道是第幾個年頭了，誰家有那麼多的舊衣物？還不是只能每年做、每年捐，捐的都是當年做，次年還能再穿的衣物。」

薛夫人被敏瑜說得啞然，薛家人口簡單、產業又多，光是製衣鋪子就有三家，還都是肅州城最大、最好的；薛立嗣的衣裳做得不多，但每個月起碼也有兩套，而她和薛雪玲就更多了，每個月都做七、八套。就這樣，薛雪玲還經常覺得衣服不夠穿，遇上喜歡的款式讓人再做了過來。所以，她總覺得滿櫃子的衣裳，哪裡想得到別人櫃子裡的衣裳早就被她一年年給捐空了。

薛夫人有些不甘心地看著盧夫人，道：「玉馨，妳們家也像楊夫人說的這樣嗎？」

盧夫人知道薛夫人希望自己說不，她低下頭，輕聲道：「楊夫人這話過了些，我每年都還是能留兩套比較喜歡的。」

也就是說真被丁敏瑜給說中了！薛夫人滿心不甘，卻又不得不認輸，她看看這個，看看那個，嘆氣道：「看來還是我疏忽了，算了，今年不捐舊衣物了。以後……唉，以後的話以後再說吧！」

在場的夫人們臉上都浮起一絲喜意，說實在的，她們真的怕了捐這個、捐那個，不捐吧，面上過不去；捐吧，這心裡不舒坦。薛夫人能夠鬆口，她們也都鬆了一口氣。

「以後也建議不要捐什麼舊衣物了。」敏瑜卻沒有就此甘休，她看著對她怒目而視的薛夫人，道：「反正，我是不會將自己穿過的衣物捐出來給不認識的人。不是我小氣，而是這樣太不成體統了。諸位，我不知道肅州的規矩怎樣，但是在京城，別說是穿過的衣物，連用過的東西，哪怕是一針一線都不能輕易地流落出去。成了親的夫人稍好一些，要是姑娘家的衣物流落出去，不小心落到了不懷好意的人手中，那姑娘恐怕只能以死明志了！」

敏瑜這話一出，所有的夫人心中都是一凜，是啊，要是她們穿過的衣物落到了男人手中，那麼她們真的是有嘴說不清了！家中有女兒的，更多了一個心眼，可不能因為一時的疏忽毀了女兒的名聲啊！

「楊夫人，捐衣物是好事，妳怎麼能……」薛夫人真是被氣得不知道該說什麼了。

「薛夫人，我知道您的本意是好，也知道您想做好事的心思。只是，薛夫人別忘了，好心好意未必就能辦好事。」敏瑜輕輕地搖頭，道：「與其捐什麼舊衣物，還不如隨大家的意，願意捐舊衣物的，那麼一切照舊；如果家中沒有，不妨捐點銀錢，不用多，每家捐一兩銀子就可以了。」

「一兩銀子夠嗎？」齊夫人故意問了一句，道：「隨便做一身衣裳也要五、六兩銀子，一兩銀子夠做什麼啊？」

「齊夫人不知道了吧！」敏瑜笑了，道：「我們捐衣物給什麼人？是要給那些貧苦人家，妳們說他們是喜歡更耐磨、更結實也更暖和的粗布衣裳，還是喜歡稍微粗糙的手都能磨起毛的錦緞呢？一兩銀子起碼夠做三到四身粗布衣裳了，那還是新衣裳，而不是別人穿過的、不知道還要不要的舊衣裳。」

薛夫人被擠兌得說不出話來，張夫人卻眼睛一亮，笑著道：「這個點子好！我們每人捐一兩銀子，現在就捐，明兒一早就派人去訂粗布衣裳……唔，敏瑜，這個點子是妳想出來的，這件事情就由妳牽頭來做吧！」

「我剛到肅州，什麼都不熟悉，還是找個熟悉的人來，免得我把事情給耽誤了。」敏瑜搖搖頭，笑著道：「最合適的原本是薛夫人，她對這些事情最熟悉。不過，薛夫人臉色不大好，一看就是勞累過度，很久沒有好好休息了。這樣吧，嬸娘您和齊夫人一起來做這件事情，我們呢，跟著打個下手出個點子也就是了。」

薛夫人的臉色是夠差的，但絕對不是勞累過度，而是被她給氣的！不少人腹誹著，卻沒有人提出異議，她們只覺得大大地吐了一口怨氣，甚至還有人立刻應和著，一點都不遲疑地掏出荷包，揀了一塊大概差不多的銀錁子，而後笑著道：「這是我認捐的！」

有一就有二，不一會兒，齊夫人和張夫人手上便拿不下了，各式各樣的銀錁子堆在茶几上閃著光芒。她們身後的丫鬟機靈地上前幫忙，很快，在場的二十多位夫人都捐了銀子，與捐「舊」衣物相比，捐一兩銀子實在是太方便、也太便宜了。

一旁有些發愣的薛夫人，隨即又明白了什麼叫做大勢已去……

第八十五章

九月十五這天，習慣到南市坊樓前領饅頭的人都撲了一個空！

肅州大善人薛夫人並沒有和往常一樣，帶著滿滿的兩筐大白饅頭出現在坊樓前，臉上帶著悲天憫人的慈愛笑容，和身邊的人一起將一個個冒著熱氣、軟乎乎、白胖胖的大白饅頭遞給圍上去的人，一邊忙碌、一邊好脾氣地道：「一個一個來，饅頭管夠！」

這可是比天降紅雨還更稀奇的事情！

誰不知道，自打肅州出了一個薛夫人，初一、十五的免費饅頭就是雷打不動的。除了瓦刺來犯、戰事吃緊，薛夫人會帶著一群娘子軍幫忙，無暇他顧的特殊時刻；只要巳時整，薛夫人便會出現在坊樓前。天晴天陰、颳風下雨、冰雪交加，不管多惡劣的天氣都不會阻擋住薛夫人的腳步，可是為什麼今天……難道瓦刺來犯了？

有這樣念頭的人不止一個，有那種膽小的，都不敢去北門看個究竟，一溜煙地奔回家，叫著不明所以的家人一起，翻箱倒櫃地收拾細軟，準備逃生。稍微膽大一些，則回家取了些銀錢，衝到米糧鋪子裡，大袋小袋的把糧食買了往家裡搬——哪次打仗不缺糧啊，不過是缺多、缺少罷了。

不過，肅州民風素來慓悍，膽小畏縮的終究還是少數，更多還是膽大之人；這些人不準備逃離，也沒有回去囤積糧食，而是直接去了北門，想看看是不是猜測成真了。

他們自然是一個瓦刺兵都沒有看到，北門大開，守門的兵卒盡忠職守地守著大門，臉上一派悠閒的表情——肅州守門的兵卒都是從肅州大營抽調過來的，每三天輪換，對於被操練得躺下就能打鼾的他們來說，守門這幾日是難得的休息日，自然覺得悠閒愜意。

瓦刺沒有來犯，薛夫人卻斷了今日的佈施？對於這些人來說，這真的比天上下紅雨更令人難以置信，誰不知道薛夫人樂善好施之名，又有誰不知道對於薛夫人來說，做善事才是重要的大事，年紀稍長一些的人還記得，當年薛夫人挺著一個大肚子，臨盆在即都沒有斷了初一、十五的佈施啊！

薛家出了什麼大事了嗎？這是在確定瓦刺沒有來犯之後的第二個念頭。

需要提一句的是，薛夫人佈施饅頭最早的對象是肅州的乞丐和家境貧寒、吃不上飯的窮人，但實際上領饅頭的卻多是家境不好、又愛貪小便宜的一幫閒漢，這些人每逢初一、十五便早早地候在坊樓前，佔據了有利位置好領上兩個，女人、孩子能省一天糧，男人也能省一頓。至於乞丐和窮得揭不開鍋的人卻不多——不是那些人不想要，而是……唉，怎麼說呢，初一、十五的南市可不是什麼人都可以去的。

這回，那些已經習慣了初一、十五領幾個免費又好吃的白麵饅頭，為自家省糧食的精明人，打著關心的幌子，呼朋引伴地往薛家走去，他們自然不會承認，他們心頭還抱著另外的念頭——或許到了薛家能領到饅頭甚至更好的東西。

不過，他們注定要失望了，他們到了薛家門口，薛家的門房一如既往的客氣、沒有半點架子，滿臉的親切笑容，知道他們的來意之後，嘆了一口氣，無奈地告訴他們，薛夫人病了，臨時取消了今日的佈施。至於更讓他們覺得親切的白麵饅頭，則連影子都沒有見到。

滿懷希望的人只好咂摸著嘴，滿心失望地散去——看來，他們只能回家吃了，唉，又少省了一天的糧食！

第一撥「關心」的人離開之後，薛夫人便知道了自己鬧出來的動靜，她冷笑一聲，對身邊的薛雪玲道：「玲兒，看到沒有，這就是名人和凡人的不一樣。我敢肯定，不用到中午，滿肅州的人就都會知道我病倒的消息。」

「那是！娘是誰啊！」薛雪玲連連點頭，道：「也就娘了，要是換個人，就算是病入膏肓也不一定能有這麼多人關心。娘，是不是該讓人透透風聲，說您是被某些黑了心肝的人給氣病的消息了？」

「娘啊，早就安排好了。」薛夫人微微一笑，一副勝券在握的樣子，道：「肯定會有不少人打聽娘的病情，到那個時候，自然有合適的人把這風聲給透出去……哼哼，等到滿肅州的人都在議論時，丁敏瑜就知道什麼叫做輿論的力量了！」

「娘算無遺策，女兒對您的敬仰猶如滔滔江水……」薛雪玲笑嘻嘻地湊了上去。

薛夫人被女兒逗得開心大笑，一把將她攬到懷裡，笑著道：「妳這張貧嘴啊！」

就在母女倆笑著打趣，等著看敏瑜被人口誅筆伐的當口，敏瑜也得了這個消息，她微微地思索了一番之後，便讓人備車，自己直接去齊府，秋霜卻去了張府，請張夫人去齊府議事。

張夫人一向乾脆，敏瑜才坐下喝了兩口茶她便到了。

三人坐下之後，敏瑜也不拐彎，直接道：「齊夫人、嬸娘，薛夫人生病的事情，妳們都聽說了吧？」

「這麼大的事情能沒聽說嗎？」張夫人冷哼一聲，道：「妳也不必理會，她就這個樣，不管做什麼事情都得鬧出大動靜來，別說是她生病了，就算是他們薛家的貓啊狗啊生病，也能鬧個滿城皆知。」

「嬸娘，您覺得薛夫人真是病了嗎？」敏瑜微微一笑，道：「昨日宴會上可看不出有半點不妥，今天就病倒了，不覺得蹊蹺嗎？」

「妳的意思是……」齊夫人皺緊眉頭，道：「妳是認為她壓根兒沒有生病，來這麼一齣是奔著昨天的事情去的？」

敏瑜點點頭，道：「或許是我小人之心，但是，以薛夫人的性子，應該不會因為小小的病痛就破了初一、十五佈施的慣例。」

「妳說得有道理。」張夫人點頭，道：「她最讓人津津樂道的便是臨產在即，還挺著大肚子去佈施；等到生了孩子，剛出月子便又不辭辛苦地去佈施。以她的性子，要真的是生病了，一定會一臉病容的去露臉，讓人讚嘆她生病都不忘做善事，而不是讓人上門打聽，除非她病得就只剩一口氣了。只是，她想算計什麼呢？」

「除了我以外，她還能算計什麼？」敏瑜笑了，道：「嬸娘別忘了，她昨天可被我氣得不輕，我敢肯定，只要有人打聽她的病情，定然能夠得到她被人氣病了的消息。妳們說除了十惡不赦的壞人，誰會刻意針對樂善好施、急公好義的薛夫人呢？」

敏瑜的話讓張夫人臉上帶了幾分焦急，道：「不行，不能讓她這麼壞妳的名聲。敏瑜，我這就找人，一定把這件事情給壓下去。」

「嬸娘，防民之口，甚於防川，把事情壓下去可不是什麼好辦法。」敏瑜笑著搖搖頭，道：「再說，薛夫人神通廣大，能用的人定然比妳我多得多，要把事情壓下去，恐怕是有心無力。」

「那怎麼辦？總不能就這麼任由她壞妳的名聲吧！」張夫人有些著急，道：「敏瑜，有的時候唾沫真能淹死人，妳可不能大意啊！」

「嬸娘，不用著急。」敏瑜一點都不擔心，笑著道：「我只說不防、不打壓，並沒有說不應對啊！」

「那妳準備怎麼做？」張夫人很是緊張地看著敏瑜，自己並沒有仔細思考過解決之道。

張夫人的樣子讓敏瑜心裡輕嘆一聲，她能感受到張夫人滿滿的關心，只是……唉，難怪勇國公老夫人壓著她不讓她和薛夫人頂著幹了，就算勇國公老夫人不壓著她，她也不一定是薛夫人的對手，反而會讓薛夫人磨礪得更厲害，也更不好對付。

「既然防堵不是良策，那麼就疏導唄！」敏瑜微微一笑，將自己思索好的對策娓娓道出。

聽完，張夫人瞪大了眼睛，用一副像是今天才重新認識她的目光看著敏瑜，而齊夫人則大笑著拍手，道：「還是楊夫人厲害，我看，薛夫人還真得被妳給氣病了不可！」

不到午時，薛夫人病倒的消息便傳得沸沸揚揚，病因也被人打聽出來了——她是被氣病的！

「哎，聽說了嗎？薛夫人是被氣病的！」某間小茶館，某甲輕輕地捅了捅隔壁桌的某乙，帶了消息靈通的神氣。

「當然聽說了！」某乙給了某甲一個白眼，道：「誰不知道薛夫人被楊都指揮使的夫人給氣病了！」

「你也知道了啊？」某甲有些訕訕的，而後略帶義憤地道：「哎，你說這楊家夫人怎麼這樣啊，感覺像故意和薛夫人作對似的，她這才來肅州幾天啊，就鬧了這麼些事情來，真是個攪事精！」

「可不是！」某乙贊同地點點頭，道：「薛夫人那麼好的人都被她給氣病了，可不就是個攪事的嗎？」

「你們啊……」旁邊一個上了年紀的老大爺搖著頭，不贊同地道：「你們就知道她把薛夫人給氣病了，可你們知道她怎麼氣薛夫人了嗎？不知道到底怎麼回事就別人云亦云，壞了別人的名聲！」

「大爺，您知道到底怎麼一回事嗎？」某甲不服氣地反問一聲。

「我是不知道，所以啊，我不亂說話。」老大爺搖搖頭，像他這樣，年紀一大把的，可不會因為幾句不清不楚的話就斷定某個人是好是壞。

「我還以為大爺您知道什麼呢？原來也什麼都不知道，那您怎麼知道我們就壞了別人的名聲？」某甲不服氣地嗤了一聲，把老人氣得翻白眼。

「我倒是聽說了一些不一樣的事情。」一旁的某丙湊過來，道：「聽說啊，薛夫人昨日設宴，也請了那位楊家夫人。結果，楊家夫人喧賓奪主，做了兩件事情，把薛夫人給氣得夠嗆。」

「咦？你知道？說來聽聽，是哪兩件事情？」好事的人都圍了上去，連那位老大爺也豎起了耳朵。

「第一件啊，是那位楊家夫人擺譜，不願意和薛夫人的一些客人同處一室，放出話來，說那些客人不走她便走，還拉了別人和她一起向薛夫人施壓。薛夫人最後被逼無奈，妥協了。」某丙嘖嘖幾聲，道：「換了我遇上這麼一個客人，也得氣得仰倒，哪有這麼不給面子的啊！」

「這位楊家夫人未免也太跋扈了吧？」某甲立刻打抱不平起來，道：「哪有客人逼著主人下逐客令的？」

「不會吧？」某丁皺緊眉頭，道：「不是說楊將軍的婚事是皇上所賜的嗎？楊將軍這樣的少年英雄，立下赫赫功勞，怎麼都得給他找一個講道理的夫人吧？」

「一點都不假，不信的話你們可以去打聽！」某丙肯定地道。「我還聽說，那群如夫人出了薛家的大門之後，好幾個都哭了起來，說從來沒有受過這樣的侮辱！」

「如夫人？」立刻有人抓住了重點，道：「你是說一群如夫人？」

「是啊！」某丙點點頭，道：「楊家夫人發難，還拉上了其他的夫人一起，個個放狠話，說不和如夫人們坐在一起……唉，何必呢，不都是女人嗎？」

「我覺得，這件事情是薛夫人不大地道。」老大爺開口了，道：「誰家的夫人願意和姨娘，還是一群姨娘平起平坐，那不是自降身分嗎？楊家夫人自持身分，做得對！」

「可以前從沒有誰說這樣不行啊！」某丙強詞奪理道。「薛夫人對誰都一視同仁，從來都是一起邀請的。」

「那是因為薛大人沒有妾室，要是薛大人納了妾，薛夫人就不會對夫人和如夫人一視同仁了！」立刻有人戲謔一聲，引來一陣哄笑。

「你們！」某丙氣極，而後道：「就算這件事情楊家夫人沒有錯，那她也不該攔著夫人們捐衣物吧？薛夫人年年都牽頭讓夫人們捐些衣物出來分給窮人家，這十多年來，沒有哪個夫人說不好。可楊家夫人呢，自己不捐便也算了，還慫恿別的夫人也不捐，這是什麼人啊？一點善心都沒有！」

「我看不是她慫恿了，那些夫人才不捐的吧？」老大爺搖搖頭，道：「你也說了，十多年來年年捐，哪家有那麼多的舊衣裳，能夠十多年來年年捐啊！」

眾人點頭，他們都是普通老百姓，一年到頭也就做一身新衣裳，一套衣裳起碼也得穿個兩、三年，能夠有幾套衣裳啊？

「說到這個，我倒也聽到一個消息。」某丁笑著道。「聽說啊，楊家夫人雖然不建議夫人們捐舊衣服，卻讓夫人們捐銀錢，用捐的銀錢買些粗布衣裳捐出去。這樣做，一來呢，夫人們可以把自己沒穿幾次的衣裳留下來，而不是捐了出去之後，再花錢做新衣裳，穿不上幾次，再捐出去，這樣周而復始，對誰來說都是筆不小的負擔；二來呢，夫人們的那些衣物，料子好是好，可是不耐磨，做事的人穿不了多久就得壞，對我們這樣的平頭百姓來說，真沒有粗布衣裳實在。更何況，有新衣裳穿的話，誰還願意去撿別人穿過的舊衣裳呢？你們說可是？」

某丁的話贏得一片贊同聲，卻有人疑惑地道：「這麼說來，楊家夫人也沒有做什麼太過分的事情，那薛夫人為什麼還被氣病了呢？薛夫人不至於連這麼一點器量都沒有吧？」

「這個你就不懂了吧？」某丁笑呵呵地道。「夫人們這不捐舊衣服了，那新衣裳和新料子買得自然也就少了，這買得少了，那開鋪子的人賺得自然也就少了，這鋪子的東家不得上火？這一上火，病倒了也就很正常了！」

這話實在是促狹，誰不知道肅州最大、最好的布鋪和成衣鋪子都是薛家的產業啊！

「你別胡說！」某丙氣惱地瞪著某丁，道：「薛夫人要是在乎銀錢的人，怎麼可能數十年如一日的樂善好施呢？」

「這個我就不知道了，反正我也是聽來的。」某丁壓根兒不想和他辯解什麼，而是笑呵呵地道：「不過，我覺得薛夫人未必就是視金錢如糞土的人，要不然怎麼會開那麼多的鋪子，我就不知道肅州哪條街上沒有薛家的鋪子！」

「哎，你說薛夫人今日沒有發饅頭，是不是因為昨天鬧的事情讓她沒賺到今天的饅頭錢？」有人很神奇地將這兩件事情連到了一起，他現在還對今天沒有領到免費饅頭而耿耿於懷。

「這個我更不知道了。」某丁笑著搖頭，而後帶了幾分神秘地道：「不過，我倒是知道薛夫人對那些如夫人另眼相看的原因。」

「什麼原因？說來聽聽！」對這個，眾人似乎更感興趣。

「那些如夫人幾乎都是在善堂長大的，她們能夠嫁到官家當如夫人，都是薛夫人牽的線。」某丁說到這裡，微微地頓了頓，左顧右盼一番之後，低聲道：「聽說薛夫人這樣做，是為了替薛大人籠絡人心；這些如夫人沒少幫薛大人，但是她們也沒少仗著薛夫人的勢和主母叫板，不少夫人因為這個對薛夫人有意見呢！」

「不會吧？」這消息不算什麼大秘密，但是一般的老百姓還真是不知道，都覺得不可思議。

「不信的話你們可以去打聽啊，聽說起碼有好幾十家的如夫人都這樣。」某丁慫恿著，他的話還真有不少人聽進去了，也有不少人覺得這倒也是個談資，可以打聽打聽。

像某丙、某丁這樣消息靈通的人不算多，但是他們的話卻很快被一傳十、十傳百地傳開了。

等到晚膳時分，難得好好休息一天的薛夫人準備驗收今日輿論成果，卻愕然地發現在她沒有察覺的時候，流言的走向已經變了。肅州百姓關心的不是她怎麼病了，而是她到底把多少善堂養大的姑娘送了給人當妾，又藉著捐這、捐那的名目賺了多少錢；至於她所期望聽到的，關於敏瑜囂張跋扈、不講道理、故意找她麻煩的輿論幾乎沒有，甚至連議論楊家夫人為人到底如何的流言也完全沒有。

怎麼會這樣？薛夫人懵了，再聽聽那些關於自己的惡意猜測，還有那種因為少賺了一筆就不給發饅頭的話語，身體一向都不錯的她眼前一黑，暈倒了！

「楊夫人，車氏不懂事，我已經教訓了她，還請楊夫人大人不計小人過，不要放在心上。」封維倫很是歉然地看著敏瑜，他近日到楊府拜訪，最主要的便是親自向敏瑜道歉來了。

秋霞將車秀娟押送回封府的當天，封維倫便派了管事嬤嬤帶了禮物上門。一是代他向敏瑜道歉，二是感謝敏瑜管教車姨娘，禮數上讓人挑不出什麼錯來。

「封大人太客氣了！」封維倫這般會做人，敏瑜自然也不會做出一副得理不饒人的樣子，她笑著道：「說起來原是我越俎代庖，讓貴府的姨娘受委屈了。」

「是她沒有規矩，楊夫人肯出手管教，我感激還來不及呢！」封維倫心裡明白，如果沒有李安恬的情分在，敏瑜絕對不會理會車秀娟，更不會特意讓人將車秀娟押送回去，留下那番警示自己的話語，他笑著道：「如果沒有楊夫人的提醒，我還不知道車氏在外面輕狂成什麼樣子呢！」

「封大人真不知道？」敏瑜似笑非笑地問了一句，把封維倫狠狠地噎了一下之後，便笑著起身，道：「封大人，我去廚房看看今日的菜色，讓瑾澤陪你坐。」

等敏瑜出去了，楊瑜霖才作出一副抱歉模樣地道：「內子年紀小，說話的口氣衝了些，別見怪。」

封維倫無奈地搖搖頭，他剛剛在一旁可看得清清楚楚的，丁敏瑜埋汰人的時候，楊瑜霖那眼神可只有寵溺縱容，沒有半點責怪。

「不過，她說那些話的出發點卻是好的。」楊瑜霖話音一轉，卻又為敏瑜辯解道。「如果不是因為與尊夫人相得，內子也不會做那種吃力不討好的事，更不會說這種話。」

「這個不用瑾澤說，我心裡也清楚。」封維倫臉色微微一正，道：「前幾天我接到內子來信，信上還說起尊夫人……」說到這裡，封維倫微微一頓，將原本要說的話嚥了下去，笑道：「內子不止一次說尊夫人聰慧機敏，她自嘆不如。我原本倒有些不信，覺得內子有些言過其實，但現在卻覺得她說得一點都沒錯。」

敏瑜和薛夫人幾次過招的事情，封維倫都聽說了，自然知道敏瑜幾次都穩穩地占了上風，而原本以為定然很有手段的薛夫人，現在看來也不過是個外強中乾的。對於這樣的局面，封維倫覺得有些意外，但又覺得在情理之中。

以封維倫的身分，自然隱約聽說了皇后對敏瑜的心思，也聽說了敏瑜和九皇子青梅竹馬的情分，知道敏瑜名義上是公主陪讀，但宮裡那些人精在教養她的時候，卻將她當成了未來的皇子妃。這般教養出來的女子，又怎麼可能輸給薛夫人那樣的人呢？只是之前覺得薛夫人年紀比敏瑜大了一倍不止，又在肅州經營了那麼多年，占得優勢，敏瑜剛開始的時候必然要吃點虧，可卻沒有想到敏瑜第一次出手便旗開得勝，之後更是連連告捷，讓薛夫人一再失利。

「她確實是個聰慧的，很多時候我都自嘆不如。」楊瑜霖贊同地點點頭，知道封維倫這是有感而發，對於敏瑜在短短的時間內不止一次地讓薛夫人連連吃虧，他也很意外——不過他意外的只是敏瑜的效率，而不是敏瑜的能力，敏瑜從未在他面前藏拙，他自然知道敏瑜的手段。

封維倫頗有些見不得楊瑜霖那副「還算你有見識」的樣子，打趣道：「瑾澤心裡是不是覺得，有如此賢妻，此生再無所求了？」

「是這樣的。」楊瑜霖卻點了點頭。

他如此直接坦誠的承認，讓封維倫大感意外地怔了怔。

楊瑜霖又笑道：「不過，道緒有安宜郡主那樣的賢內助，倒也不用羨慕我了。」

「唉……」封維倫嘆了口氣，而後苦笑一聲，沒有接這話，看樣子，對李安恬帶了些不滿。

楊瑜霖原本不想多問，但想到敏瑜提及李安恬時那毫不掩飾的欣賞，卻還是多嘴了一句，道：「道緒為何這般？莫不是和安宜郡主有了什麼間隙？」

「沒有。」封維倫立刻搖頭否認，他和李安恬之間確實有不小的間隙，但卻也不至於和楊瑜霖說起來。

「道緒夫妻間的事情，我一個外人原本也不該多嘴，只是內子不止一次地在我面前提及安宜郡主，每次都說安宜郡主這般好、那般好。前幾日，內子打發了貴府姨娘之後，還與我感嘆，說如果安宜郡主在，又怎麼可能讓車姨娘這般輕狂，一副招惹是非的樣子。」

楊瑜霖看著封維倫，誠摯地又道：「道緒或許也聽說了，我和內子原本沒有打算今年完婚，是因為我的任命下來，知道我上任之後，三、五年之內恐怕都無暇回京完婚，這才將婚期提前。道緒也一樣，三、五年內無法輕易回京城，那道緒為何不將安宜郡主接到肅州，既能夫妻團聚，也能安心地將內宅交給安宜郡主打理，不用分心他顧，更不用擔心妾室不守本分地招惹是非。」

封維倫搖搖頭，苦笑一聲道：「不是所有女子都能像尊夫人一樣，願意拋下習慣了的錦衣玉食，到這苦寒之地來受苦的。」

封維倫的話讓楊瑜霖的眉頭微微一皺，直接問道：「難道安宜郡主不願意到肅州來？」

「她倒沒有說過不願意到肅州來，事實上我們也沒有商量過這件事情。只是我想著，她從出生起便被嬌寵著養大，應該不願意，便沒有和她說起，免得遭了拒絕。」

一看楊瑜霖的表情，封維倫便知道楊瑜霖心裡在想什麼，他搖搖頭，苦笑一聲，又道：「不瞞你，我和內子也是打小就認識的，成親之前一直覺得能夠娶到她那般出身家世、才貌品行都無可挑剔的妻子是人生最大的幸事，但成親之後才知道，人生哪有能夠事事如意圓滿的。」

封維倫接到任命的時候，李安恬身懷六甲，自然不可能和他到肅州來，封母黃氏便作主，讓車秀娟跟著他到任，侍候他的起居；他到了肅州之後，夫妻兩人也就寫了那麼兩封信，更沒有機會提及此事。封母在中秋前後讓人送東西過來的同時，倒也捎了一封信，信上對李安恬的怨言頗多。

對母親的抱怨，封維倫很是厭倦，他有的時候也想不通，當初把李安恬誇得無一處不好的母親，為什麼在他們成親之後便開始事事挑剔起來。一開始他還會為李安恬說話抱屈，但是挑剔多了，他便也漸漸地埋怨起李安恬來。

「聽說，道緒能謀到肅州通判這個缺，令岳父靖王出了不少氣力。」楊瑜霖輕嘆一聲，說起了似乎不相干的事情來。

楊瑜霖的話讓封維倫的臉色一僵，不自然地點點頭，一副不想深談的樣子。

「道緒是不是覺得仰仗著岳父才能一展抱負，心裡很不是滋味？」楊瑜霖笑笑，道：「但是道緒可曾想過，相比起才華，其實這才是我們最大的優勢！以你我的年紀資歷，如果沒有長輩的提攜，根本就不可能有今日的地位和官階。這世上，與我們一般年紀卻比我們出眾的大有人在，只不過沒有個好出身，也沒有個可以仰仗的岳家，所以只能慢慢地熬著，還不知道什麼時候才能熬出頭來。」

封維倫也不是蠢人，自然明白楊瑜霖說這個是為了什麼，他苦笑一聲，道：「若是自家長輩或者師尊，別人倒也不會多說什麼，但換成了岳家便不一樣了，別人會說，不過是生了一副好皮囊，攀了一門好親，靠著裙帶上位。」

「道緒覺得你是靠著一副好相貌才被靖王看中的嗎？」楊瑜霖搖搖頭，這樣的話他其實也聽過，就在他被任命為肅州都指揮使的時候也聽到不少類似的酸話，說他若非靠著未過門的妻子是皇后跟前的紅人，哪裡有這樣的好事情。他比任何人都清楚自己的任命是怎麼來的，自然對此一笑了之。

「當然不是！」封維倫頗覺得受辱，李安恬固然是讓人趨之若鶩的高貴郡主，但他也不是那種攀了一門好親就一步登天的寒門小子。

「既然如此，道緒糾結什麼呢？」楊瑜霖笑道。「至於靖王為你關照的事情……你是他的女婿，是半子，他不幫你幫誰？你應該理直氣壯地接受靖王的關照，不但不需要糾結，反而更應該努力做事，讓人知道，職位雖靠著長輩得來，但功績卻是自己實打實地幹出來的。當然，作為女婿，孝順岳父、岳母也是情理之中。」

「你這一說，我這心裡真的是舒坦多了！瑾澤，謝謝你的開導。」封維倫覺得心裡一下子坦蕩了，他其實並不是那種愛鑽牛角尖的人，也不是那種聽了別人的酸話就遷怒的人，只是他和李安恬成親之後，不光是身邊的朋友、同僚總用一副羨慕嫉妒的眼神看他，說他娶了郡主後必然平步青雲，就連家族中也有不少人說過這樣的話，而母親又總說李安恬高傲看不起人，所有的事情加在一起，真給了他不小的壓力。

「我可不是為了開導你才說這些。」楊瑜霖搖搖頭，道：「我想說的是，如果安宜郡主不想跟著你到肅州，你覺得靖王還會幫你謀求這個職位嗎？」

封維倫呆了呆，他真沒有往這方面想，可是母親……

想到母親，他忽然靈光一閃，驟然間想通了一些事情，他起身，鄭重地朝著楊瑜霖一鞠，道：「多謝瑾澤出言提醒，我感激不盡！」

第八十六章

「不都說楊夫人是貴人嗎？我還以為今天過來能看到什麼貴人呢，怎麼好像沒有啊？」跟著薛夫人一道前來的薛雪玲剛剛坐下，便陰陽怪氣地來了一句，還一臉嫌棄地道：「早知道我就不來了！」

「薛雪玲，妳是什麼意思？」張菁菁見不得薛雪玲那副鬧場的樣子，立刻針鋒相對地道：「又沒有人請妳來，妳有什麼資格說這樣的話？」

薛雪玲被張菁菁堵得難受，當下就跳了起來，指著張菁菁罵道：「我說什麼跟妳有什麼關係？妳出什麼頭啊?!妳……」

「玲兒！」薛夫人皺著眉頭叫了一聲。

薛夫人只有這麼一個女兒，自是恨不得傾己所能讓她過得安逸，錦衣玉食自不用說，不但請最好的先生教導琴棋書畫，為了女兒，她還花了大把銀錢請了從宮裡出來的教養嬤嬤教導規矩，但凡是能夠想到的、能夠給女兒的，都盡一切可能地捧上，可是女兒卻沒有自己預想中的那樣色色出眾，將所有的人給比下去——比不過丁敏瑜尚情有可原，但和張菁菁這樣的女孩當著這麼多的人面前這樣鬥嘴，這就讓她不悅了。

「娘——」薛雪玲嗔怪不依地叫了一聲，對於薛夫人的不滿絲毫沒有察覺，反而覺得母親不應該阻止自己。

薛夫人嚴厲地看了她一眼。

薛雪玲只能悻悻地閉了嘴，老實地坐在那裡不出聲了，但一張嘴翹得都能掛上幾十個油瓶了。

張菁菁朝著薛雪玲哼了兩聲，沒有再說什麼。她知道，今天是敏瑜的大日子，可不能出任何差錯。

時辰到了，張夫人起身，莊重地道：「今日，由我代為主持敏瑜的及笄禮，諸位大駕光臨，我代敏瑜向諸位致謝！」語畢，稍微頓了頓，便宣佈及笄禮正式開始。

正廳的簾子被掀開，敏瑜神色端莊地走了進來，進屋之後，姿勢優美的面朝西方，端跪在廳堂中央的藤蓆之上，受邀為贊者的齊夫人臉上帶著微笑，便要上前為她梳頭。

「且慢！」

不等齊夫人走到敏瑜身邊，廳外便傳來一道輕柔卻又威嚴的女聲，正廳裡眾人有些愕然，看著再次被人掀開的簾子，一身青色宮裝的中年婦人和一個中年內侍進來，他們身後跟了兩個姿容秀麗的少女和年輕內侍，每人手上都端了一個蓋著紅色絨布的漆盤。

秋霜笑盈盈地引著他們坐在一直空著的上座，道：「姑姑、雷總管，請坐。」

薛雪玲當下就不滿起來——那兩個位子是整個廳裡最中間、也最尊貴的座位，連她的母親都不能坐，憑什麼讓他們上座？好在薛夫人剛剛的態度擺明了不准她胡鬧，她便只是狠狠地瞪了兩人，沒有出言諷刺。

可這兩人是什麼人，薛雪玲的心裡想什麼，自然是一眼就看了出來，不過他們懶得理會這麼一個黃毛丫頭，全當什麼都沒有看見罷了。

端跪堂中的敏瑜看到兩人，心頭又驚又喜，更有濃濃的感動，她的眼眶一熱，盈滿了熱淚，臉上的笑容則燦爛耀眼起來。

那宮裝婦人有些心疼，連忙道：「請贊者梳頭吧！」

被打斷了的齊夫人這才上前為敏瑜梳頭，等她梳完，將梳子朝南放下，那宮裝婦人便起身，帶著端著托盤的少女走到敏瑜跟前，笑著道：「這裡有兩支玉簪，妳且選一支來用吧！」

她說完，那少女便恭敬地跪下，將蓋著的紅色絨布掀開，裡面有兩支玉簪。一支五福如意碧玉簪，一支白玉鳳簪，都極為精美，哪怕是不懂的人見了，都能看出這兩支玉簪皆絕非凡品，是花錢都買不來的好東西。

身子微微前傾的眾位夫人、姑娘都有些羨慕，薛雪玲更是嫉妒得眼睛都泛起了紅光。

薛夫人一貫認為女兒要富養、要嬌養，不知道為她攢了多少好東西，一直以來她也都認為沒幾個人能有自己那麼多精美、貴重的珠寶首飾，但是現在看了這兩支玉簪，卻覺得她那幾匣子的珠寶都失去了光彩。

「嵐姑姑，她們不會這個時候還打擂臺吧？」敏瑜看了那兩支玉簪，微微一怔之後，無奈起來。

來的這位不是別人，而是皇后身邊最得力、也最有身分地位的嵐娘，而那位姓雷的內侍，敏瑜並不是很熟悉，但也知道他是慶郡王府的內侍。

敏瑜的話讓嵐娘笑了起來，道：「就知道妳這孩子一眼就能看出來她們的心思！選吧。」

敏瑜無奈地搖搖頭，下巴微微一點，道：「就白玉鳳簪吧！煩勞姑姑回去和娘娘說，我選了她賞的。」

嵐娘再一次忍俊不禁地笑出聲來，道：「不錯，有眼力，一眼就看出來那才是娘娘精心為妳挑選的。」

不用嵐娘吩咐，那少女便起身，將另外一支玉簪放到另外一個少女的托盤上，嵐娘則笑著道：「不知道今天請的正賓原本是哪一位夫人？」

敏瑜起身，指著張夫人笑道：「嬸娘是都指揮同知張猛張大人的夫人，張大人是瑾澤師叔，對瑾澤關照甚多。」

「原來是張夫人。」嵐娘微微笑著點頭，她進來之前便從秋霜那兒問清楚了，她客氣地道：「我是坤寧宮的奴婢，此次前來是奉皇后娘娘之命，一是送著插笄用的玉簪，其二呢……或許諸位也聽說了，敏瑜打小在娘娘跟前長大，娘娘一貫把她看得跟眼珠子似的，如果這及笄禮在京城舉行，娘娘定然會親自來為敏瑜插簪。」

嵐娘話都說到這裡了，張夫人自然明白她的意思，當下笑著道：「姑姑既是代表皇后娘娘，那麼今日這正賓也要煩勞姑姑了！」

如果今日請的正賓是別人，聽了嵐娘這話，就算不敢有什麼意見，心裡肯定也會極不舒服；但張夫人原本就將楊瑜霖當成了最疼愛的子侄，敏瑜是侄媳婦，心裡不但沒有半點不悅，還十分的高興。她相信，今天之後，那些一直搖擺不定的人，定然會作出選擇。

及笄禮繼續進行，嵐娘將那支玉簪為敏瑜插上之後，又親手將敏瑜扶起來，笑著道：「娘娘和侯爺夫人要是能親眼看到妳這樣的話，不知道心裡有多高興呢！」

「嵐姑姑回去之後，把今日的事情與她們說也是一樣的。」敏瑜握著嵐姑姑的手，笑著道：「告訴她們，敏瑜已然長大，讓她們放心。」

「兒行千里母擔憂，妳再大，在她們眼中也是孩子，又怎麼可能不為妳擔心呢？」嵐姑姑輕輕地摸了摸敏瑜的臉，笑道：「進去換衣服吧！衣服就換我帶來的，那可是娘娘精挑細選出來的料子，讓內造府最好的繡娘為妳縫製的，穿上之後定然美得讓姑姑都認不出來。」

「嗯！」敏瑜輕輕點頭，秋喜引路，齊夫人和另外一個少女也一起去幫著換衣裳。

嵐姑姑看她們出去後，才滿臉微笑地回到座位上。

「姑姑是皇后娘娘身邊的人？」薛雪玲滿臉好奇地看著嵐姑姑，臉上帶了恭敬，眼中也閃爍著光芒，剛剛的不滿完全不見了。

「這位是？」嵐姑姑輕輕偏頭，詢問的視線落在秋霜臉上。

「回姑姑，這位是薛雪玲薛姑娘，是都指揮同知薛立嗣大人的千金。」秋霜立刻輕聲介紹，她和嵐姑姑也是老熟人了，自然更親近一些。

「原來是薛姑娘啊！」嵐姑姑微微一笑，而後上下打量了一番，沒有再說什麼，卻又將視線落到了張夫人身邊的張菁菁身上，道：「這位應該就是張大人的千金了吧？」

「菁菁見過姑姑。」張菁菁有些拘束的起身行禮。

「張姑娘不用客氣。」嵐姑姑虛扶了一把，而後笑著從手上褪下一只玉鐲，道：「第一次見面，我也沒有好東西給妳，這玉鐲是皇后娘娘賞的，妳戴著玩吧。」

「這……」張菁菁哪裡敢收，遲疑地看著張夫人。

「妹妹收下吧。」敏瑜正好換了衣服回轉過來，見狀笑道：「嵐姑姑手裡可有不少好東西，一只手鐲而已，妹妹儘管收下。」

敏瑜都這麼說了，張菁菁謝過嵐姑姑之後，接過玉鐲，玉鐲到了手上，卻有一種溫暖的感覺，原來這看著不起眼的玉鐲，卻是難得的溫玉，她微微一驚，又有些遲疑了。

敏瑜卻不客氣地笑著上前，為她將手鐲戴上，而後笑盈盈地朝著嵐娘道：「嵐姑姑啊，有我的禮物嗎？」

「妳這壞丫頭！」嵐姑姑伸出手指輕輕地點了她的鼻尖一下，笑罵道：「妳從姑姑這裡要了多少好東西，真是貪心不足的壞丫頭！」

敏瑜輕輕地吐了吐舌頭，一副小女兒的嬌態，除了嵐娘之外，其他人都看呆了，敏瑜在她們面前一貫冷靜而強勢，她們何曾見過她這副小女兒的姿態？

嵐娘卻不覺得有什麼不同，笑著指向雷總管，笑道：「還記得這位雷總管嗎？」

「不大記得了！」敏瑜頑皮地來了一句，笑著道：「雷總管，可是郡王爺有什麼吩咐？」

敏瑜的話讓雷總管也笑了起來，道：「郡王爺來之前還說，楊夫人就算嫁了人，定然也還是那個讓人頭疼的頑皮妹妹，這話說的果然沒錯。楊夫人，咱家是奉郡王爺之命，給楊夫人送及笄禮的！」

雷總管這麼一說，在座的夫人、姑娘們又是一驚，臉上的表情精彩起來……

「每個月的支出貼榜公佈？」敏瑜輕輕一挑眉，笑道：「這還真是個好主意，薛夫人是覺得這樣能讓善堂的管事清如水呢，還是認為這樣能給她帶來清名？」

「兼而有之吧！」齊夫人笑笑，而後道：「明兒就是三十了，照善堂以前的規矩，初一那天便要將每個月的花費款項寫在紅榜之上，而後將紅榜貼在善堂的照壁上公佈於眾。金師爺覺得這有譁眾取寵之嫌，想要改一改這個規矩，只是楊夫人之前也交代過了，暫時不要動薛夫人之前立下的規矩，所以……」

接手善堂，金師爺確實是最合適的人選。金師爺真不是什麼有大智慧的人，很多事情上都沒有太好的主意和點子，好在他也知道，齊大人挑中他打理善堂，並非看中他的本事和能力，而是看中他的出身，所以，遇上什麼難題便直接找回來了。

敏瑜笑笑，問道：「這規矩在善堂的口碑應該極好吧？」

從一開始，她就沒有打過將善堂掌握在自己手上的主意，善堂原是朝廷所設，原該肅州府打理，別說善堂不過是個積累人脈和名聲的地方，就算有更大、更多的好處，敏瑜也不會把手伸過去——什麼能伸手、什麼不能伸手，敏瑜一貫看得清，要是連這點誘惑都抵擋不住，她也不是她了。不過敏瑜也將善堂當成了一個突破口，對善堂的一切，敏瑜都仔仔細細地瞭解過，這與眾不同的規矩自然也不例外。

「嗯。」齊夫人點點頭，道：「其實就連金師爺都覺得這個規矩不錯，如果不是因為他想找一個突破之處卻又不知道該往哪裡下手，他也不會想改這個。」

「那就改這個吧！至於怎麼改，我倒是有些想法……」敏瑜笑了起來，將自己的主意詳細地說了出來。

齊夫人聽完，情不自禁地脫口讚好。

一旁的張夫人也笑了起來，道：「真不知道妳這孩子是怎麼長大的，菁菁只比妳小一歲，但現在除了玩之外還什麼都不懂。她要是有妳一半，不，有妳三分之一能幹，我就不用為她擔心了！」

「嬸娘，您覺得我好，我倒是更羨慕菁菁。」敏瑜笑著道。「像菁菁這樣單純活潑才是真的有福氣；像我這種，就是個勞碌命，這不被妳們拉過來出主意了嗎？」

敏瑜的話讓張夫人很是受用，但是想到還有些懵懂的女兒，卻又忍不住嘆了一口氣，道：「敏瑜，我這些天一直在考慮一件事情，很有些拿不定主意，妳幫我琢磨琢磨，怎麼樣？」

「嬸娘請講。」

「是這樣的，我想給菁菁請個教養嬤嬤，一來可以教她規矩，拘著她，免得她都十四歲了，還整天往外跑，像個野丫頭似的。二來，菁菁也著實不小了，等她及笄之後也該給她找婆家了，學了規矩議婚也好一些。」張夫人看著敏瑜，臉上有些心虛。

在京城，家裡有姑娘請教養嬤嬤的比比皆是，門第高、條件好的就請宮裡出來的教養嬤嬤，門第一般或者家底薄的請個普通的也就是了。但這裡是肅州，在偌大的肅州，只有薛家花了大錢費了功夫為薛雪玲請了教養嬤嬤。

要是在以前，張夫人不會也不敢想這個，但是現在，看了敏瑜，她忽然覺得能給女兒請個教養嬤嬤也不錯，不指望她學了規矩之後能比得上敏瑜，只求不再什麼都傻乎乎的不知道就好，至於怎麼請……皇后娘娘為了敏瑜的及笄禮，都能派身邊最得力的女官不遠千里地到肅州來了，求了她，找一個還過得去的教養嬤嬤應該也不難吧！

請教養嬤嬤？敏瑜皺了皺眉頭，看看一臉期望的張夫人，再看看眼中也帶著期盼之色的齊夫人，道：「齊夫人是不是也想為齊姑娘請一位教養嬤嬤？」

「是有這個想法。」齊夫人點點頭，略有些不好意思地道：「我和張夫人的想法差不多，學學規矩總是好事。」

看來她們都想到了一塊兒去！敏瑜笑笑，沒有說好不好，而是看著張夫人，問道：「嬸娘可想過給菁菁找一個什麼樣的夫家？」

「這個……」張夫人微微遲疑了一下，而後便坦然道：「說實話，雖然沒有特別中意的人家，不過我就這麼一個女兒，她的性格脾氣擺在那裡，我也不指望她高嫁，只想找個相對單純一些的人家，最好是次子。菁菁不是當長媳的料，與其到時候讓人挑剔，自己也手慌腳亂，還不如一開始就降低要求。」

「那麼，齊夫人呢？」敏瑜點點頭，轉向齊夫人。

「我不好說啊！」齊夫人苦笑一聲，道：「我家老爺明年就滿兩任了，我估計他是不大可能繼續連任，我們兩人都是京城人，到時候或許能夠留京城謀個職位。」

「也就是說齊夫人極有可能在京城子弟中為齊姑娘選婿。」敏瑜微微沈吟了一下，而後正色看著兩位夫人，道：「如果是這樣，我建議兩位都不要請教養嬤嬤。」

敏瑜的話讓齊夫人和張夫人都皺緊了眉頭，但她們都沒有直接問為什麼，而是仔細地思索著，好一會兒，張夫人才輕聲道：「敏瑜，妳是不是覺得給菁菁請教養嬤嬤是多此一舉？」

「嗯。」兩人能夠仔細思索，而不是聽了自己的話就問為什麼，這讓敏瑜很高興，這證明自己在兩人心裡已經有了不一樣的地位。她輕聲道：「如果嬸娘希望菁菁高嫁，請個教養嬤嬤倒也算有必要，畢竟大家族中的規矩可不少，要是不懂，進了門之後難免會被人嘲笑，甚至讓人看不起，但嫿娘若只想找個簡單的人家，就真沒有必要學什麼規矩了，學了不僅對她沒有什麼用處和幫助，反而可能是一種負累。」

「這話怎講？」張夫人皺起眉頭看著敏瑜，從敏瑜身上可看不出學了規矩有什麼不好。

「學了規矩，一舉一動一言一行在不知不覺之中都會和旁人有些不一樣，如果高嫁自然無所謂，但如果嫁到了並沒有這麼多講究的人家，那麼，她的言行舉止不但不會給她帶來什麼好處，反而可能給她造成困擾，婆家人說不準會認為她看不起人而疏遠她。」敏瑜輕聲解釋道。「這還不是最壞的情形，萬一人家想偏了，認為她之所以學那麼多的規矩，是為了高嫁，結果高攀不成，退而求其次地選了他們……嫿娘，如果有了這樣的誤會，那要解釋清楚可就難了！」

張夫人愣住，她只想著學了規矩能夠帶來的好處，卻沒有想到可能引起的誤會，被敏瑜這麼一說，她想要為女兒請教養嬤嬤的念頭就淡了不少。

「可是現在不學，萬一到時候找了個特別講究規矩的人家豈不晚了？」齊夫人也覺得敏瑜說的有道理，但她和張夫人的情況卻不一樣，張猛十年、八年之內並不會有太大的變動，張菁菁以後說親不是在肅州便是附近幾個州府，夫家極有可能也是武將之家，學不學規矩其實也無所謂，但自己的女兒齊若眉就不一樣了啊！

「不晚！」敏瑜笑著道：「要是真找了個特別講究規矩的人家，那麼定親之後再請教養嬤嬤也不遲。到時候，除了教養嬤嬤之外，再從未來的親家那裡請一個積年的嬤嬤過來，學規矩的時候請嬤嬤在一旁指點，定然能夠起到事半功倍的效果。」

張夫人和齊夫人都微微點頭，齊夫人想了又想，卻又道：「這樣會不會有些倉促？學規矩可不是一蹴而就的事情啊！」

「誠然，這學規矩不比其他，一天、兩天是看不到成效的，妳們現在就急著找教養嬤嬤，應該也是因為這個原因吧！」敏瑜微微一笑，見張夫人點頭之後，繼續道：「可是，妳們有沒有仔細想過，現在學規矩其實並不好。」

張夫人這會兒已經打消了請教養嬤嬤的念頭，而齊夫人則沒有，相反，她更急切了，便問道：「那怎麼才算好呢？」

敏瑜笑笑，道：「學規矩，最好的是像我一樣，打小就學，時間長了，規矩刻在了骨子裡，不用刻意，也能遵規蹈矩。其次，則是學上個一年半載，知道何為體統即可，規矩或許會差一點，卻無傷大雅，尤其若別人知道這一點，無形之中便會多了些包容之心，那麼，就算不小心犯了小錯，也容易得到原諒。最怕的則是學上個兩、三年，說她懂規矩，但其中的精髓卻不一定能懂；說她不懂，表面上的規矩卻不會出錯，這樣的人，也沒有了敬畏之心，若是犯了大錯，別人又總認為她是懂規矩的，不僅不會輕易原諒她，甚至還會罪加一等。」

齊夫人點點頭。

敏瑜又笑著道：「還有，家中女兒到了十三、四歲才忽然請教養嬤嬤的，一般有幾種情況。最好的就是我之前說的，結了一門好親事，為了讓女兒到夫家之後能夠更快適應；其次則是逢大選，想將女兒送到宮裡去參選的；最糟糕的則是家風不正，為了以後能謀一門好親事，不得已才請了教養嬤嬤……所以，我建議不管是齊姑娘還是菁菁，暫時都不用請教養嬤嬤，等她們議婚之後，如果夫家的規矩多，有了這個必要再請。到那時候，嬸娘和齊夫人如果需要我幫忙，只管開口。我別的能耐沒有，幫著請個教養嬤嬤卻還是能辦到的。」

敏瑜這話一出，就連齊夫人都打消了立刻請教養嬤嬤的念頭——齊守義一年後要能回京城，到時候再請教養嬤嬤也不遲；要是不能回，女兒現在學了規矩也未必就能派上用場，說不定還會像敏瑜說的，起不到什麼好，反而還更麻煩……

第八十七章

每月初一，善堂的照壁上都會張貼一張紅榜，善堂當月的支出款項都會列在其上，這是薛夫人接手善堂這十多年來的規矩，用她的話來說，就是要讓所有的人都能看到，她沒有從善堂撈一個銅板的好處。

十月初一，善堂的人愕然發現這項規矩似乎被人打破了，善堂的照壁上空空如也，連紅榜的影子都沒有見到。不等他們憤怒的找金師爺金主事討要說法，便有人告訴他們，規矩變了，從這個月開始，紅榜貼到善堂大門外的佈告欄上。從今往後，善堂每個月的收支明細都會這樣公佈出來，讓全肅州的百姓都看得到，讓全肅州的百姓監督善堂的運作。

這樣的回答讓善堂的人勉強滿意，雖然他們覺得將善堂的收支明細這樣公佈出去有一種家務事外揚的嫌疑，但是轉念一想，善堂從來都不拒絕外人進入，就算貼在照壁上，旁人想看也一樣可以進來看，便也釋然了。

當下，大多數人該做什麼便做什麼去了，但有那麼少數幾個人卻還是去看了這個月的紅榜——他們可都憋著壞呢，想從這個月的紅榜上找找，看看能不能挑出什麼骨頭來，要是能夠藉此將事情鬧大，把金主事攆走，把薛夫人迎回來就好了。而他們只看了一眼，便呆住了……

善堂每個月的支出其實很簡單，無非不過是柴米油鹽醬醋等幾大類，孫亮當主事的時候，都只泛泛地寫上每一項支出多少銀錢，最後合計多少，其餘的一概沒有，每次一張紅紙便足矣。而這一次，滿滿當當地寫了四張紙，整個佈告欄都貼滿了！

既然是收支明細，那麼首先便要將收入明細寫出來——

大到州府撥來的固定款項五十兩銀子、商鋪富戶和官家夫人幾兩到幾十兩的捐款；小到普通老百姓幾個銅子兒甚至幾升米、幾顆雞蛋、幾捆小菜的捐物，寫得清清楚楚、明明白白，沒有一樣遺漏。

這讓那些自以為是的人愣住了——原來他們不是薛夫人自掏腰包養活的，原來他們是靠朝廷和肅州眾百姓養活的，那他們這些年只知道感激薛夫人的行為，是不是在無意中成了別人眼裡養不熟的白眼狼？

最讓他們覺得震撼甚至不敢置信的是，那位在他們心目中的衣食父母，那位付出了不知道多少心血支撐著善堂、養育他們長大的薛夫人的名字，居然沒有出現在上面。他們無法接受這個事實，認認真真、仔仔細細地看了一遍，還是沒有找到薛夫人或者薛家任何一個人的名字。

然後是支出，和孫亮主事時不一樣，所有支出不但將項目列了出來，購買多少、用了多少、剩餘多少，每一樣的單價，甚至在哪一家鋪子買的東西，也都寫得清清楚楚，沒有半點馬虎。看完之後，他們更傻眼了——所有的東西，除了在集市上買的新鮮蔬菜和肉食之外，但凡是需要到鋪子裡購買的，無一例外都是薛家的鋪子。比他們年長的哥哥姊姊，長大成人離開善堂之後，不是入伍便是到薛家的鋪子當夥計，他們自然知道薛家有哪些鋪子。

原來薛家夥計每次送來的東西都是要錢的！

這是這些人腦子裡的另一個念頭，他們原以為那些東西都是薛夫人捐出來的，但現在看來，根本就是別人捐了錢財，而後照顧薛夫人家的生意去了！原來善堂這老老少少兩百來號人並不是薛夫人的包袱，而是她的主顧！

如果說這一次的紅榜，只是推翻了善堂不少人——尤其是年少天真的那些半大小子和小姑娘們——一直以來被人灌輸的思想的話，那麼給肅州百姓帶來的便是另外一種思潮了。更有那些腦子靈活的生意人，從這紅榜上看到了做生意的契機。

紅榜貼出去的當天下午，便有一個自稱姓王的米糧鋪子老闆上門了，他身後跟著四個夥計，每個夥計都揹著一個不小的布袋，裡面分別裝了各種米麵糧食，他給出的報價每一種都比紅榜上寫的單價要便宜，最多的一石便宜了兩百文，最少的也便宜了五十文。

王老闆是比較敏銳、來得也比較快的一個，繼他之後，又來了好幾個鋪子的掌櫃和老闆，紛紛就善堂消耗較大的米糧等物品做了報價，金主事在貨比三家之後，選擇了價格更低的幾家，至於一直合作的薛家鋪子，金主事毫不猶豫地派人上門通知合作取消。

這樣的變故讓薛家鋪子的掌櫃們措手不及，直接上善堂找金主事討要說法。金主事冷笑兩聲，將其他鋪子的報價丟出來，掌櫃們看了報價，啞然無言，灰溜溜地走了。等他們一走，薛家賣給善堂的物品和市面上持平，卻比大宗買賣貴了一、兩成的消息，便在善堂內裡外傳開了……

「上個月為什麼沒有照規矩往善堂送米糧和日常所需的物品？」薛夫人臉色陰沈地看著面前幾個鋪子的掌櫃，他們都是她一手培養出來的，原以為他們值得信任，但是現在，她真的懷疑他們是否值得自己相信。

「夫人……」幾個掌櫃你看看我、我看看你，最後最年長的一個不得已地開口道：「小人們是想著給他們點顏色看看，讓他們知道，如果沒有夫人，善堂根本支撐不下去，哪知道……哪知道會變成現在這個樣子！」

「是啊！」他的話音一落，馬上就有人附和。「夫人，小人們也是為了您才這樣做的！」

「為了我？」薛夫人肺都快氣炸了，她冷冷地看著這些掌櫃，道：「為什麼沒有人和我說起這件事情？如果善堂今日沒有鬧這一齣，你們還準備將我蒙在鼓裡多久？你們可知道，就因為你們的擅作主張，讓我這麼多年的心血付諸流水？現在，估計全肅州的人都會以為，我管理善堂這麼多年來，一個子兒都沒有出過！」

薛夫人不能不惱怒，她對善堂十分重視，自然不可能捨不得往善堂花錢，她一早就吩咐過，每個月往善堂送一些柴米油鹽之類的必需物品，雞蛋、蔬菜、肉類送得也不少，善堂的人每隔三天就能吃上一頓肉菜，每隔兩天便能吃上一個雞蛋，這些都是她定下的規矩。她管理善堂這麼多年來，平均每個月要花五十兩銀子，可是現在呢，那些錢都白花了，甚至還讓全肅州的人都以為自己一個子兒都沒有出過。事實上，這麼多年來她在善堂上花的銀錢，起碼也上萬兩了！

薛夫人的怒火讓掌櫃們不敢再辯解什麼，他們都低下頭……

「還有，為什麼善堂購買的東西會是那樣的價格？一石米居然要一千零五十文，散賣也不過是這個價格！張三德，你給我說說，為什麼會是這個價格？」薛夫人直接點名。「我不是說過了嗎？給善堂提供的所有東西都照成本價！一石米的成本價是多少？你也給我說說！」

「夫人，這個……」被點名的張三德起身，看看暴怒的薛夫人，又瞟了神色不明的孫明，撲通一聲跪下，道：「這都是小人的錯，小人是想著每個月往善堂送那麼多的糧食，花費不小，便想著在價格上稍微加一點，補貼一下……」

「糊塗！愚蠢！」薛夫人大罵，道：「補貼一下？能補貼多少？多的銀子都出了，還用得著在意這麼一點零頭嗎？現在倒好，我管理善堂這麼多年的功勞、苦勞都沒了，有的只是賺善堂的錢的名聲！」

張三德低下頭，不敢為自己辯解。

一旁的孫明上前為薛夫人換了一杯熱茶，溫聲道：「夫人，您先喝杯茶消消氣。」

薛夫人喝了一口茶，但心頭的氣惱卻一點都沒有稍減，她失望地看著在場的掌櫃，道：

「孫明，你說我能不生氣、能不上火嗎？這麼多年來，我為善堂付出了多少，可是現在呢？就因為他們的擅作主張、陽奉陰違，讓我所有的付出都成了笑話。要是我以後再接手善堂，你說別人會怎麼議論？他們定然會說我捨不得善堂帶來的好處！」

「夫人，這事情都已經鬧出來了，您著急上火也於事無補啊！」孫明比誰都清楚薛夫人為善堂付出了多少，也比誰都清楚事情變成現在這樣子的緣由，但是他卻不能說，也不能讓薛夫人追究下去。他轉移話題道：「事情已經到了這一步，如果您也揪著這件事情不放，只會讓人以為您心虛，還不如鬧出點別的事情來，轉移人們的注意力，這件事情自然也就淡下去了。」

「你有什麼好主意嗎？」薛夫人知道孫明說得沒錯，她比任何人都明白，要讓某件事情驟然降溫，最好的方法就是讓另外一件事情將人們的視線吸引過去。

「這……」孫明微微遲疑了一下。

薛夫人會意，輕輕一揮手，那些掌櫃立刻起身告退，他們知道，這一關算是過了。

「夫人可還記得，去年楊將軍凱旋歸來，怡情樓的姚芊芊當眾示愛的事情？」孫明臉上帶了一抹曖昧，道：「前些天，怡情樓的嬤嬤傳了話過來，說姚芊芊對楊將軍癡心不減，怎麼都不肯掛牌子接客，嬤嬤拗不過她，便想問問夫人該怎麼處理。」

「你的意思是……」薛夫人聽懂了孫明的意思，只是她卻有些拿不定主意。

「姚芊芊一番癡心，夫人為什麼不給她一個機會呢？」孫明笑著道。「讓嬤嬤給她一點點自由，要是她有那個本事，讓楊將軍對她另眼相看，怡情樓也定然不會為難她，到時候拿出贖身銀子便放她自由身；要是她沒有本事，那麼，該怎麼做就怎麼做吧！」

薛夫人皺眉不語，說實話，她其實對那些上趕著給人當妾的很反感，善堂出身的那些女子當初給人當妾她也曾反對過，只是她們最後都沒有聽她的而已。

「小人知道，這個主意不大光明磊落，只是夫人想想，自打楊夫人到了肅州，就一心一意地給夫人您添堵，您為什麼不也給她添添堵呢？要是她進了楊家，楊夫人定然也沒有精力給您添麻煩了。」一看薛夫人的神色就知道她心裡在想什麼，不過他也知道該說些什麼能消除薛夫人的疑慮，他笑著道：「至於姚芊芊，對於她這樣的女人來說，從良是最好的歸宿，要是能給愛慕已久的英雄為妾，那更是三生修來的福氣！」

「這……好吧！」薛夫人嘆氣，道：「這件事情你去安排吧！」

「真沒想到恬姊姊來得這麼快！」看著瘦了不少的李安恬，敏瑜笑盈盈地道：「原以為恬姊姊起碼也要等過完年、春暖花開之後，才會帶著孩子一起過來呢！」

敏瑜還真的是很意外，她原本以為楊瑜霖的那番勸解，封維倫未必就能馬上接受；就算聽進去了，也寫了信回京城，李安恬也得考慮年幼的女兒，緩上個半年，等女兒更大一些再過來。哪知道這才過去一個月，李安恬便帶著女兒到了肅州，算起來，封維倫極有可能是從楊家回去之後就寫信回京，而李安恬則是接到信就收拾行囊過來了。

「別說妳沒有想到，我也沒有想到自己會在年前過來。」李安恬看著敏瑜，帶了感激的笑容，道：「說到這個，還得謝謝妹妹和楊大人，如果不是妹妹出手整治車姨娘，讓道緒明白車姨娘所作所為已經失了本分；如果不是楊大人的一番話點醒了道緒，讓他知道自己鑽了牛角尖，他也不會寫信給我父親認錯，更不會寫信要我前來陪他了。」

李安恬說到這裡苦笑一聲，又道：「雖然我在接到他來信之前，便已經在為前來肅州做準備，也決定了等過完年後天氣轉暖便過來。但是，自己巴巴地前來和他寫信讓我過來團聚，卻是完全不一樣的。」

敏瑜自然知道這兩者的區別，卻沒有接過這個話題，而是笑著道：「恬姊姊來了就好，免得有些人不懂規矩，頂著『太太』的名號到處亂竄，這樣的事情要是傳回京城，不但讓人笑話封家沒規矩，也讓姊姊沒臉。」

「車姨娘已經回京了。」李安恬淡淡一笑，道：「我到的前兩天被送走的，我倒是落了個清靜。」

「封大人動作很快啊！」敏瑜微微一挑眉，封維倫這玩的又是哪一齣呢？

「說到這裡，我又得感謝妹妹了。」李安恬看著敏瑜，道：「妹妹一定不知道，車姨娘之前已經有了身孕，妹妹見到她的時候都已經兩個月了……算日子，正好是到了肅州之後有的。道緒明知道她自作主張停了避子湯不合規矩，卻也沒有做什麼，甚至默許了她把孩子生下來。是妹妹和楊大人點醒了他，他從妹妹家裡回來之後，便親自盯著，讓人灌了藥落了胎……我真的不敢想像，如果我照原本的計劃過來，卻發現自己多了個庶長子，我又該怎麼面對。」

「車氏好大的膽子啊！」敏瑜微微吃了一驚，而後忽然想起來那日見到車秀娟的情形，卻又不覺得太意外了。或許還有別人也知道車氏有身孕的事情，要不然也不會那麼維護車氏了。

「膽子確實是不小，封家家規甚嚴，往上三代都沒有出過庶長子，要到了我這裡卻多了個庶長子，可不只是丟臉啊！」李安恬冷笑一聲，道：「車氏敢這麼胡來，除了吃定道緒心軟，就算不允許她生庶長子，也不會太過責罰她之外，更主要的是自以為有靠山，說不定還得了某些承諾……我不想家宅不寧，一直隱忍，卻讓人以為我軟弱，以為我連這樣的事情都能忍得了。」

「封老夫人真是糊塗！」敏瑜搖搖頭，不用李安恬明說她就知道車秀娟的靠山是誰，她真不明白，封老夫人怎麼能糊塗至此呢？

「倒不一定是真糊塗，不過是想要打壓我，免得我恃寵生驕罷了！車姨娘真要生了兒子，不用我吱聲，她定然會去子留母，既能賣我一個人情讓我念她的好，也能讓車姨娘恨我一輩子，更會讓我和道緒生隙，永遠不會和我一條心。」李安恬搖搖頭，冷笑一聲，道：「她應該慶幸，道緒被人點醒，早早作了決斷，要不然……車姨娘真生下了兒子，我就敢進宮去哭，到時候看看誰倒楣！」

「好在一切都往好的方向發展了。」敏瑜笑笑，她相信，真要是鬧到那一步，倒楣的絕對是封家和封老夫人，以李安恬的身分，絕不可能悶不吭聲地吃那樣的虧。她笑著道：「恬姊姊，妳說車氏回京之後會不會向封老夫人告我一狀呢？畢竟她吃這麼大的苦頭，還被封大人送走，可都和我有關啊！」

「哭訴是肯定的，不過婆母定然無暇理會她。」李安恬說到這裡，得意地一笑，道：「皇上賞了公爹兩個美人，婆母正忙著和那兩個美人鬥法，哪有時間和功夫理會車姨娘！」

「噗哧！」敏瑜笑了出來。不用問，賞美人這件事情定然是李安恬搞的鬼，要不然皇上怎麼可能做這樣的事情。

見敏瑜笑，李安恬自己也忍不住地笑了起來，道：「原本我也不想這樣，但她真是太過分了些。道緒在信上交代了兩件事情，除了讓我盡快到肅州與他團聚之外，還讓我把家裡的兩個通房丫頭給打發安置了。我還什麼都沒做，她便炸毛了，一會兒說車姨娘侍候不周，要重新給道緒挑個可心的送來；一會兒又說她這裡、那裡不舒服，讓我留在京城侍候她。反正就是不想讓我們夫妻團聚，還懷疑是不是我容不得人，用了什麼手段逼迫道緒。口口聲聲警告我不要仗著自己是郡主就隨意擺佈公婆和夫君……她都這麼說了，我不做點什麼豈不是辜負了她？」

「封老夫人一定腸子都悔青了！」敏瑜大笑起來，她這招算以彼之道還施彼身了吧！

「那也是她自找的。」李安恬冷笑一聲，道：「好生將她當婆母敬著她不滿意，非要將原本不多的情分生生磨沒了相互算計……」

敏瑜輕輕地搖搖頭，封老夫人也是自找苦頭，李安恬進門之後都已經伏低做小了，她為什麼不好好地對人家呢？要是她能夠像母親對嫂嫂那樣，李安恬必然會好好地孝順她，何苦呢？

「不說不愉快的事情了，今日過來找妹妹，除了和妹妹見一面之外，最要緊的還是奉伯母之託，給妹妹帶了些東西和家書。」李安恬笑著取出一封信遞過去，道：「還有，妹妹肯定不知道，妳家二哥已經和我妹妹安妮訂了親。」

「什麼？」敏瑜還真沒有想到，不過短短兩個多月，丁夫人便將敏惟的親事給定下來了。當然，她更詫異的是對方居然是李安恬的親妹妹李安妮，她可是縣主，以母親那謹慎的性子，怎麼可能讓兒子高攀縣主呢？

「這門親事是我先動了心的。」李安恬解釋道。「我就這麼一個嫡親妹妹，她又是最小的，被我和哥哥護著、寵著，別的都還好，就是眼裡容不得沙子的脾氣讓我們頭疼，總擔心她要是像我一樣，遇上個無時無刻不想著敲打媳婦的婆婆該怎麼辦，以她的性子，定然不會忍氣吞聲。伯母對蔓青如何，所有人都看在眼中，心疼女兒的，誰不希望給女兒找個那樣的婆母。我和家母說了，她也覺得是門好親，便安排安妮見了妳二哥一面……那妮子見了之後覺得很好，便請王伯母做了中人，牽了線。」

原來是這樣！敏瑜恍然，李安妮她也見過，和李安恬不大一樣，多了幾分活潑，也多了幾分爽利，是個極出色、也極為讓人喜歡的。如果靖王府沒有釋出意思，丁夫人定然不會高攀，但靖王府都願意將女兒下嫁了，丁夫人自然不會拒絕。至於說李安妮的出身比王蔓青更高，會不會讓王蔓青這個做長媳的尷尬，敏瑜相信都不用丁夫人做什麼，王蔓青和靖王府就能處理好。

「那我們兩家真是親上加親了！」敏瑜笑了，又好奇地問道：「可下了小定？有沒有說婚期？我二哥可不小了，該早點成親的。」

「已經正式下了定，婚期倒還沒有定，不過再怎麼著也要等到明年了。」李安恬笑盈盈的，這門親事能成，她心裡也很高興。

「那倒也是。」敏瑜歡喜地點點頭，而後又笑著道：「恬姊姊什麼時候出京城的？」

「妹妹想問什麼？」李安恬直接道。

「想問問福郡王的親事熱鬧與否？許姊姊過得怎麼樣？」敏瑜笑著問道，許珂寧和李安恬相處得也很不錯，問她準沒錯。

「我離京的時候還沒有到他們的婚期，不過珂寧……」李安恬搖搖頭，道：「我想她可能不大好，福郡王的寵妾秦嫣然最近風頭不小，又是開作坊又是開店鋪，出出進進福郡王都在一旁陪著……」

秦嫣然成了福郡王的寵妾？敏瑜有些不敢相信這個消息，她原以為至少在許珂寧進門之前，福郡王不會和秦嫣然有更進一步的關係。

「新開的鋪子清一色賣的都是琉璃。」李安恬繼續道。「聽說是秦嫣然不知道從什麼地方得了做琉璃的方子，做出來的東西晶瑩剔透，讓人看了就著迷；鋪子剛開沒多久，便已經是日進斗金，裡面的東西雖然件件價值不菲，卻還是供不應求……就憑這一點，福郡王也會對她另眼相看吧！」

琉璃？姑母似乎提過，沒想到秦表姊手裡的底牌還真是不少啊！敏瑜輕嘆了一口氣，看來秦嫣然還有得蹦躂，只是不知道她能蹦躂到什麼程度，又能蹦躂到什麼時候……

第八十八章

「敏瑜，她們今日是故意擠兌妳的，妳可別上了她們的當。」張夫人看著敏瑜，一臉的關心和擔憂。

今日是敏瑜設宴為李安恬接風洗塵的日子，為了讓李安恬能夠早一點認識並融入肅州的夫人圈，敏瑜把該請的、不該請的夫人們都請了過來，薛夫人和薛氏一系的那些夫人自然也不例外。

她們到了之後，不出敏瑜所料地提起了怡情樓花魁姚芊芊當街攔下楊瑜霖的馬，當眾表達愛慕之情一事。薛夫人自持身分，沒有說什麼風涼話，但是何夫人馬氏和沈夫人劉氏卻沒少擠兌人，不止一次地問敏瑜什麼時候納姚芊芊進門。

「我心裡清楚，嬸娘不用擔心。」敏瑜笑笑。

二十多天前，姚芊芊第一次露面的當天，她和楊瑜霖就談過這件事情。除了這件事情本身極有可能是薛夫人為了給她添堵，也為了給楊瑜霖添亂抹黑而指使的以外，也談到了納妾的問題上。

對於夫君納妾，敏瑜真的沒有什麼排斥之心——她從小便被當成皇子妃來教導，豈能無容人之量？讓丈夫一輩子守著自己這樣的奢念，更是從未有過。

在討論這件事時，她也順便提了給楊瑜霖納通房的建議——她剛及笄，和楊瑜霖圓房尚早，他們成親以來一直都是分房、分床睡，給楊瑜霖納個通房丫頭也是情理之中。

敏瑜這般平靜地說要給他納妾，楊瑜霖並不感到意外，卻還是有些失望。他也沒有矯情說什麼肉麻的話，只是認真地告訴敏瑜，納妾、納通房是家宅不寧的先兆，他無心納妾。至於敏瑜所說，沒有人侍候他的問題，對他來說根本就不是什麼問題，他有足夠的耐心等敏瑜長大……

咳咳，這句話讓一直以來在他面前總是一副從容模樣的敏瑜又羞又惱，直接和他翻臉，把他從房裡攆了出去。

楊瑜霖陪了好幾天的小心，又挖空心思地買了些小物件討好她，敏瑜才勉強消了氣，與他和好。

「那就好。」張夫人自然不知道兩人因為這個小鬧了一場，反倒讓兩人感情更進一步，她認真地看著敏瑜，道：「瑾澤是個不善言辭的，但他對妳的心我看得出來，這孩子是個死心眼的，對誰好必然是一輩子的。」

「我知道了。」敏瑜笑著點點頭，這一點她和張夫人的看法是一樣的。

確定敏瑜真的不在意姚芊芊鬧出來的事情之後，張夫人微微地鬆了一口氣，卻又道：「不過，這件事情妳可不能掉以輕心，薛夫人的脾氣我最清楚，她一定還會在這件事情上作文章，反正怎麼鬧心就怎麼來。」

「我明白。」敏瑜點點頭，道：「怡情樓背後的靠山不就是薛大人和薛夫人嗎？沒有他們的刻意縱容甚至慫恿，姚芊芊哪能這麼輕易地出門圍堵瑾澤？照時間上來算，應該是月初因為帳目受挫，心頭忿忿，這才有了這場鬧劇。」

「妳心裡明白就好。」敏瑜的冷靜分析讓張夫人總算是放下心來了，她看著敏瑜道：「天氣一天冷過一天了，再過些日子，說不定都該下雪了。今年肅州不會有戰事，天冷之後，軍營也沒有多少事情，到時候讓瑾澤多陪陪妳。」

「嗯。」敏瑜點點頭。

肅州的天氣和京城大不一樣，九月份他們剛到的時候還熱得跟三伏天似的，到了十月中旬又驟然降溫，這還沒有到月底，便冷得像入了冬。她也聽楊瑜霖說了，到了十一月還會更冷，每年的冰雪都要到來年二月中才能融化。

一旁的齊夫人見張夫人交代得也差不多了，便笑著道：「楊夫人，薛夫人定然還會找妳的麻煩，有什麼需要幫忙的，妳吱一聲。」

「還真有件事情需要齊夫人幫忙呢！」敏瑜不客氣地點點頭，笑著道：「馬上又是月底了，金師爺任善堂管事看著就兩個月了，可以適當地改變一下善堂的某些規矩了。還勞齊夫人讓人傳個信，請金師爺到寒舍，我有些建議要親自與他說說。」

齊夫人明白，敏瑜這是要藉善堂這塊地反擊了，她笑著點頭，道：「這是小事情，楊夫人什麼時候有時間，我讓金師爺什麼時候過來。」

「今天天色已晚，明天吧！勞妳讓人轉告金師爺，明天一早我恭候他光臨寒舍。」敏瑜微微一笑。

楊瑜霖說過，沒有戰事的冬天，肅州軍營事務極少，別說是將領，就連普通的兵卒都有時間出軍營閒逛找樂子，她也該好好地回敬某人了。

「看來妹妹胸有成竹啊！」李安恬笑了，她和敏瑜打交道的次數雖然不多，但卻知道，敏瑜下得一手好棋，善弈者善謀並非虛話，她完全相信，有人要倒大楣了！

翌日——

「我知道善堂有不少姑娘、小子過完年便滿十五了，金主事可有想過怎樣安頓他們？」敏瑜一來便直接問道，金主事此人她也打聽瞭解過，和他說話還是直接一些的好。

「回夫人，卑職暫時還想不出好的法子來安頓他們。」金師爺低下頭，臉上帶了些慚愧之色。

過完年滿十五歲的男女加起來足有十八人，除了八個小姑娘之外，還有十個半大小子。孫亮在的時候，立志保家衛國的送軍營，其他的小子則送去薛家的鋪子當學徒或者夥計；而那些小姑娘，原本有幾分姿色的多是給了軍中將領為妾，沒有什麼姿色又老實本分的，則多嫁給了善堂出身的小子。金主事不願意再將善堂出身的小子送到薛家的鋪子裡賣力，更不願意將善堂養大的姑娘給人當妾，但卻也沒有什麼好主意。

「我這裡倒是有個法子，金主事可以聽聽，看看是否可行。」敏瑜微微一笑，金師爺沒有法子自然最好，免得她還要費一番口舌說服他。

「還請夫人賜教。」金師爺頓時抬起頭，熱切地看向敏瑜——當然，敏瑜坐在屏風後，他看到的只是繪了花鳥魚蟲的屏風。

「除去願意入伍為國效力的，小子們你去瞭解下他們的特長，而後問一問他們是否有意向、想做什麼，問清楚之後，不妨張榜貼出告示，看看是否有商鋪願意接納他們。不管是做夥計還是學徒，好歹也是一條謀生的路子。」敏瑜淡淡地道。「一開始大家可能都會不適應，也沒有那麼多的商家願意接受；不過，你這個月不是換了好幾家鋪子嗎，我相信他們的掌櫃和東家會願意和你結個善緣的。」

「謝夫人提點！」金師爺連連點頭，都是給人當夥計，沒有必要非要選薛家吧！

「還有，各位大人府上或許也會缺人，金師爺不妨多跑跑腿，問一聲，要是能進府裡當差，應該也還不錯。」敏瑜繼續道。「對了，我們府上也還缺個門房，如果有合適的，不妨薦一個過來。」

金師爺眼睛一亮，是啊，給大人們當下人可比去什麼店鋪當夥計、學徒有前途得多，要是大人升官調離了，說不準還能到繁華的地方去呢！

他一邊連連點頭，一邊問道：「那，姑娘呢？她們最不好安排！」

「也沒有什麼不好安頓的。」敏瑜淡淡地道。「她們都及笄了，也到了該出嫁的年紀，有意向的，為她們置辦一份簡單的嫁妝，讓她們從善堂出嫁；沒有意向的可以張榜說明，讓人主動上門提親。當然，你要是覺得這樣不妥，不妨找兩個媒人，她們一定能在最短的時間內把事情辦妥。這個你可要好好把關，不求什麼大富大貴，但對方一要知根知底、家世清白，二要明媒正娶。家中有作奸犯科的不可，遊手好閒的不可，給人做妾更不行。」

「小人明白了！」金主事點頭，薛夫人未插手善堂事務之前，也有過這樣安頓的，他倒也不覺得有什麼不妥。

「還有，若是不想嫁人的……」敏瑜微微一頓，道：「如果有一技之長，譬如說針線做得好，或者廚藝不錯，也可以推薦到各位大人府上做事，我們府上針線上便缺人。簽上三年身契，到十七、八歲再嫁人也是可以的。俗話說得好，寧娶大家婢不娶小家女，在府中當幾年差，以後嫁人也會容易些。」

金主事點點頭。

不等他說什麼，敏瑜又道：「我知道，善堂這些年也有些不好的風氣，推薦到府上做事的人，金主事一定要十分小心，要是出現吃裡扒外，或者不安分、想爬上床的，那可就不好了。壞了名聲之後，可沒有哪家會再願意接納善堂出來的丫頭、小子。」

金師爺微微一凜，想了想，低聲道：「不瞞夫人，還真有不大安分的……您或許也知道，馬上就滿十五歲的小姑娘中，有三、四個模樣出挑的，在善堂養得比正經的千金小姐還要嬌氣，整日學些不管用的琴棋書畫，針線什麼的都只是勉強入得了眼。讓她們嫁人，她們定然是不願意的；但如果真把她們推薦到大人們府上，也真不妥。」

「該強硬的時候還是應該強硬一些，沒有必要什麼都順著他們，而後給自己、給善堂，也給善堂以後出來的人添麻煩。」敏瑜淡淡地道。「朝廷建善堂是為了那些幼無所靠、老無所依者，不該有十指不沾陽春水的千金小姐，琴棋書畫什麼的，完全沒有必要再讓她們學。從下個月起，讓她們好好地學學洗衣做飯這些基本的事務，嫁人也好、找差事也罷，那些才是真正能派上用場的。」

「要是她們鬧起來呢？」金主事點點頭，知道敏瑜這是要扭正善堂的不良風氣了。對於這一點，他和敏瑜的看法一樣，善堂是該正一正風氣了，要不然朝廷建善堂的初衷都變了。

「有去處的不用你操心，你一整治，她們便會自尋出路；沒去處的，你就更不用擔心了，餓上幾頓便也老實了！」敏瑜冷冷地一笑，這回她倒要看看她們的去處在何方……

「夫人，您可不能由著他們這麼胡來啊，真要照新規矩，馨月她們可怎麼辦啊！」如月一臉控訴地看著薛夫人，她在得知善堂新出的規矩之後，便立刻來找薛夫人，求薛夫人出面。她心有戚戚地道：「還有那些年紀尚小的妹妹們，在善堂雖然沒有爹娘疼愛，但也都是嬌生慣養的，忽然一下子要做那麼多的粗活，她們的身子哪裡吃得消呢！」

「如月，善堂都已經被府衙收回去了，我已經沒有權力過問了。」薛夫人搖搖頭，提不起半點精神。

今天是十一月初一，也是善堂公佈上月帳目明細的日子，紅榜上各項物品的價格都比上個月低了一些，這讓薛夫人再一次成為他人議論的焦點。她之前就想過必定會有人議論這兩者之間的差價，說她連善堂的錢都要多賺，便特意交代了這個月一定要往善堂送東西。結果呢？外面的人卻說她心虛，說她這樣做是為了挽回漸漸發臭的名聲……薛夫人聽到這樣說法的時候，真的差點被氣死，哪裡還有心思管那些改了的規矩。

「夫人！」如月急了，她的親妹妹馨月就剛好滿十五歲，名列到了離開善堂年紀的姑娘之中，她幾年前便已經想好了，等妹妹及笄之後一定給她找一個好人家。妹妹比自己更漂亮，也比自己要聰慧得多，進了門之後，受寵是肯定的。但是現在，如果真要照規矩，妹妹豈不是只能嫁個窮小子？

「就這樣吧！」薛夫人真的沒有心思和她談這個問題，更不想說她其實對這個新規矩並不反感。

她接手善堂之後，特意請了人教善堂的小姑娘們琴棋書畫，確實存了讓她們多學一些風雅的本事、嫁個好人家的念頭，但她想的是讓她們嫁過去，而不是被人納進門啊！弄得現在凡是長得漂亮又有些才華的女子，大多都給人當了姨娘——

薛夫人卻不知道，她又犯了敏瑜所說的好心好意並不一定就能做好事的錯了。善堂的小姑娘都是在戰亂中失去了父母、親人的孤兒，沒有親族可以依靠，更沒有家財可以傍身；這樣的女子，別說有功名在身的男人，就算家底殷實的人家也不一定願意娶。她們如果只是長得漂亮，卻沒有學那些附庸風雅的東西，那麼自然也會安安分分地嫁個普通的小子，踏踏實實地過日子，但因為她的刻意培養，學了琴棋書畫之後，讓她們嫁個普通人，反而心意難平，可若要想高嫁，又有幾個男人願意娶呢？到最後，除了給人做妾之外，還真沒有什麼好的選擇了。

如月素來會看人臉色，一看薛夫人就知道再說什麼都於事無補不說，還會讓她厭煩，只能極度不情願地打住這個話題。

「好了，我也累了，要休息一下，妳如果沒有別的事情，就先回去吧！」薛夫人輕輕地揉了揉眉心，她覺得她應該好好地思索一下，想個好辦法挽回她面臨的問題和劣勢。再這樣下去，名聲恐怕真要被人給弄臭了，到那個時候，說不得還會拖累丈夫。

「是！」如月擠出一個笑容，起身告辭。

如月出了內院卻沒有離開，而是讓人領著她去找孫明——她不能眼睜睜地看著妹妹嫁個不名一文的窮小子，而後為了一日三餐奔波勞碌啊！

「明叔，您給我指條路吧！」和孫明說了自己的憂慮之後，如月苦笑著道。「眼看夫人是不想管了，要是您也不管的話，那群妹妹的死活可真的沒人管了！」

「夫人不是不想管，而是不能再管了。」孫明嘆氣，道：「妳應該也知道，外面現在說夫人說得有多難聽，要是再插手這件事情，豈不是落實了某些難聽的謠傳？」

如月沈默了一會兒，她知道孫明說的是關於薛夫人將善堂養大的姑娘送人為妾，為薛立嗣籠絡人心的傳言，其實她心裡對這個傳言是認可的——如果薛夫人沒有這樣的心思，怎麼會請人教她們琴棋書畫，把她們養得十指不沾陽春水呢？她心裡甚至有小小的抱怨，抱怨薛夫人做了卻不願意承認，而後事到臨頭，又撒手不管她們了。

「明叔，您給我指條路吧！」如月死死地咬著這一點，她知道孫明素來是個主意多的，他定然能給自己想個好辦法。

「妳啊！」孫明笑著搖搖頭，頗有幾分恨鐵不成鋼地道：「規矩是規矩，但如果妳妹妹她們自己找了好的出路，那金師爺還能攔著她們，非要讓她們嫁個窮小子不成？」

「明叔的意思是還照以前那樣……」如月會意，但立刻又搖頭，道：「不成的，明叔！那金主事可把這條路封死了，說是不拘窮富，但一定要明媒正娶，哪能像以前那樣，找到合適的人選之後，讓妹妹們和人見個面，再暗示他們上門納娶呢？金主事直接給人吃閉門羹、讓人下不了臺，都不算什麼，要是他把事情鬧大了，那可就糟了！」

「妳就不會變通一下，讓她們先把生米煮成熟飯，而後再讓人上善堂納娶嗎？」孫明反問一聲，而後冷笑道：「真到了那一步，金主事難不成還能攔著？」

「這個……」如月有些遲疑，就算是做妾，這還沒有進門就失了清白之身也是不大好的，進了門之後容易被人揪著這個錯不放。

「如果連這點決斷都做不了，那就老老實實地聽金主事的安排嫁人好了。」孫明無所謂地道：「反正，我也就隨便這麼一說，能不能聽進去，全看自己，我可管不了那麼多。」

「明叔，您別生氣！」如月連忙道：「不是我不聽您的，只是這不大好辦啊！妹妹們整日待在善堂，哪有機會和貴人見面呢？」

「這還不簡單?!」孫明笑了，道：「這天氣馬上就冷了，等過些日子下了雪，軍中便該好好休整了，到時候，各種名目的聚會定然不少，這男人嘛，聚在一起肯定要喝酒吃肉，酒喝多了，犯點錯更是難免的，妳說呢？」

「您的意思是……」如月眼睛一亮，讚道：「明叔高明！」

孫明呵呵一笑，而後眼底閃過一絲寒光，道：「楊將軍年少有為，要是哪個小丫頭能巴上他，那可就走了大運了！」

如月微微一怔，立刻想起姚芊芊糾纏楊瑜霖的事情，她雖然不知道怡情樓有薛家的背景，不知道這件事情也有孫明在其中推波助瀾，卻知道好幾個夫人得了薛夫人的授意，用這個擠兌敏瑜，孫明現在刻意說這個，顯然是希望往楊瑜霖身邊塞一個善堂出身的妾室。就算這個人不能為薛立嗣籠絡楊瑜霖、不能讓楊瑜霖改變對薛立嗣夫妻的態度，但有這麼一個自己人在楊瑜霖身邊，總是有益無害。再說，楊瑜霖多了個妾室，身為正室的丁敏瑜定然會多些煩惱，說不定還能干擾她做事呢！

想清楚了這一點，如月卻又為難起來，道：「明叔，說服我家大人邀請同僚相聚沒有問題，將妹妹們帶過去，給她們製造機會也沒有問題。可我家大人和楊大人關係可不大融洽，未必能拉下面子來去請他啊！就算我家大人挨不過我的懇求，願意捨下面子，楊大人也未必會給那個面子啊！」

「妳啊，多動動腦子。」孫明嘆氣搖頭，道：「妳有必要把這件事情攬在自己身上嗎？妳不會找個更合適的人去做這件事情？譬如說如琳，再譬如說如玉，她們做這件事情可比妳合適得多。」

「明叔說的是，只是……」如月微微思忖了一會兒，如琳是都指揮都事史大人的妾室，如玉則是都指揮僉事沈大人的妾室，這兩位大人明面上都不是薛系的人，如果是他們邀請的話，不管是哪一派系的將領都會給面子的。但是，如月卻沒有把握說通她們讓她們吹枕頭風，做成這件事情——如果不是為了她的親妹妹馨月，她也不會這麼上心。

「妳去說服她們，如果她們怎麼都不願意，妳與我說，我和她們溝通。」孫明笑笑，給了如月一顆定心丸。

「有明叔這句話，我就有底氣了！」如月笑了起來，知道這件事情定然能成，心情頓時輕鬆了起來，笑著道：「明叔，前些日子我剛得了一只掐絲手鐲，做得極為精緻，卿兒妹妹見了一定會很喜歡，我一會兒回去就把它送過來給卿兒妹妹玩。」

「她一個小丫頭片子，戴不了什麼好東西，妳還是留著自己戴吧！」孫明笑著推辭了一句。

「我知道卿兒妹妹的好東西不少，但這是我的一份心意，明叔不用客氣！」如月笑呵呵的，沒把孫明的推辭聽進去，她進盧家這四、五年，可沒少給孫卿兒送東西，孫明哪次不推辭兩句？

「妳才客氣呢！」孫明笑呵呵地道：「既然妳都這麼說了，我就先替卿兒謝謝妳了。對了，妳可以暗示如玉，就說這件事情是夫人默許的，讓她上點心。」

「謝謝明叔！」如月這下更放心了。

第八十九章

「嬸娘，這是什麼舞？有什麼說法嗎？」敏瑜眼睛一眨不眨地看著臺上頭頂瓷碗、手持雙盅的瓦剌女子，她這還是第一次看這充滿了異域特色的舞蹈，覺得新奇得很。

「這個啊，是瓦剌的盅碗舞，算是瓦剌的傳統舞蹈，據說瓦剌女子都會跳。」張夫人笑著解釋。

進入十一月之後，肅州下了好幾場雪，都指揮使司無事，軍中也沒有什麼事，便輪流著休息。正閒得發慌的時候，都指揮僉事沈志峰便設宴，請都指揮使司和軍中的同僚到沈家宴飲，沈夫人劉氏夫唱婦隨，在同一日將夫人們也請到沈家來了。於是，男人們在外院喝酒吃肉，笑聲震天；而夫人們則在內院，圍坐著一邊喝茶吃點心，一邊看沈夫人特意安排的節目。

「盅碗舞？還真是名副其實啊！」敏瑜笑了起來，笑著道：「嬸娘，上面跳舞的是瓦剌女子吧？我看她五官長得和我們還是有些不大一樣。」

「確實是瓦剌女子。」張夫人笑著點頭，道：「沒有戰事的時候，肅州城有不少瓦剌人。尤其是到了冬季，瓦剌那邊冬天比肅州城還要冷，滴水成冰，不小心把鼻子、耳朵給凍掉的事情時有發生，所以每到冬天都會有瓦剌人到肅州來謀生。」

敏瑜微微地點頭，而後道：「去年一戰之後，瓦剌近幾年內無力犯邊，到肅州來做生意的瓦剌人應該會越來越多。」

張夫人點頭贊同，道：「年初的時候，齊大人便有意識地放寬了對瓦剌人的管制，只是今年是第一年，大多數人還在觀望，等到明年、後年，肅州定然會熱鬧起來。」

她們倆正說笑間，一個丫鬟神色匆匆地進來，湊到自家夫人耳邊嘀咕了一陣，那夫人臉色一變，啪地拍了桌子一下，厲聲道：「真有此事？」

那丫鬟也是個伶俐的，一看自己主子的樣子，就知道她有意將事情鬧出來，而不是一聲不吭地吃啞巴虧，立刻撲通一聲跪了下去，道：「夫人息怒！奴婢所言句句屬實，不敢有半句假話。」

那夫人氣得發抖，沈夫人微微一愣，立刻上前道：「方夫人，怎麼了？出了什麼事情，把妳給氣成這樣子?!」

「怎麼了？」方夫人覃氏雙眼冒火地看著沈夫人，冷冷地道：「我還想問問沈夫人，這到底是怎麼一回事？」

沈夫人壓根兒就不知道發生了什麼事情，更不明白方夫人為什麼會擺出一副興師問罪的架勢，她忍了一口氣，道：「方夫人，妳也別只顧著生氣，到底出了什麼事情妳總得讓我知道啊！」

「沈夫人不知道出了什麼事情嗎？」方夫人冷笑一聲，道：「難道那個對外子投懷送抱的賤人不是沈夫人安排的嗎？」

方夫人這話一出，引起一片譁然，看沈夫人的眼神也都帶了懷疑。當然，不少人心裡也都在擔心，擔心被投懷送抱的不只方夫人的丈夫一人，有兩、三個沈不住氣地還回首吩咐身邊的丫鬟去看看自家男人有沒有犯錯。

「方夫人，這是不是有什麼誤會？」沈夫人腦子一懵，卻還是帶著笑，和氣地道：「我怎麼會做那樣的事情呢？」

「誤會？」方夫人冷笑一聲，道：「沈夫人為什麼不派人去問個究竟呢？」

沈夫人自然要把事情問清楚，事實上，不用她交代，她身邊的大丫鬟便已經急匆匆地去了前院，看看到底發生了什麼事情。

「方夫人放心，我一定給方夫人一個交代！」沈夫人臉上依舊帶著笑，但實際上肺都快要被氣炸了，她為了今日的宴請準備了那麼多，要是真有不規矩的下人向客人投懷送抱，那今日的宴請就是一個笑話；而沈家以後若再設宴，也會有不少人拒絕前來——誰都不希望自己的丈夫赴個宴就帶回一個女人吧！

「敏瑜，妳也派人去看看瑾澤吧！」張夫人皺緊眉頭，方夫人的丈夫是楊瑜霖的師弟方興，是個千總，雖然比不得楊瑜霖，但在一干師兄弟中卻也是個優秀出色的，他都被人纏上了，楊瑜霖恐怕也不能倖免。

「瑾澤我不擔心。」敏瑜笑著搖頭，而後打趣道：「倒是叔父，嬸娘是不是該讓人去看看叔父，我可聽瑾澤說過，叔父的酒量不怎麼樣啊！」

「他年輕的時候都沒有糊塗過，這一把年紀了，更不會了。」張夫人更放心張猛，夫妻二十多年，張猛是什麼人她比誰都更清楚。她看著敏瑜，關心地道：「還是派個人去看看吧！雖然說瑾澤一向穩重，但不怕一萬就怕萬一，萬一他不小心喝多了，被人算計了，那可就不大好了。」

張夫人的擔心也是有道理的，方興也經常到張家拜訪張猛，她並不陌生，在她印象中，方興也是個穩重的，可他不也出事了嗎？

「嬸娘，我心裡有底。」敏瑜一點都不慌，輕笑著道：「雖說可能是被人算計了，但這種算計其實最沒有什麼機巧，如果沒有別樣心思，哪能那麼容易被算計上？說白了其實也是一個願打、一個願挨。再說，如果真被算計了，現在派人去也晚了。」

敏瑜的話讓張夫人臉上的笑容淡了些，幾不可聞地輕嘆一聲，道：「妳說的有道理，如果沒有存了什麼心思的話，哪能被人輕易的算計了去。唉，我都這一把年紀了，卻還不如妳這孩子看得透。」

說笑間，好幾個丫鬟匆匆進來，一個臉色也極難看，湊到自家夫人身邊嘀咕起來，那夫人頓時臉如鍋底，只是她比方夫人沈得住氣，沒有像方夫人一樣直接朝著沈夫人發難而已，但她的臉色卻已經說明了某些事情，這讓現場的氣氛更詭異起來。就在大家暗自猜度的時候，沈夫人的大丫鬟青梅也一臉凝重地回來了。

看青梅的神色，沈夫人就知道，方夫人說的事情確實發生了，她心裡震怒，卻也知道現在不是發怒的時候，她冷著臉道：「青梅，到底怎麼回事，妳直接說吧！」

「是，夫人。」青梅知道，直接把事情說出來或許還有可能將自家夫人給摘出來，她目不斜視地道：「奴婢剛剛到前院找人仔細詢問過了，向方大人投懷送抱的不是府裡的丫鬟，而是一位叫馨寧的姑娘，她是善堂的人。」

善堂的？青梅的話猶如一顆投進湖中的小石子，驚起了層層漣漪，十多位夫人妳看看我、我看看妳，最後不約而同地看向了薛夫人——

雖然善堂現在已經被府衙收了回去，也由府衙派去的金師爺主事打理，但是金師爺才去善堂多久啊？當然，更主要的是金師爺剛公佈的新規矩中，表露了不喜善堂養出的女子與人為妾，而薛夫人一直以來卻都支持她們給人做小！

眾人的視線讓薛夫人覺得臉如火燒，她很少像現在這樣覺得難堪，恨不得找個地洞鑽下去，好在沈夫人雖然也懷疑是不是她做了什麼手腳，但還是出面為她解圍，問道：「這位馨寧姑娘怎麼會在外院？誰讓她進府的？」

「是王姨娘帶進府的。」能當上大丫鬟的，多是能幹機靈的，青梅也不例外。她出去一趟，把該問的、不該問的都問清楚了才過來回話，道：「夫人陪著諸位夫人說笑的時候，王姨娘從府外接了三個姑娘進來，而後直接去了外院。奴婢問過門房，說是盧大人家的馬車將人送到門外的。」

青梅的話讓盧夫人的臉色也沈了下來，不用問她也知道，今天的這齣戲和自家的姨娘如月恐怕也脫不開干係，她不等旁人問，直接道：「鸚鵡，妳立刻去問問，今兒家裡還有誰用了馬車？」

「是，夫人。」盧夫人身邊的丫鬟立刻匆匆去了，她離開之後，現場又一次沈寂下來。

沈夫人心頭恨死了敢這般肆意胡鬧的如玉，但找她算帳卻是以後的事情了，她現在更關心的是另外兩個女子鬧了什麼事情，她朝著青梅微微一抬下巴，示意她繼續往下說。

「三位姑娘進了外院之後，沒有留意她們做了什麼，直到有人發現馨寧姑娘和方大人在廂房鬧出動靜來……」青梅刻意一頓，很有些難以啟齒的樣子，她低下頭，道：「聽說，方大人是喝多了去更衣，去了好大一會兒卻沒有回來，但也沒有人在意，只以為他喝多了，自己找地方躺著休息去了。是方大人的長隨不放心，一間一間廂房去找，這才發現他和馨寧姑娘在廂房裡……」

在廂房裡幹什麼，青梅沒有說，是否衣衫不整，青梅也沒有說；當然，也不用她說了，這一男一女躲在房裡，一個喝了酒、一個意圖不軌，說什麼都沒有發生，誰信啊？

方夫人一臉冷笑地看著沈夫人。

沈夫人卻沒有心思給她什麼交代，而是問道：「王姨娘不是帶了三個人進來嗎？另外兩個呢？」

「奴婢過去的時候，一個叫馨如的姑娘剛被人發現和王大人在廂房裡，還有一個……」

青梅說到這裡頓住了，似乎不知道該怎麼說下去一樣，而眾夫人的視線不約而同地落到了敏瑜身上——和方夫人一樣，臉色難看的那位夫人姓張，其夫王梓陽也和方興一樣，都是楊瑜霖的師弟，也都是千總，他們兩人都被纏上了，比他們更招人的楊瑜霖應該就是第三個吧！

「看我做什麼？」敏瑜笑了，知道她們在懷疑什麼，她相信楊瑜霖必然是這三個女子的目標，但是她更相信楊瑜霖，所以笑得坦然無比——尤其是她敏銳地發現，有幾個人並沒有同情地看著自己的時候，她心裡就更踏實了。

「楊大嫂就不擔心楊師兄嗎？」方夫人直接問道。她的性子直，敏瑜到肅州之後，楊瑜霖在肅州的師弟們都帶著家眷上門拜訪過，方興等人對楊瑜霖十分敬服，連帶著對敏瑜也十分的尊重，他們的態度自然也影響了他們的妻子。

「事情到了這一步，擔心也沒有用了。」敏瑜輕輕搖頭，帶了幾分開導地道：「與其生悶氣，讓人看笑話，不如好好想想，應該怎麼處理這件事情。薛夫人，您說可是？」

「楊夫人問我做什麼？」薛夫人神色淡淡地反問，到這個時候，她自然能猜到這件事情十有八九是如月等人弄出來的，她有些惱怒，但也有些解氣——雖然青梅沒有說，但她可以肯定青梅沒有提的那個定然是如月的妹妹馨月，那可是個模樣出眾、腦子也夠使的丫頭，如果她成了楊瑜霖的妾室，丁敏瑜定然煩惱不斷。

「當然是問問薛夫人的意見了，雖說夫人現在不管善堂了，但以前的情分卻不能抹殺，夫人覺得這幾個姑娘鬧了這樣的事情，應該怎麼處理好呢？」敏瑜從容地道。「當然，我的意思是絕不能姑息縱容，要不然這樣的事情絕對無法杜絕。」

「楊大嫂覺得應該如何處置這幾個小蹄子？」方夫人只覺得敏瑜的話說到了自己的心坎上，反正她絕對不願意吃這個虧的。

「如果依我的話，直接將她們送到公堂之上，齊大人自然會照律判刑。」敏瑜淡淡地道：「如果我沒有記錯，像她們這般作為，照律當判去衣受杖之刑，她們都還沒有定親，當杖八十。」

敏瑜的話讓眾人大出意外，遇上這樣的事情，不是應該私下解決嗎？把事情直接鬧大，是不是不大好呢？

當然，薛夫人是絕對不可能讓這樣的事情發生，她朝著盧夫人使了個眼色。

盧夫人就算不想出頭，也只能言不由心地道：「楊夫人，這樣的事情要是鬧大了，對三位大人也是不利的，依我看，還是大事化小的好。」

「我也是這個意思。」沈夫人立刻跟上，事情發生在沈府，真要鬧到公堂之上，沈家上下也會成為肅州城的笑柄了，而丈夫的前程必然受到極大的影響，她誠懇地看著敏瑜和覃氏、張氏三人，道：「還請三位夫人看在我的面子上，不要將事情鬧大，否則我真的只能一死以謝罪了！」

敏瑜三人沒有鬆口，一旁的張夫人輕嘆一聲，道：「盧夫人說的沒錯，這件事情確實不能鬧大，要不然真的不好收場。」

「那嬸娘覺得應該怎麼做呢？」

這一次，是王夫人開口，她也滿心委屈，也滿懷憤慨，但她卻不能不顧及大局。當然，方夫人也不是那種不顧大局的，只是她不願意先服軟。

「都這樣了，就將錯就錯吧！」張夫人嘆氣，她不想出這個頭，但是她知道，如果別人說這個話，這三個人恐怕都聽不進去。她無奈地道：「不過，她們這般胡鬧，進了門也只能當個沒有名分的通房丫頭。至於以後能不能抬姨娘，就看她們的造化了。」

方夫人滿心不甘，王夫人也滿心不甘，她們相視一眼，將目光投向敏瑜，敏瑜心裡好笑，她們真以為自己是那個和她們同病相憐的人嗎？她沒有給她們答覆，而是看向沈夫人，淡淡地道：「沈夫人，妳不覺得該給一個交代嗎？」

「楊夫人放心，王姨娘這般胡作非為，我定然不會輕饒她，一定會給三位一個滿意的交代。」不用敏瑜說，沈夫人也不打算放過如玉，她甚至在猜疑，丈夫請同僚到家中宴飲並非忽然起意，而是如玉攛掇的了，要是那樣，她就更該死了！

「楊夫人何必這般咄咄逼人呢？」薛夫人一如既往地站出來為善堂出身的姨娘們撐腰了，這件事情讓她心裡暢快，自然不能讓如玉受責。

「我這算咄咄逼人嗎？」敏瑜冷笑一聲，道：「如果她們算計的是薛大人，薛夫人還能這般寬宏大量嗎？」

「那是自然。」薛夫人這話說得底氣十足。她相信，馨月等人就算是嫁個不名一文的窮小子也不會打薛立嗣的主意，她可是她們的恩人，沒有她，她們指不定是什麼樣子呢！

「那我就拭目以待了。」敏瑜冷哼一聲，而後問青梅道：「向外子投懷送抱的叫什麼名字？」

「這個……」青梅心裡後悔死了，她剛剛就應該一鼓作氣地把話說完，而不是猶猶豫豫的。現在好了，因為她的猶豫，鬧了大錯出來。她心一橫，眼睛一閉，道：「廂房的門沒有叫開，和馨月姑娘在廂房裡的人是誰奴婢也不敢肯定。只是，除了薛大人沒露面之外，其他大人包括楊大人都在外面。」

也就是說，第三個被投懷送抱的是薛立嗣，而不是眾人以為的楊瑜霖……

除了那三個派了丫鬟過去的夫人之外，只有敏瑜對這個答案一點都不意外，就在眾人怔忡的時候，方夫人不合時宜地噗哧一笑，她沒有說話，只是斜睨著臉色一陣紅一陣青的薛夫人，心情驟然好了起來。

第九十章

「你不知道，薛夫人當時的表情有多精彩……」敏瑜臉上是忍都忍不住的笑容，她一邊笑著一邊描述當時發生的事情，道：「還有其他人，雖然沒有像方夫人一樣直白的，但我看得出來，她們心裡都痛快著呢……我猜啊，她們這會兒定然都在笑薛夫人，笑她終於搬石頭砸了自己的腳！」

楊瑜霖略帶貪婪地看著敏瑜的笑臉，大多時候，敏瑜臉上都帶著淺淺的笑，讓人一眼看過去，便生好感，但楊瑜霖卻不是很喜歡她那般笑，總覺得那笑容多了些禮貌和疏遠，少了幾分親近；而現在，她的笑容中透著幾分幸災樂禍，卻讓她整個人生動活潑起來。

「聽起來，薛夫人不知道什麼時候犯了眾怒，讓這麼多人都對她心生怨恨。」楊瑜霖笑著道，他知道敏瑜的觀察力極強，這應該是她在宮闈之中練就的本事之一吧！

「可不是犯了眾怒嗎？」敏瑜輕輕地撇撇嘴，道：「這十多年來，她可沒少將善堂養大的女子塞給都指揮使司的官員和肅州軍中的將領為妾……這還留在肅州的就有十六、七個，叫上今年年中被調往兗州的，少說也有三十人。當婆婆以心疼兒子為由，往兒子、兒媳房裡塞人，都要遭怨恨，她豈能例外？」

「有妳說的那麼遭人恨嗎？」楊瑜霖笑著問道，雖然他也厭惡這樣的事情，但他卻是因為楊老夫人和趙姨娘的原因，和敏瑜的感受完全不一樣。

「當然！」敏瑜點點頭，道：「己所不欲勿施於人，薛大人年過四十，膝下僅有一女，她都沒有給薛大人納妾，憑什麼給別人添這個堵呢？我看現在所有的夫人都等著，看看一貫會做面子功夫的薛夫人，會不會納那個叫馨月的女子進門。還有方夫人和王夫人，我猜她們一定會用最快的速度，將馨寧、馨如兩人納進門以此擠兌薛夫人。」

「妳的猜測一向很準，我等著看熱鬧就是了。」楊瑜霖笑著，而後又好奇地問道：「今日的事情是否在妳意料之內呢？」

「這個怎麼說呢？」敏瑜睜大了眼睛，眼中閃爍著靈動的光芒，這讓她多了分天真的味道，她笑著道：「今日會發生這樣的事情在我的意料之外，但薛夫人遭遇這樣的事情卻不出我的意料。」

「哦？」楊瑜霖挑起眉看著敏瑜，腦子裡卻想到了奉茶那日的事情，趙姨娘那日非要讓敏瑜給她下跪敬茶，除了她忘了自己的身分之外，也有被敏瑜一步一步算計的原因，如果敏瑜之前沒有一再地刺激她，她或許不會那麼心急。

「我建議金師爺改規矩的事情，我記得和你提過。」敏瑜微微一笑，帶了幾分得意，道：「提建議的時候，我便已經想到可能有這麼一天，沒想到的是，我這才走了一步棋，還沒有走下一步，事情便成了……不對，今日的事情定然有人在其中推波助瀾，要不然事情不可能進展得這麼快！」

說到這裡，敏瑜皺起了眉頭，會是誰呢？這人是奔著薛夫人去的呢？還是奔著自己來的？還有薛立嗣也是，與他們夫妻伉儷情深一樣出名的還有他的潔身自好——他不但沒有妾室、通房，就連喝花酒的傳聞也從未有過，這樣的男人又怎麼可能被人輕而易舉地算計了去？

「不管是不是有人做了什麼，反正事情是朝著妳所期望的方向發展，這就是好事，妳也別想那麼多了。」楊瑜霖真不喜歡她眉頭緊皺的樣子。

「我能不多想嗎？」敏瑜苦笑一聲，思慮過多是她的優點，也是她的硬傷；能讓她躲過算計和明槍暗箭，也會讓她傷神。事實上她素來淺眠、少眠，有的時候甚至會失眠都源於此。她也知道這不好，要是一直這樣下去，她定會早衰，可是她真的無法控制自己不去多想。

「當然可以，妳別忘了，妳不是一個人，妳有我呢！」楊瑜霖看著敏瑜，一字一句地道：「我是妳的丈夫，或許不能為妳考慮周全；但不管發生什麼事情，我都能護妳周全，不管出什麼事情，我絕對不會讓妳受到半點傷害。」

敏瑜不知道多久沒有聽過這樣的話了，她隱約記得很久以前，當她還是那個略有些刁蠻任性的小姑娘的時候，父母說過這樣的話，但是在她進宮做伴讀之後，就再也沒有聽過這樣的話了，她聽得更多的是——「要小心，要謹慎，不要因為自己給家人招禍」——這樣的話聽得多了，她便再也沒有了任性的權利，越發的沈穩、越發地工於心計。

「你就不擔心我當真，然後疏忽之下，犯了錯，而後連累到你嗎？」敏瑜真不知道自己心裡是什麼滋味，她只能玩笑一般地道：「我可是很能折騰的哦！」

「怎麼折騰都沒關係，出了事還有我呢！」楊瑜霖帶了自己都沒有意識到的寵溺口氣，而他腦子裡想到的，卻是幾年前敏瑜死死地拽著敏惟的衣襟，捨不得他走的場景。他欣賞冷靜自持、才思敏捷的敏瑜，但他更希望看到帶了些小任性的她。像她這樣真正聰慧的人，只有在被人深深地疼著、寵著、護著的情況下，才會將自己的小性子表露出來，而他願意當那個寵著她、護著她的人。

楊瑜霖的語氣和話語讓敏瑜心頭不自覺地升起了一股甜蜜的滋味，這種陌生的感受讓她有種想要向著他甜甜一笑的衝動，她強忍住這種衝動，不自然地輕咳一聲，壓下微微上翹的嘴角，岔開話題，道：「那個叫馨月的姑且不說，但那馨寧、馨如為什麼會選中方興和王梓陽，而不是你呢？你應該比他們更有吸引力才對啊！」

「這個……」楊瑜霖有些遲疑，但不等敏瑜催促，便略有些不安地道：「其實她們之中真有一個是衝著我來的，還趁我更衣的時候，堵在了門外；我發現之後，意識到不妥，便跳窗離開……」說到這裡，楊瑜霖偷眼看了看敏瑜，確定她沒有恚怒之後，又猶豫了一會兒，頗為不自然地道：「我不確定她是不是很快察覺到這一點，才放棄了我，轉而找上了方師弟。但是我更衣回去之後，察覺到我桌上的酒壺裡被人摻了些東西，我只喝了一杯便感覺血氣上湧，不敢確定是什麼人做了手腳的情況之下，我便提著酒壺去給薛師伯敬酒，而後趁他不備，將那加了料的酒壺換給了他……」

「噗！」楊瑜霖說這話的時候，敏瑜正好端起茶來喝了一口，然後，坐在她對面的楊瑜霖便被她噴了一臉的茶水。敏瑜又是好笑、又是抱歉地跳了起來，掏出帕子為他擦拭臉上的茶漬，連聲道：「抱歉、抱歉，我真不是故意的！」

敏瑜真的是太意外了，什麼叫人算不如天算？這就叫人算不如天算！只是不知道那馨月是主動的呢還是被動的？或者兩者兼有？她心頭浮起一絲惡趣味，薛夫人知道這件事情又會是怎樣的表情？一定很精彩吧！

楊瑜霖個子很高，也很健碩，敏瑜雖然不是那種小巧玲瓏型的，但比起楊瑜霖來，也嬌小得可以，他們又是坐在臨窗大炕上，一坐一站，楊瑜霖正好比敏瑜高了一個頭，這麼一來，敏瑜整個人都在楊瑜霖的懷中。

感受著面前女子身上散發出來的馨香，楊瑜霖情不自禁地舒臂，將敏瑜整個人環在自己懷中，而後微微一緊，將敏瑜抱了個實在。

敏瑜微微一驚，本能地便想掙脫，但只掙扎了一下，便沒有再掙扎——他們是夫妻，楊瑜霖這樣做並不算逾禮。只是她雖然沒有再掙扎，身子卻還是僵硬了起來，一動也不敢動。

「我就抱一下，一下就好。」楊瑜霖能夠感受到敏瑜的僵硬，他也知道他應該將手鬆開，可是佳人在懷的感覺實在太美好，他實在是捨不得錯過這個機會，只是微微地鬆了鬆，免得勒到敏瑜。

「你……」敏瑜輕輕地咬了咬下唇，她不敢動彈，但也不能任由著他就這樣抱著不放手，她將為楊瑜霖擦拭茶漬的手收了回來，卻不知道該把手放到哪裡去——往下，那她的手勢必會貼在楊瑜霖的胸前；往上，他們兩人就會貼得更近，而她那不甚飽滿的胸則會緊緊地貼上他的，不管是哪一種，都會讓兩人更加的曖昧……最後，她只能滿臉尷尬、羞澀地將手撐到他的肩上，並微微用力，將兩人之間的距離拉開了一些。當然，如果楊瑜霖沒有稍微鬆開一些的話，她絕對不可能做到這一點。

懷中是柔軟得不可思議的身軀，鼻尖嗅到的是越來越熟悉、也讓他越來越著迷的氣息，楊瑜霖真的一點都不想將敏瑜放開。喝了酒，尤其還喝了一杯加了料的酒，讓他有一種想要將敏瑜揉碎在他懷裡的衝動……

楊瑜霖的頭往前探了探，在敏瑜的鬢髮間深深地吸了一口氣，而後用無上的定力將手鬆開，等到敏瑜略帶倉皇地退回去之後，他有些生硬地說了一句：「累了一天了，妳早些休息吧！」說完就轉身離開。

看著大步流星離開，怎麼看都不自然的楊瑜霖，不知怎地，敏瑜升起一種既甜蜜又好笑的情緒，她緊緊地咬著嘴唇，但嘴角卻還是挑了起來……

「在薛家大門外下跪請罪？」敏瑜語調微微上揚，顯然，馨月鬧出這麼一齣讓她也深感意外，她原以為馨月正滿心歡喜地等著進薛家和薛夫人共侍一夫呢！

「是啊！」方夫人臉上是掩不住的失望，她嘆氣道：「不僅如此，她還當眾將昨日在沈大人家發生的事情說了出來，說自己也是被人算計了的，也是受害者；說什麼她知道薛夫人心善，定然會接納她進門，但她寧願削髮為尼，長伴青燈，也不願意做那忘恩負義之人，進薛家的門給薛夫人添堵……」

看著一臉悻悻的方夫人，敏瑜淡淡一笑，問道：「薛夫人呢？她是什麼態度？」

「她……」方夫人撇撇嘴，昨日之前，她對薛夫人多少還有幾分敬佩，但現在，卻只有怨恨了，她冷哼一聲道：「薛夫人慣會裝好人，一開始自然是不同意，還好言安慰馨月，說什麼既然已經這樣了，她又怎麼可能不管她，說她一定會為薛大人將馨月納回去，讓馨月回善堂踏踏實實地等好消息。」

敏瑜眉毛輕輕一挑，聽著方夫人繼續道——

「但那馨月似乎鐵了心，聽了薛夫人的話之後，不但沒有乖乖離開，居然還當眾絞了頭髮明志，薛夫人便也沒有再勉強……」

「這應該是薛夫人希望看到的結果，她又怎麼會不順水推舟呢？」敏瑜笑了，誠然，薛立嗣是喝了那可能針對楊瑜霖的加料酒，失去了自制力，和馨月有了首尾，但她卻不相信馨月就是清白無辜，甚至是被算計的——她如果沒有攀附薛立嗣的心思，當時高呼一聲，便能引人為她解圍，何至於失身？她現在這般表態，無非是兩種可能，一種是薛夫人私下威逼利誘，讓她不得不作出這樣的決定；另外一種就是她另有算計，這不過是以退為進的招數罷了。

「我也是這麼想的。」方夫人嘆一口氣，她原本還打算早一點將馨寧納進門，然後以此擠兌薛夫人，但是現在……先拖著，拖不了了再說吧！

「那麼現在呢？」敏瑜問道。「馨月是回善堂去了，還是被薛夫人趁熱打鐵地送去了某個庵裡？」

「估計薛夫人也擔心遲則生變，已經把馨月往庵裡送了。我看啊，她一定會讓馨月立刻落髮，以免再添事端！」方夫人又一次撇嘴，道：「我敢肯定，馨月一定是被薛夫人逼迫，要不然怎麼可能會這樣做呢？」

「看來薛夫人是真著急了。」敏瑜搖搖頭，薛夫人還真是沒有耐心，她就不知道這麼著急只會讓人心生疑慮，懷疑她是不是私下做了什麼，馨月才會這樣做。

還有薛立嗣，他現在又是什麼感受呢？說不定之前還對馨月充滿了憤慨，覺得是她不檢點，刻意勾引自己，害得自己夫妻成為眾人笑柄，但這麼一鬧之後，薛立嗣說不準會對馨月生出憐惜，更會對薛夫人生出淡淡的不滿……薛夫人這麼做，看起來乾淨俐落，實際上卻給自己留了隱患，如果馨月從此老老實實地，永不出現在他們夫妻生活中，那還好；要是馨月不死心……

「可不是著急了嗎？」方夫人恨恨地道。「她這麼喜歡給人送女人，給那些不要臉的姨娘撐腰，怎麼到她自己的時候，就變了一副嘴臉？哼，那個馨寧啊，我準備就讓她在善堂熬著，我倒要看看，薛夫人會不會好意思為她出頭！」

「馨寧遲早要納進門，妳又何苦這般置氣呢？」敏瑜搖搖頭，有些無奈，方夫人比她還大兩歲，卻經常讓她覺得孩子氣得緊。

「我心裡不舒服！」方夫人直接道：「我昨天一回去就衝著予盛(注)大發脾氣……您不知道，我們成親這半年多可從未紅過臉，但就因為這件事，我……」

說到這裡，方夫人有些哽咽，用帕子抹了抹眼角滲出的淚水，又道：「好在予盛自知理虧，由著我，要不然我真的不知道我們會鬧成什麼樣子。」

「要是這樣，妳更該讓那馨寧早點進門了。」敏瑜安撫地笑笑，道：「他現在心中有愧，妳要是讓那馨寧順順當當地進了門，他這愧疚還可能加深；但如果相反，他心中的愧疚只會慢慢減少，甚至在某一天埋怨妳……」

敏瑜的話讓方夫人眼中的淚意更甚，她不甘願地道：「我昨晚發脾氣、鬧彆扭的時候，奶娘也是這樣勸我的，我也知道您和她說的都是對的、都是真心為我好，可我這心裡……再說，我也擔心這馨寧以後會像沈大人家的王姨娘一樣，仗著薛夫人的勢，不把我放在眼裡的胡來。不是我杞人憂天，這都已經是這些出身一樣的女人的習慣了。」

「此一時彼一時，我倒認為，妳大可不必擔心這個。」敏瑜搖搖頭，道：「現在可不比以前了，別說馨寧未必能像王姨娘等人借勢，就算能……方夫人覺得，薛夫人還好意思為她

注：予盛，方興的字。

們出頭嗎？」

「您說的是！」方夫人精神一振，道：「她自己也都容不得人，憑什麼還要讓別人大度，還給那些不要臉的撐腰？她以後要敢給馨寧撐腰，我就把這話丟到她臉上去！」

方夫人的話讓敏瑜失笑。兩人又說了一會兒，敏瑜才將心情轉好的方夫人送走。

方夫人前腳出門，秋霜便過來輕聲道：「少夫人，江氏求見您，奴婢見您正忙著，便招待她在抱廈休息等候，您看……」

「江氏？」敏瑜微微有些詫異，但卻沒有遲疑，而是點點頭，道：「左右無事，就請她進來吧。」

「是。」秋霜應聲出去，很快便引了江氏進來，江氏給敏瑜見過禮之後，坐下，笑著道：「今日倉促來訪，給夫人添麻煩了。」

「夫人客氣了。」敏瑜微微一笑，道：「不知道夫人今日前來，可是有什麼指教？」

「您這樣說可要折殺妾身了！」江氏說到這裡微微頓了頓，而後略帶幾分不安地道：「妾身沒有與夫人說清楚自己的身分，妾身江青月，是原肅州都指揮使斷事吳益民的妾室……」

「原來不是夫人，而是江姨娘。」敏瑜臉上的笑容微微淡了些，江氏的身分一點都不出她所料，她之前就猜到了江氏極有可能是妾室，江氏這麼說不過是證實了她的猜想而已。

敏瑜態度的變化江氏看在眼中，心裡暗自叫苦，敏瑜當眾給那些姨娘沒臉的事情她自然也聽說了，不等敏瑜端茶送客，立刻笑著道：「昨日在沈大人家中發生的事情，楊夫人可覺得意外？」

「妳指的是什麼？」敏瑜臉色淡淡地看著江氏，心裡卻有了幾分猜想——難不成馨月的事情是江氏在其中推波助瀾？只是，她為什麼這樣做呢？

「馨月不聽如月的安排，沒有向方興方大人投懷送抱，而是找上了薛大人的事情。」江氏直接道，她可不認為敏瑜能猜中其中的關鍵，這件事情她做得極為隱秘，除了她和馨月之外無人知曉，而她也肯定馨月不會將這件事情透露給任何人，包括她的親姊姊如月。

「是妳對馨月說了什麼，才讓她改了主意的吧！」敏瑜瞭然地道。「只是不知道妳對她說了些什麼呢？是分析利弊，讓她覺得選擇薛大人比方大人要明智得多嗎？尤其是薛大人至今尚無子嗣，要是馨月有那個福氣懷上薛大人的子嗣，那可就真的是一步登天了。」

「看來妾身的雕蟲小技，瞞不過夫人的火眼金睛！」江氏微微一驚，但很快便又覺得理所當然了——才來肅州短短兩、三個月，就讓薛夫人連連吃癟，這位看起來和氣的年輕夫人定然有非凡之處。想到這裡，她心裡也在暗喜，只要能說服這位夫人相幫，自己的處境應該能夠改變了吧！

「只是不知道妳為什麼這樣做呢？」敏瑜輕輕挑眉看著江氏，她心中猜到了一些，卻不願意挑明，而是淡淡地道：「江姨娘想必也是善堂養大的，薛夫人對妳們的恩情可不淺，妳這樣做似乎不大……」敏瑜沒有將話說完，只搖著頭，其中的意味不說自明。

「妾身知道這樣做會讓人非議，說妾身忘恩負義，可是，妾身真不認為薛夫人對妾身、對善堂出身的姊妹有多大的恩情！」江氏冷哼一聲，道：「善堂是朝廷所建，養育我們用的銀錢不是朝廷撥款便是善心人士捐贈的，薛夫人可沒有如她表現出來的那樣付出良多。再說，就算真的為我們付出不少，她也不見得真就是善心，不過是想將我們養大了之後，為她、為薛大人籠絡人心罷了，哪有真正為我們著想過！」

敏瑜淡淡地看著江氏，沒有反駁，更沒有附和她的說辭，就這麼淡淡地看著她，直到江氏訕訕地閉了嘴，才淡聲道：「江姨娘今日上門，不是為了與我說這個的吧？」

「這……」江氏頗有些不知道該怎麼把話接下去，敏瑜的反應實在不在她的意料之中，她原以為敏瑜聽了她的話之後會和她同仇敵愾呢！她想了想，道：「馨月原本要投懷送抱的是方大人，而纏上方大人的馨寧，原本則是為楊大人特意安排的。」

「我聽外子說過，有個女子對他有意圖，被他避過了。」敏瑜知道江氏說這話是想向她討個人情，但她卻不想這般輕易地就欠了個人情。

江氏噎住，剩下的話就那麼被堵在了嘴裡，怎麼都說不出來了。

「江姨娘今日過來，應該有所求吧？」敏瑜又淡淡地道。「江姨娘所求為何，不妨說出來聽聽，如果與人無妨，看在我們有緣相識的分上，我不會吝於相幫；但如果與人有礙，那麼我只能端茶送客了。」

被敏瑜揭破了心思，江氏略有些尷尬，但事到如今，由不得她再賣關子，一來她已經沒有多少時間可以拖延，二來則是她不知道下次還能不能這樣順利地見到敏瑜。她想了想道：「妾身聽說，楊夫人和定國將軍馬將軍的女兒馬姑娘是好友？」

「不錯。」敏瑜點點頭，心裡大概明白了江氏所求為何，無非不過是希望像以前在肅州一樣找一個靠山，而後憑藉著靠山和正室叫板罷了！只是，她怎麼會認為自己會像薛夫人一樣，做那種不符合身分也遭人厭惡的事情呢？

「妾身想求夫人和馬姑娘或者馬夫人打個招呼，讓她們略微照顧一二。」果不其然，江氏說出了敏瑜意料中的話，她看著敏瑜，苦笑著訴苦。「夫人不知道，我家夫人是個極不能容人的，前些年在肅州，她有所忌憚尚好，但去了兗州之後，沒了忌憚，對妾身母子動輒懲罰，妾身尚能忍受，但孩子……妾身實在是過不下去了，這才趁著那惡婦疏忽，帶著孩子逃了出來……」

江氏說著說著，似乎說到了傷心處，眼淚潸然而下。

敏瑜看著她落淚，卻淡淡地道：「妳去求了薛夫人，她沒有管妳，所以妳記恨在心，這才煽動馨月吧？」

敏瑜這話一出，江氏也哭不下去了。

敏瑜又道：「至於這件事情，恕我無法幫妳。」

「夫人！」江氏急了，苦苦哀求道：「這件事情對夫人來說，不過是舉手之勞，可對妾身母子而言卻是活命的大事，還求夫人垂憐！」

「做這件事情或許只是舉手之勞，但是所做的事情卻超出了我的底線。」敏瑜淡淡地道。「想必妳也聽說了，我對妾室，尤其是那些不安分的妾室素來無感，決計不會給她們撐腰，幫著她們和正室鬥法的。」

「夫人——」江氏急了，道：「還請夫人看在妾身為夫人做事的分上……」

「江姨娘，慎言！」敏瑜語帶警告地說了一句，而後道：「我與江姨娘不過是萍水相逢，可沒有讓妳幫我做什麼事情，妳做了什麼，與我無關。當然，要是江姨娘想將自己做過的事情推到我身上，而後再向別人提什麼要求……我無所謂，只要江姨娘願意承受那樣的後果。」

看得出來敏瑜不但沒有幫自己的意思，還隱隱有了怒氣，江氏只能起身告辭，但她終究還是不甘心自己一無所獲的離開，走到門口，她忍不住轉身道：「楊夫人不想知道馨月接下來會怎麼做嗎？」

「她怎麼做、做些什麼，與我完全沒有干係，江姨娘有什麼話，還是說給想聽的人聽去吧！」敏瑜輕輕搖頭，道：「當然，前提是江姨娘能夠承受住某人的怒火。」

江氏最後只能悻悻地離開，她一走，一直在一旁聽著她和敏瑜說話的秋霜便上前為敏瑜換了一杯熱茶，而後輕聲問道：「少夫人為何對江氏如此不留情面？」

「這人心太狠也太貪，不是善良之輩，最好一次能夠絕了和她的往來。」敏瑜淡淡地道。「我之前沒有摸清楚她的心性，自然願意留一份香火情，但現在……和她少打交道為妙，這樣的人，妳根本不知道她什麼時候就能為一點點利益起了害人之心。」

「少夫人說得是。」秋霜點點頭，而後又略帶好奇地問道：「江氏顯然知道那個叫馨月的還有後招，少夫人可知道她還能算計什麼？」

「還能是什麼？」敏瑜笑著搖搖頭，道：「無非不過是子嗣和薛大人的憐惜之心罷了。就看薛夫人做事夠不夠乾淨了，如果薛夫人思慮周全，在送馨月去庵堂的路上，給她灌一碗避子湯，而後斷絕了她和外界的往來，那麼自然會少很多麻煩；如若不然，說不準什麼時候，就會鬧出更大的事情來。然而到底會是馨月有了身孕，母以子貴，而後被抬進薛家，還是她施展了什麼手段，讓薛大人起了憐惜之心，而後不顧薛夫人的意願抬她進門，這我就猜不到了。不過，不管是哪種情況，也絕對會在三、四個月之後了。」

秋霜捂著嘴笑道：「那少夫人到時候就等著看薛夫人的大笑話好了。」

「我可沒有心思看她的笑話。」敏瑜搖搖頭，而後看著秋霜道：「秋霜姊姊，妳交代丁勤一聲，讓他找人盯著江氏，我總覺得這人不會安分。」

「是，少夫人。」秋霜沒有質疑敏瑜的吩咐，看江氏離開的表情就知道，她現在定然是滿心的不甘。

第九十一章

楊瑜霖輕輕一拉轀繩，馬未站穩便飛身而下，親自上前掀開車簾，對裡面抱著暖爐的敏瑜道：「敏瑜，到鳴鹿山了！」

「到了啊?!」敏瑜笑著坐直了身子，等她身側的秋霞為她披上大氅之後，才伸手搭在楊瑜霖伸出的手上，扶著他的手下了馬車，朝著前方看去。

鳴鹿山，肅州城北出去大約三、四里，山南面平緩、北面險峻，因山上常有鹿群出沒，而被當地人命名為鳴鹿山。冬日的鳴鹿山上白雪皚皚，通向山上的石徑上看不到什麼積雪，但也不見人跡。

前兩日，她和楊瑜霖閒聊時說起她昔日在宮裡陪福安公主的時候，每到冬天最愛的便是宮裡那一片梅林，楊瑜霖便說肅州城外的鳴鹿山上有一片梅林，盛開之時極為妍麗，還說擇日陪她登山觀梅。

當時是敏瑜提起，楊瑜霖方想起鳴鹿山上還有那麼一個去處，敏瑜卻控制不住地去想，楊瑜霖是不是早就知道自己喜歡梅花，這才故意引導著自己說起冬日觀梅是自己的愛好，而後順勢提這個地方——她知道自己可能是多想了，可楊瑜霖實在不像是那種有閒情逸致賞梅的人，他在肅州的那兩年每年都有戰事，每次都在秋冬，他怎麼會知道鳴鹿山有這麼一個地方呢？

只是不容她仔細琢磨，楊瑜霖便定下了今日出行登山觀梅的計劃，敏瑜原本想要反對，但最後還是點頭同意了——

他是她的夫，是要相守一輩子的人，就算他在算計什麼，也不過是想要和自己更親近，她應該配合他才是。

現在，到了鳴鹿山下，敏瑜卻還是後悔了——肅州已經很冷了，而鳴鹿山山腳又比肅州更冷了幾分，估計山上還會更冷。

「我們真的要上山嗎？」敏瑜遲疑地看著楊瑜霖，她一向怕冷，一看眼前的情形不由得生了退意。

「當然！」楊瑜霖笑看著敏瑜，道：「都到這裡了，可不能打退堂鼓啊！」

「這……那好吧。」敏瑜無奈地點點頭。

楊瑜霖笑著牽住她的手，沿著石徑往上走，秋霞等人雖然偷偷笑著跟在他們身後，卻也不是沒眼色地跟緊了打擾他們兩人相處。

「我自己走吧！」敏瑜臉上微微發燙，自從那日沈家宴會之後，他們兩人無形之中便親近了不少，私下相處的時候，楊瑜霖偶爾也會做出些親暱的動作，敏瑜漸漸地已經有些習慣了，但在人前，敏瑜仍然覺得很不好意思。

楊瑜霖知道敏瑜臉皮薄，立刻笑著鬆開手，石徑挺寬的，三、五人並行都沒有問題，兩人便並排慢慢往上走，楊瑜霖一邊和敏瑜說著話，一邊小心地防備著，就擔心敏瑜一個不小心滑倒。

「我說的地方馬上就到了。」慢慢往上走了近半個時辰，楊瑜霖便笑著指向前方，道：「那邊是一片天然的梅林，別有一番野趣。」

敏瑜大大地鬆了一口氣，她覺得自己的手腳都要被凍得失去了知覺，這麼一放鬆，就沒有留意腳下，一個踉蹌便往一旁倒去，楊瑜霖眼明手快，長臂一舒，便攬住她的腰，將她攬進懷中，關切地問道：「是不是扭到了？」

「沒有。」敏瑜小心地動了動腳踝，確定沒有異樣之後搖搖頭，而後羞澀地道：「你放我下來，有人看著呢！」

楊瑜霖很想問要是沒有人的話是不是就能讓他抱著，但這略顯輕薄的話最後還是沒有出口，只是笑著點點頭，小心翼翼地將敏瑜放開；等她站穩，又看著她走了兩步，確定她的腿腳無恙之後，才將手鬆開，但視線卻一直在敏瑜身上，顯然還是有些不放心。

很快，便到了楊瑜霖所說的那一片天然梅林，和敏瑜見慣的梅花不一樣，這一片梅林枝幹筆直端正、枝葉茂密，正逢花開季節，密密麻麻地開滿了梅花。其中以粉色、紅色居多，看上去熱熱烈烈，映著皚皚白雪，別有一番不一樣的風姿。

「這梅林還真不一樣啊！」敏瑜輕嘆一聲，心頭忽然浮起一股說不出的滋味和一種從未有過的感觸，她偏頭笑著問道：「瑾澤，你怎麼知道這裡有這麼一大片梅林的呢？」

「我剛到肅州的時候，被派到這裡駐守，每日都要將山上、山下巡視三遍，別說這麼一大片梅林，這山上的一草一木也都瞭然於心。」楊瑜霖笑笑，而後指著山上某一處，道：「我當時就駐守在那裡，除了開戰的時候，那裡常年都有兩百餘人駐守，只是山裡的條件不好，到了冬天尤為艱苦，在這裡的不是受人排擠的，便是被特意安排過來吃苦的。」

「那麼你呢？你是哪一種？」敏瑜輕輕偏頭看著楊瑜霖，她覺得他應該兩種兼有吧！

「我啊，兩種都算！」果然，楊瑜霖笑著道：「我到肅州之後，師叔想要打熬我們師兄弟，而薛師伯則不願意我在肅州城中礙他的眼，難得意見統一地將我和敏惟等人一併發配到了這裡。我們到了之後，他們更狠心將這裡的糧草供給減少大半，我們想要吃飽，便得自尋法子。我們集思廣益之後，打獵，尋摸野菜、野果子，倒也把問題給解決了。對了，妳看那邊，最高最大的那十多棵樹都是野栗子樹，我們當初可沒少摘回去吃。」

「野栗子？」敏瑜很好奇，她還真沒有見過野栗子，她順著楊瑜霖指的方向看過去，當然，除了一片光禿禿的樹林之外，什麼都沒有看到，更分不清楚哪些是楊瑜霖說的野栗子樹了。

「是啊！」楊瑜霖點點頭，笑著道：「這十多棵野栗子樹都長了好幾十年，每棵樹都能結兩、三百斤野栗子，十幾棵樹就是幾千斤，夠吃好長一段時間。野栗子又香又甜，再打些野雞、大雁什麼的一起煮，那味道可真的是很不錯。」

敏瑜被楊瑜霖說得笑了起來，道：「看來你在這裡適應良好，還找到了不一樣的樂趣。」

楊瑜霖呵呵笑道：「不能因為條件艱苦就覺得自己是來吃苦的，得尋找其中的樂趣，要不然人生豈不無趣？」

敏瑜斜睨著他，道：「你這是在開導我嗎？是覺得我的日子過得無趣嗎？」

「沒有！真沒有！」楊瑜霖連忙搖頭，卻又道：「不過，我看妳入冬之後，除了出門應酬之外，大多時間都待在屋子裡，也很擔心妳被悶壞了。」

「規矩不就是這樣嗎？」敏瑜心裡微微一暖，知道楊瑜霖是在關心自己，便笑著解釋道：「女子原本就應該安分地待在家中，而不是整日地往外跑，我在家的時候也這樣，我又沒有太多的朋友，出門的次數可比現在還要少。」

敏瑜這算是心裡話，她遇事都習慣性的一遍又一遍琢磨，分析隱藏在背後的可能以及其中的利弊得失，這是她最大的優點。她早前能從九皇子的幾句話意識到他可能要由著自己的性子胡來，便狠下心來讓自己大病一場，而後順利地過了皇后那一關，便是因為這一點。

但是敏瑜也知道，這其實也是她最大的缺點，這樣不但會讓她錯失很多東西，包括朋友、包括情感——她就馬瑛和王蔓如兩個至交好友便是因為這個，如果不是因為三人相識得早，馬瑛家中出事的時候也尚年幼，說不定連這兩個能夠說知心話的朋友都沒有。至於之後結交的不管是讓她幼時便心生好感的李安恬，還是一見之下覺得大為投緣的許珂寧，她雖然很樂意和她們來往，也願意為她們盡一份力，但卻還是下意識地和她們保持了一定的距離。

「那就好。」楊瑜霖略微放心了一些，而後一片坦誠地看著敏瑜，道：「我知道我無法給妳最安逸、最舒適的生活，但我卻希望妳能過得自在，也願意盡一切可能讓妳過得快樂，有什麼不滿意的妳一定要和我說，千萬別委屈了自己。」

楊瑜霖的話讓敏瑜的臉又微微泛紅，不期然地想起剛剛賜婚之時兩人有過的談話，現在回想起來別有一番感觸在心頭，她輕聲道：「你放心吧，我們可要在一起過一輩子，我們是這世上最親密的人，有什麼話，我必不瞞你。」

敏瑜的話讓楊瑜霖心中柔軟，他一轉身，將敏瑜抱在懷中，下巴親暱地蹭著敏瑜的頭頂——咳咳，當然，他蹭到的只是敏瑜戴著的帽子，但是那種親暱的感覺卻一點都不減，他輕輕地擁著敏瑜，只希望這一刻能夠多停留。

和楊瑜霖相處的時間越長，敏瑜就越瞭解眼前這個人，知道他看起來硬朗冷漠，但實際上卻是個再心軟不過的，尤其是對自己，幾乎就沒有什麼底線，只會一味地由著自己，而他對自己的態度除了寵愛、憐惜之外還多了尊重，哪怕是自己隨意的一句話，他都能認真對待，絕不敷衍了事。尤其他還很小心、很認真地呵護著自己，每做一件事情都會考慮到自己的心情。

和他相處時間越長，敏瑜就越發地覺得其實嫁給他真的不錯。身為女子，一生所求不過是一個安樂的家、一個疼惜自己的丈夫，和一堆可愛的孩子，糟心的事情少一些，傷心的事情少一些，如此而已。嫁給他，真的比成為皇子妃要自在輕鬆，也更容易得到幸福。更何況，九皇子那性子……他根本就不會意識到自己做什麼事情可能會傷害到別人，就算知道傷害到了，也會天真地覺得道歉之後便能風過無痕。嫁給九皇子，除了更榮耀一些之外，真不一定更好……

頭上傳來的那種輕觸感，能讓敏瑜感受到楊瑜霖發自內心的愛憐，第一次，她沒有殺風景的推開他，或者說什麼話打破這粉色的氣氛，而是輕輕地往他懷裡偎了偎，伸出手回擁著他……

「冷了嗎？」這一次殺風景的卻成了楊瑜霖，他很是擔心地鬆開一隻手，探了探敏瑜的臉，她的臉略有些冰冷，他立刻慌了，道：「我們到前面駐地休息一下，那裡有房舍，妳可以烤一會兒火，等暖和了之後，我們再慢慢下山回去。」

這個不識風情的人！敏瑜有些惱，但更多的卻是甜蜜，她甜甜的一笑，卻又問道：「帶我去駐地方便嗎？」

「別說駐地，就算軍營妳也是可以去的，妳別忘了，軍師心心念念的便是讓妳接他的班，要是真有那一天，我還得聽妳的指揮呢！」楊瑜霖開玩笑地說了一句，辜鴻東六月來了肅州，但沒有待多久便和調離的人一起去了兗州。

「我問正經的呢！」敏瑜嗔了一句，但心裡卻有些火熱。

「放心吧，我不會做不合適的事情。駐地的統領是我的一個師弟，而駐軍中有七、八個今年剛出師的師弟，我帶著妳一道去看看他們也是應該的。」楊瑜霖笑著解釋一聲，而後微微遲疑一下，又道：「楊衛武也在這裡。」

「大哥，大嫂！」楊衛武略顯得有些不自在地叫過兩人之後便杵在那裡，似乎不知道接下來該說什麼、又能說什麼一樣。

「嗯。」楊瑜霖同樣很不自在。

將楊衛武帶到肅州好生教導，讓他有一條路子可走的決定是敏瑜作的，她和他說，不指望楊衛武能有多大的出息，只希望他不要像楊衛遠一樣，生生地被楊勇和趙姨娘給養廢了，到時候拖了他的後腿。

他雖然不認為楊衛武會對他造成什麼影響，但敏瑜既這樣決定了，他便沒有反對，只是他也不知道應該怎麼和這個弟弟相處。將楊衛武直接丟到這裡，除了好好地磨練他之外，也存了將他遠遠地安置，眼不見、心不煩的緣由。

「小叔看起來清瘦了不少，可是過得太過艱苦？」敏瑜知道楊瑜霖的心結，也知道他們之間沒話可說，但她卻不能任由他們這麼冷場，她微笑著道：「也怪我，竟沒有問清楚你大哥怎麼安置你，便放放心心地由著他安排了。看你上次回去精神不錯，也以為你過得很好沒有多問，幾乎不回家也以為正常。昨兒你大哥不小心說漏了嘴，我才知道他竟然將你安排到了這山上，便特意過來看你。」

「謝謝大嫂關心，我過得很好！」敏瑜的話讓楊衛武心裡一暖，他自然沒想到這兩人在大冷天的過來這裡只是遊玩來了，以為敏瑜說的是實話，連忙道：「我看似瘦了些，但卻結實了不少，飯量也比在家中好很多，大嫂放心便是。我原想著這麼冷的天，來往一趟實在是不便，便沒有回去。讓大嫂擔心不說，還不顧天冷跑了這麼一趟，是我的不是。」

「都是一家人，本就該相互關愛。」敏瑜笑著道，而後又略帶抱怨地道：「我原給你準備了些更暖和的衣物鞋襪和吃食，你大哥偏說將你送到這裡來就是為了磨練你，怎麼都不准我帶過來，擔心會消磨你的意志……我拗不過他，只能空手來了。」

敏瑜這話說得又是埋怨又是抱歉，楊瑜霖在一旁聽得好笑，而楊衛武卻被感動了，連忙道：「這原是規定，大嫂不要埋怨大哥。再說，你們能冒著嚴寒過來看我，我心裡真的已經很高興了！」

「小叔能理解就好。」敏瑜作出一副終於安心的樣子，而後又關心地問道：「小叔在山上過得可還適應？我聽你大哥說，這山上不只條件不好，訓練更辛苦，就連糧草也被故意剋扣，要吃飽肚子還得自己找吃的。」

「我挺好！」楊衛武這話倒不假，山上過得確實很艱苦，但也很充實。每日訓練、巡山、為吃飽肚子奔波就花了他們絕大部分精力，晚上倒在炕上，一閉眼就能踏踏實實地睡到天亮，這樣的充實生活他以前從未有過。剛開始也很不適應，但現在卻覺得自己過得很心安，對這樣安排他的楊瑜霖也沒有了一開始的怨氣，而是認為楊瑜霖或許真的在為他著想，才讓他到這裡來。

想著自己過去的這段日子，楊衛武臉上帶了一抹發自內心的笑容，道：「我們佐領說了，等明年的九月我們便能回城中軍營；回去之後，我們這些人，合格的，至少都是伍長，比在軍營慢慢熬有出息多了。」

「這就好、這就好！」敏瑜一副寬慰安心的樣子，笑著道：「你大哥一個勁兒地讓我不要擔心，說給你安排得很妥當，說他是為你好才讓你接受這樣的磨練，還說他也是這麼過來的。只是我這心裡始終是不大放心，現在你也這麼說了，我就不用太擔心了。」

敏瑜的話讓楊衛武心裡熨貼無比，卻只會傻笑兩聲，而後敏瑜又笑著問道：「下雪之後還能吃飽肚子嗎？我們剛剛一路上過來，什麼吃的都看不見了。」

「還行。」楊衛武笑呵呵地道：「我們早知道下了雪不大好過，便早早地存了很多野栗子什麼的，加上每日獵來的野物，不但能吃飽，還能吃得很好。聽佐領說，肅州軍營的伙食都沒我們這麼好，每天都能吃上肉。」

楊衛武的話讓敏瑜徹底放心了——她知道楊衛武被楊瑜霖丟到這裡的事情之後，最擔心的並非楊衛武適應與否，楊衛武在這裡也就是個普通的新丁，只要不犯什麼錯，就算過不好，也會平平安安的。她更擔心的是楊衛武會因為受苦而心生怨恨，恨上了如此安置他的楊瑜霖，要是那樣的話，她可真要重新考慮對楊衛武的安排了。她不希望楊衛武沒出息拖楊瑜霖的後腿，更不希望楊瑜霖養出一個敵視他的人來，哪怕那個人不能稱之為對手。

「山上伙房的趙大爺對別的不在行，但整治野物卻極為拿手，一樣的野味到了他的手裡，總能有百般的花樣。」楊衛武似乎是順著這話往下說一樣，說著還故意頓了頓，問楊瑜霖道：「大哥也在山上待了一段時日，趙大爺的手藝應該也不陌生吧？」

「我知道山上的伙夫手藝好，但姓什麼我卻不大清楚。」楊瑜霖搖搖頭，雖然他也在山上待了些時日，但一來待的時間並不長，待不過七、八個月便起戰事，回大營當了先鋒官，之後便再也沒有回來過；二來他在山上的時候也是佐領，每日忙碌的事情極多，哪有閒心管伙夫姓甚名誰，又是怎樣的人。

楊瑜霖說得很隨意，楊衛武卻又問道：「那大哥可知道趙大爺是何方人氏嗎？」

楊瑜霖皺起了眉頭，道：「這個重要嗎？這個我從未關心過，而你也不應該將自己的精力放在這個上面。吃得好對我們而言固然重要，但不能因為口腹之慾而忽略了其他！楊衛武，我讓你上山來可不是希望你和什麼伙夫關係密切，而後跟著他學手藝，當個出色的伙夫的！」

楊瑜霖這話說得有些重，但敏瑜卻沒有阻止，而是玩味地看著楊衛武，她覺得楊衛武不會無端地提起這麼一個人來。

果不其然，楊衛武沈默了一會兒之後，道：「趙大爺是雍州人氏，家中早無牽掛，入伍之後一直待在肅州，到今年已經四十多個年頭了。」

雍州人？在肅州待了四十多年？敏瑜的心一跳，想起趙家兩個嫂子臨行前對自己說的那個秘密，她伸手輕輕地按住臉色不豫的楊瑜霖，不讓他說話，自己則認真地看著楊衛武，道：「小叔想說什麼只管說，我們聽著。」

楊衛武卻又猶豫了，他無意中和那個一把年紀還待在伙房裡的趙大爺認識，等熟悉了才知道兩人說起來還能算是同鄉——他雖然在京城長大，但楊勇是雍州人，他祖籍自然也是雍州。知道是同鄉之後，兩人也就更親近了，而後說起自己的家譜，說著說著卻牽扯出了一個讓楊衛武大為吃驚的秘密來，只是他心裡一邊相信那位趙大爺的說辭，一面卻又在懷疑這是楊瑜霖特意安排的。

他原本想要將事情掩埋下來，等將來有一天回去查清楚，但是現在，他卻因為敏瑜和楊瑜霖的探視而感動，有了想要將事情說出來的衝動，當然，他更想看楊瑜霖是什麼表情，從而判斷這件事情是不是楊瑜霖安排的。

「小叔？」敏瑜喚了一聲，眼也不眨地看著楊衛武，心裡卻打定了主意，不管楊衛武說不說，一定要找那姓趙的老頭問一問。

「趙大爺說他與祖父、舅公不僅是同鄉，更是一起長大的朋友，他們一起入伍，一起到了肅州，祖父身死肅州之後，舅公和趙大爺還在一起當了三年兵，直到舅公還鄉，趙大爺卻選擇留在肅州之後，才慢慢斷了聯繫。」

敏瑜看著楊衛武，而楊衛武卻盯著楊瑜霖看，唯恐錯過他的表情。他嘴裡的舅公是趙姨娘的父親，以前一直叫外祖父的。

楊瑜霖皺了皺眉頭，道：「我不知道這些，你應該知道，沒有人會和我講與趙家有關的事情。」

楊瑜霖這話半點不假，楊夫人石氏對趙家略有瞭解，但她去世之前也沒有和楊瑜霖說過這些事情；而她去世之後，石家人和楊家人都斷了來往，又怎麼可能去瞭解趙家人的事情？至於楊勇母子和趙姨娘等人，他們和楊瑜霖形同陌路，也不會和他講這些。

楊衛武盯著楊瑜霖，問道：「那祖父的事情呢？」對楊瑜霖他沒有多少懷疑，他心裡自然清楚楊老夫人、楊勇以及趙姨娘對楊瑜霖有多麼的漠然，其中的緣由他曾隱隱地聽長輩提起，只是沒有人正經和他說起過，而他也不曾想過要探究，只是有那麼一個印象而已。

「我只知道祖父在父親還未出世的時候便過世了，認真說起來，父親是遺腹子，除此之外，也一無所知。」楊瑜霖皺眉，看著楊衛武，道：「你為什麼忽然問這些？難不成那位姓趙的伙夫和你說了祖父的死因？」

敏瑜的心一緊。

楊衛武點點頭，看著楊瑜霖，一字一頓地道：「他告訴我，我們的祖父楊龍是被你的外祖父石明銳殺死的！」

「你胡說什麼！」楊瑜霖先是大吃一驚，而後便訓斥一聲，他看著楊衛武，臉上一片冷峻之色，冷斥道：「就算想為趙姨娘脫罪，你也不用編這麼荒謬不堪的謊言吧？」

楊衛武微微一愣，不明白楊瑜霖為什麼這樣說。

敏瑜見狀，輕聲解釋道：「小叔或許不知道，婆婆，就是你大哥已故的生母，是因為被祖母和趙姨娘強行灌了墮胎藥而身亡的，說白了就是被她們兩人聯手害死的。」

楊衛武大吃一驚，這件事情對趙姨娘等人而言才是真正不能對人言說的秘辛，自然瞞得死死的，他們肯定半點風聲都沒有聽到過。他愣愣地道：「我娘害死了大哥的娘？這怎麼可能？」

「這樣的事情如果不是證據確鑿，我能說嗎？」楊瑜霖冷冷地一哼，看著楊衛武道：「我知道，父親和趙姨娘被判刑的事情讓你們兄妹三個恨透了我，但是你們可有想過，我為什麼要這麼對他們？」

楊衛武默然，他無法對楊勇和趙姨娘被判刑收監的事情釋懷，但如果楊夫人石氏真是被趙姨娘和楊老夫人親手害死，而楊勇卻對此無動於衷的話，他卻也能夠理解楊瑜霖為何這般恨他們，連帶著也對自己兄妹三人帶了怨恨了。

敏瑜的手覆上楊瑜霖的，無聲地安慰著他，她知道，這件事情是他心頭最大的傷痛，而後看著楊衛武道：「這件事情確實是駭人聽聞，祖母雖然已經過世，但趙姨娘卻安在，小叔可以向趙姨娘求證，倒不用擔心你大哥騙你。不過，我現在比較好奇的是祖父的死因……那位趙大爺可與你說起過？」

「大嫂相信我的話？不覺得是我編造出來的？」楊衛武沒有想到楊瑜霖不相信的事情，敏瑜看上去卻有幾分相信。

「趙家兩位嬸子離京之前，曾經與我說起過這件事情。她們說祖母當年之所以那般對婆婆，全是因為婆婆是仇人之女，說婆婆剛進門的時候她並不知道，是他們成親之後，趙家舅太爺進京探望祖母，見了石家外祖父之後才道破的。只是那個時候婆婆已經有了身孕，父親又需要仰仗岳家幫襯，祖母只能忍而不發，將仇恨埋在心頭，獨自回雍州去了。

「直到三年後，你大哥兩歲，父親仕途平穩之後，祖母才帶著剛剛及笄的趙姨娘進京，一邊作主讓父親納了趙姨娘進門，並讓趙姨娘陪著父親到肅州上任，另一邊自己卻留在京城，使盡渾身解數為難折磨婆婆，她當時或許就想要折磨死婆婆，用石家的一條命抵祖父的一條命吧！她們還說，這件事情在趙家並不是什麼秘密，連她們都知道，更別說趙姨娘兄妹了。當然，父親也不可能被蒙在鼓裡，只是不知道父親是什麼時候知道這件事的。」

敏瑜看著楊瑜霖，滿是歉然地道：「我不知道她們說的是真是假，便一直沒有和你說，擔心說了徒添煩惱。」

「妳不用對我說抱歉。」楊瑜霖給了敏瑜一個笑容，他相信敏瑜隱瞞這件事情定然有她的考量，而他也相信，到了適當的時候，敏瑜定然會將事情和盤托出。

「大嫂有沒有查過這件事情？」楊衛武忍不住問道，他現在倒是不懷疑趙大爺可能是楊瑜霖安排的，但是卻懷疑起敏瑜來了。

「我沒有將這件事情透露給別人，但卻請了舅舅查證外祖父可曾在那兩年與人有過糾葛。舅舅雖沒有查到什麼。不過，他也告訴我，外祖父曾經在肅州待了十六年，因為職位之故，那十六年間，他曾經下令斬殺過數百人，其中有罪大惡極的通敵叛國之徒，有膽小怯懦不敢上陣殺敵的逃兵，當然，也不乏小奸小惡敗壞軍紀的人。石家舅舅與我說，外祖父雖然下令斬殺過不少人，但卻從未因為私怨而殺過人，他在肅州軍中的威望是有目共睹的。」

說到這兒，敏瑜看著楊瑜霖，又道：「我也曾經拜託舅舅查那些被外祖父下令斬殺的人的姓名籍貫，只是年代久遠，早已無法查證，便擱置了下來。」

「也就是說，大嫂也不知道趙大爺和祖父、舅公的關係了？」楊衛武看著敏瑜，沒有掩飾對敏瑜的懷疑。

楊衛武對敏瑜的不信任，讓楊瑜霖很生氣，但沒有等他發怒，敏瑜便握了握他的手，示意他冷靜。

「小叔是懷疑這位趙大爺是我安排來，為外祖父洗清某種罪名的吧？」敏瑜瞭然的看著楊衛武，直言不諱地道：「小叔覺得在舅公健在的情況下，我有必要做這樣的安排嗎？」

敏瑜的反問讓楊衛武赧然，他立刻道歉。「對不起，大嫂，是我胡思亂想，鑽了牛角尖，我錯了。」

「那麼，小叔現在能把那位趙大爺說的事情如實相告了嗎？」敏瑜更關心的是那位趙大爺說了什麼，楊衛武的表現，讓她對楊龍的死因有了猜疑，或許是他自己犯了大錯，而後撞到石明銳手中，這才有了石、楊兩家所謂的仇怨衍生。但是楊衛武說的事情，最後卻還是超出了敏瑜的猜想——

那位趙大爺自稱趙豹，他和楊勇的父親楊龍、舅舅趙虎原是一起長大的朋友，三家住在一個村裡，關係也走得近，年紀又相仿，大人給他們取名字的時候，便以龍、虎、豹為名，不是親兄弟，但關係卻更勝親兄弟。

四十一年前，剛剛娶了趙虎姊姊、當了趙虎姊夫的楊龍，和他們兩人一起被徵了兵，三人一起到了肅州，被分配在了一起。他還記得他們到肅州的時候是五、六月份，雖然訓練更辛苦，但每隔十天總能給一天時間出軍營放風。從小就更機靈也更油滑的趙虎，便在放風的時候認識了一個很漂亮的女子，見過幾次面之後，兩人便頗有些不一樣了。

可是，好景不長，那年的九月，瓦剌大軍來犯，而肅州城裡也混了不少瓦剌人的奸細，一時之間整個肅州城鶴唳風聲，身分不明的人不是被抓起來嚴刑拷打，便是被限制了自由，在沒有確定身分清白之前不允許出城。那個和趙虎關係頗有些曖昧的女子一家便是被限制了自由的。

肅州軍一貫的傳統便是輪流值守城門，輪到他們三人那一隊值守的時候，那女子出現在了趙虎面前，讓趙虎放她出城，趙虎雖然明知不妥當，卻還是徇私將女子放走。兩天之後，那女子的家人被證實是瓦剌奸細，他們在大刑之下，供出他們一家搜集到了一些情報讓那女子帶回瓦剌大營，還供出那女子與守城門的士兵有交情，這才順利地出了肅州城。

就在當天晚上，連他們三人在內的二十個北門守軍全部被抓了起來，但或許是因為抓捕他們的時候已經很晚了，並沒有馬上審問，而是將他們關在了牢中。

進了大牢，一貫奸猾的趙虎當即癱了，他意識到自己可能犯了殺頭的大罪，也知道自己做事並不隱秘，只要細細盤問，自己做的事情便會被查出來，隱瞞下來幾乎是不可能的。擔心害怕的他哭著把事情和楊龍、趙豹說了，說自己定然是死路一條，要楊龍、趙豹念在兄弟一場的分上為他收屍。還說他這一死，家中的父母雙親就靠楊龍這個女婿供養云云，末了，又反覆地說他不孝，到現在都還沒有成親，沒有為趙家留下個一男半女，讓趙家就此斷了香火。反正，怎麼慘怎麼說，說到最後，整個人都癱軟了，一個勁兒地哭說自己不想死……

兩人只能安慰他，說他原也不知道那女子竟是瓦剌奸細，不能說不知者不罪，但起碼罪不致死，讓他不要太害怕了。再多的安慰對趙虎來說都沒用，他除了託付後事之外，就只會哭。到最後，楊龍鬆了口，開口把這件事情攬在了自己身上，還說就算是死，也讓他代趙虎去死。

楊龍敢這麼說，趙虎就敢讓這個當了姊夫的好兄弟為他擋災，甚至還將他和那女子怎樣認識、怎麼來往，又怎麼把那女子放出去的事情，一遍又一遍地說給楊龍聽，趙豹在一旁聽得心都涼了——如果趙虎不是早就存了讓楊龍為他頂罪的心思，他都能把腦袋取下來當球踢！

最壞的結果發生了，楊龍在頂罪之後直接被判了斬首，而罪魁禍首的趙虎卻活了下來，趙豹雖然沒有揭發這件事情，卻也和趙虎漸漸疏遠，三年後，趙虎卸甲返鄉，而趙豹留了下來，之後便再也沒有了聯繫。

趙豹之所以會和楊衛武說這些，是因為楊衛武與他敘同鄉之情的時候，無意中提過自己的父親乃至祖父都曾在肅州當兵，他的父親是什麼人，趙豹沒有多問，卻多嘴了一句，問了他的祖父是何人，意外地知道和已故的兄弟同名，又多問了幾句，才知道果然是故人之後，這才將埋在心裡四十年的秘密告訴了楊衛武。

「照這麼說來，真正害死祖父的並不是外祖父，而是舅公了。」敏瑜輕輕挑眉，她沒有想到還有這麼曲折的往事，若此事屬實，這趙虎實在是太卑劣了，不但讓自己的姊夫兼兄弟為自己頂罪而死，還隱瞞他的死因數十年，更將罪名推到了別人的身上。

楊衛武沒有接這話，他也不知道該怎麼接，他選擇將這件事情對楊瑜霖和敏瑜和盤托出，除了他們今日上山探望給他帶來的感動之外，也存了想要弄清楚自己祖父真正死因的念頭，或許這會讓楊家和趙家的關係從此冷漠下來，但比起讓死者安息，那根本顯得無足輕重。

「這件事情不能就這麼算了！」楊瑜霖臉色冰冷，如果事實真如趙豹所言，那麼母親石氏也是間接被趙虎害死的，這筆帳他必須得和他好好地清算清算。

「瑾澤，這件事情是有必要查個水落石出，但卻需要從長計議，最好能夠讓趙豹趙大爺和舅公當著父親的面對質……」敏瑜看著楊瑜霖，道：「比起我們，父親應該更想知道事情的真相。」

「他是該知道事情的真相！」楊瑜霖冷笑，楊勇對趙姨娘那般縱容，除了楊老夫人對趙姨娘的偏愛以及他對趙姨娘的感情之外，還有一個很重要的緣故，那就是他年幼時得了趙虎不少的幫襯，就連他到大平山莊習武也有趙虎的功勞。他對趙虎十分的敬重，說趙虎在很多時候充當了父親的角色也不為過。楊瑜霖很想看看，若楊勇知道讓他失去父親的罪魁禍首居然是趙虎，他又會是怎樣的表情？

「還有一件事情……」楊衛武看楊瑜霖的表情就知道，這件事情絕對不是問清楚是非曲折就能了結的，不過那是以後的事情了，眼下還有更重要的。他看著楊瑜霖道：「趙大爺說，當年祖父被處斬之後，是他和舅公為祖父收殮了屍身，因為祖父死得不光彩，只能草草地找一個地方埋葬。雖然祖父當年沒有說，但是他相信祖父一定希望自己能夠魂歸故里……」

「看來，我得和這位趙大爺見面，好好地談談了。」楊瑜霖當下作了決定，而後看著敏瑜道：「妳先休息，我很快就回來。」

「嗯。」敏瑜點點頭，關切地交代了一句。「別衝動，冷靜些。」

「妳放心吧。」

第九十二章

馬車才到門口，一直候在大門前的丁勤便迎了上來，一邊殷勤地親自為敏瑜放腳踏，一邊道：「少夫人，您們可總算回來了！」

「怎麼？今天城裡發生了什麼特別的事情嗎？」敏瑜輕輕挑眉，她知道他們回來得是挺晚的，要是再晚一點，城門都該關了，但她不認為丁勤會因為他們的晚歸而特地等在大門口。

「還真是有事情。」丁勤笑著點頭，道：「少夫人還記得善堂以前的主事孫亮嗎？他第三房小妾的哥哥把他給告了，說他逼良為妾，利用自己善堂主事的身分，逼迫在善堂生活的女子給他為妾……齊大人已經接了狀子，明日便開堂。」

「薛夫人一定急了吧？」敏瑜笑了起來，孫亮不過是個小小的善堂主事卻納了四房妾，還都是善堂養大的女子，這件事情只要傳開，薛夫人根本討不了好，更別說還被人告上了公堂。

「這個小人不知，這件事情鬧開之後，薛家還沒有什麼反應，孫亮倒是進了薛府兩、三個時辰才一臉菜色的出來。薛夫人沒有露過面，薛家其他人包括孫大管家也沒有去府衙打探消息或有其他動作。不過，齊夫人好像很高興，派人過來請少夫人，知道少夫人和大爺一早出門不知何時歸家的時候還讓人留話，說少夫人回來之後，不拘多晚，一定得給她一個信兒。後來可能是等不及了，便親自過來，現在正在內院等您呢！」丁勤笑著道。「看樣子，齊夫人是想找您討個主意，秋霜正在裡面侍候她呢！」

「我知道了。」敏瑜點點頭，道：「你現在去打探一下，看看能不能打探到孫亮家中的情況，還有，他第三房小妾的哥哥為什麼忽然把他給告了？」

「這個小人已經打探過了。」丁勤笑著道。「是他家裡的妾室爭風吃醋，剛進門才一年的第四房小妾胡氏給第三房小妾李氏下了藥，不但打下了一個已經成形的男胎，大人也受了極大的損傷，還因為沒有及時請醫問藥，就剩一口氣吊著，能不能熬下來還是兩說。可孫亮不但沒有責罰胡氏，還袒護著她，李氏這才找人送了信給自家哥哥，讓他為自己出頭。」

「胡氏？往善堂送菊花糕那次，出來頂罪的不就是姓胡的嗎？我隱約記得你說過，那人有個妹妹給孫亮當了妾。」敏瑜輕輕搖頭，不用說，孫亮袒護胡氏，除了胡氏正得寵以外，定然還有其兄為他頂罪的緣故，可惜的是他卻忘了，兔子給逼急了尚會咬人，更別說人了。

「就是胡鐵牛的妹妹。」丁勤打聽得很清楚，他道：「還有那李氏，原是孫亮幾個小妾中最漂亮的，比那胡氏還長得好，在善堂的時候，和善堂的一個小子頗有些情意，本不願意給孫亮當妾，是孫亮以她哥哥的前程要脅，她這才不情不願地進了孫家。進門之後，也無心爭寵，安安靜靜地在孫家度日，偏偏就這麼一個人，還因為有了身孕遭此劫難。」

「既然與人為妾，就算無心，為了活下去，該爭的時候也得去爭、去搶，要不然遲早要遭罪。」敏瑜對李氏卻沒有太多的同情。「你留意著各方消息，有什麼特別的便來報我。」

「是，少夫人。」丁勤點頭，這正是他到了肅州之後做得最多的事情，做起來自然是得心應手。

知道了發生的事情，對齊夫人的來意心中也有底了，敏瑜不再耽擱，加快步子往裡走，和她一道進門的楊瑜霖則沒有跟著進內院，而是轉身去了書房。齊夫人既然在內院，他很有必要迴避一下，再說，今日鳴鹿山上得知的消息對他來說衝擊頗大，他也該安靜地思考一下。

敏瑜進了內院，連衣裳都沒換，便直接去見了齊夫人，看她進來，等得正著急的齊夫人起身相迎，道：「楊夫人，孫亮被告的事情您聽說了嗎？」

「剛剛進門的時候聽家裡的管事提了一些。」敏瑜直接點點頭，而後問道：「夫人可是為這件事情來的？」

「嗯。」齊夫人點頭說道。「楊夫人不是外人，我也不用避諱。外子想把這事情辦實在了。他在肅州這兩年，沒少被薛大人掣肘，對他們夫妻也頗多怨言，這可是個好機會。只是外子也擔心打虎不死後患無窮，便讓我來找楊夫人討個主意，想聽聽楊夫人的意思。」

「齊大人和夫人信任我，我便說說我的意見吧。」敏瑜笑笑，道：「我的意見是就事論事，將孫亮犯下的罪責定死，不要將事態擴大，將孫亮繩之以法，給朝廷、給善堂、給肅州百姓一個交代便已足矣；如果他攀扯出他人，不妨追究一下那人的責任，如果沒有，那麼就此定案。」

「這個……」齊夫人大為意外地看著敏瑜，她總覺得敏瑜應該是最急於將薛夫人打落塵埃的那個人，從她到肅州之後的所言所行就能看出端倪，可是現在，她為什麼要放棄這個好機會呢？齊夫人皺眉提醒道：「楊夫人，這可是個難得的好機會啊，要是錯過了……」

「齊夫人，這或許是個好機會，但是您覺得光這件事情真的能把薛夫人和薛大人怎樣嗎？別說孫亮的所作所為有可能瞞著他們，就算他們知情卻故意縱容孫亮這般作為，他們想要脫身出去也不難，到最後不過落一個御下不嚴、用人不當的罪名，真要讓他們傷筋動骨絕無可能。」敏瑜微微搖頭，她明白齊大人夫妻的心思，除了對薛立嗣夫妻的怨惱，想乘機出一口心頭惡氣之外，也存了藉此樹立政績的心思。

齊大人在肅州兩任，並沒有什麼突出的政績，只能算得上是盡忠職守，考績充其量也就能評個良好，他要想在任滿之後高陞，這樣的政績稍嫌不夠。要是能借此事將薛立嗣拉下馬，那可就完全不一樣了！

只是，敏瑜不認為他們能做到，而且她也不認為，皇帝想看到這樣的事情發生——別說是齊大人把薛立嗣給拉下馬，就算換了楊瑜霖做這件事情，皇帝心裡也一樣會不高興，他更希望看到的是雙方處於一種微妙的平衡，而不是一方獨大。

敏瑜的話讓齊夫人心中大為失望，敏瑜說的這些他們夫妻自然也想到了，只是心裡還存著念想，想著或許敏瑜能出個什麼主意，讓薛立嗣夫妻脫不了身。而現在，敏瑜有沒有更好的主意她不知道，但是敏瑜的態度都這樣了，就算有更好的主意，也不會告訴她。

「那就什麼都不做？」齊夫人心裡滿滿的都是惋惜，她看著敏瑜，道：「這麼好的機會，錯過了可就再難遇上了……」

「齊夫人。」敏瑜又是好笑又是好氣地看著她。「有的時候什麼都不做可比做了卻錯了好得多，再說，我也沒說什麼都不做，我說的是就事論事，追究到底。與其想著怎麼將他們牽扯進來，夫人還不如在一旁悠閒地看看他們怎麼處理這件事情。是願意為了孫亮而不惜自己的名聲出手相助，還是什麼都不做，讓旁人也跟著心寒？」

「楊夫人的意思是……」齊夫人眼睛一亮，立刻明白了敏瑜的意思。

與其將他們夫妻牽扯進來，最後卻也不一定能將他們怎麼樣，還不如落實了孫亮的所作所為，將他繩之以法，這就是所謂的傷其十指不如斷其一指。還有孫亮的親哥哥孫明，孫亮要是有個什麼，他心裡能不怨恨？能沒點想法？他可是薛府的大管家，要是他再鬧出點什麼事情來，那可就不是斷一根指頭的小事了。

想到這裡，齊夫人忽然覺得心頭大安，笑著道：「這孫亮膽子也著實不小，他當善堂主事這些年，暗地裡可做了不少事情，要定他的罪，那罪名一抓就一把，就算定他個死罪也是足夠了的。牢裡可還關著一個胡鐵牛，要是他知道孫亮再也靠不住而翻供的話，那就更有意思了。」

孫亮這十多年來做了些什麼事情，敏瑜也讓丁勤打聽過了，確實如齊夫人說的，定個死罪也不為過，而她相信，丁勤打聽到的不過是一部分，肯定還有不少，而那些沒有打聽到的，齊大人說不準也知道得清清楚楚。這個孫亮，別說薛夫人未必會出面保他，就算薛夫人肯為他出頭，恐怕也未必能保得下來。

送走齊夫人之後，敏瑜立刻沐浴更衣，換了一身舒適的衣裳躺在床上，秋喜一邊為她擦乾頭髮，一邊道：「少夫人，您為什麼不趁此機會狠狠地將那薛夫人一軍呢？就算不能讓她傷筋動骨，也能好好地出一口惡氣啊！那個青樓花魁可還沒有死了糾纏大爺的心思呢！」

「對薛夫人，只能一次一次地打擊她，讓她風光不再，讓薛大人不能一再地掣肘瑾澤，更多的卻不能。」敏瑜搖搖頭，道：「肅州軍的現狀是皇上希望看見的，也是老國公多年來辛苦經營的結果，我們需要的是讓瑾澤有凌駕於薛大人之上的威信，而不是將肅州軍變成他的一言堂。如果真要將薛大人逼走了，那結果只有一個，皇上會在最短的時間內再派一個更高明、更厲害也更有野心的人到肅州來掣肘瑾澤。相比起來，我更願意選擇薛大人，起碼他更熟悉，也更好掌握。」

秋喜似懂非懂地皺起眉頭，想了又想，乾脆道：「奴婢不懂。」

敏瑜笑了，沒有解釋，而是陷入深深的思考中。薛夫人這次會怎麼做呢？她很期待！

「夫人，亮子他確實做了不該做的事情，求夫人看在他為您效力這麼多年，沒有功勞也有苦勞的分上，救他一次吧！」孫明跪在薛夫人面前苦苦哀求。

他沒有想到上次的善堂事件還未平息，他都還沒來得及給弟弟找一個又清閒又有油水的差事，他便又鬧出這麼大的事情來。他心裡清楚，薛夫人知道孫亮的所作所為之後，定然會對他失望，也極有可能撒手不管他的死活。要是換了一個人做了這樣的事情，他說不定還會建議薛夫人搶先一步下手將人給處置了，不但不會連累薛家，還能有個大義滅親的好名聲，但那是他的親弟弟啊，他必須得保住他啊！

「救他？我怎麼救他？」薛夫人真的是被氣壞了，知道這件事情之後，她整個人就處於極度憤怒之中，她從來就沒有想過孫亮居然有這麼大的膽子，瞞著她做了這種事情，她火冒三丈地看著孫明，道：「逼著善堂養大的女子給他做妾，他怎麼能這麼做？又哪來這麼大的膽子?!」

「夫人，他也知道自己錯了。但是，這件事情真的不全是他的錯！」孫明家的心裡對不爭氣的小叔子也很惱火，她雖然知道孫亮做的那些事情，卻沒有想到他這麼不小心，會把事情給鬧出來，她比孫明更瞭解薛夫人的脾性，她輕聲道：「亮子在女色上本是個把持不住的，但如果不是那些小丫頭打扮得花枝招展的在他面前晃悠，主動勾搭他，他也不會做這樣的事情。何況，他也沒有那麼大的膽子，敢利用職務之便強迫善堂裡的姑娘給他做小啊！」

「不敢強迫？要是沒有強迫，李守福能把他告上公堂？都這樣了，妳還說這種話！」薛夫人一向很器重孫明家的，但是這一次她真的氣壞了，加上花廳裡除了孫明夫妻之外，也只有她們母女倆，也就沒有給她留什麼面子。

「夫人，李氏真要是被強迫的話，李守福為什麼不在李氏進門之前把事情鬧開來呢？」孫明家的看著薛夫人，道：「肅州城誰不知道夫人最是急公好義，素來見不得仗勢欺人的事情，就算是素不相識的人求到夫人跟前，夫人也都會為他們伸張正義。李守福兄妹都是在善堂長大的，見夫人的機會多，對夫人也頗為瞭解，更應該明白這些。如果李氏不是心甘情願給亮子做妾，他們兄妹有得是機會到您跟前，求您為他們作主啊！」

孫明家的話讓薛夫人臉上的怒色稍稍淡了些，但也沒有就此甘休，而是餘怒未消地道：「妳說的雖然也有幾分道理，但現在李守福把孫亮告上公堂又該如何解釋呢？」

「這個……夫人，這件事情我問過亮子，他說李守福去探望李氏的時候還沒有什麼異常，只是以此為由向他討要銀錢，他心裡愧疚，便照李守福的要求給了銀子，哪知一轉眼，李守福便翻了臉，把他給告了。」孫明微微遲疑了一下，帶了幾分猜測口氣地道：「夫人，我覺得這件事情沒這麼簡單，那李守福一副膽小木訥、凡事都不敢出頭的性子，如果沒有人許以重利，更給他做靠山，他哪來的膽子？」

「依你的意思這件事情又是丁氏設計的？」薛夫人皺眉，她剛開始壓根兒就沒有把敏瑜放在心上，一個和女兒差不多大的丫頭片子，能翻起什麼浪花來？可是現在，她卻十分忌憚敏瑜，因為她真不知道敏瑜什麼時候又會向她出手，又會讓她怎樣的難堪。至於回擊——不是她不想，而是她不知道該怎麼回敬敏瑜，她根本找不到敏瑜的弱點，敏瑜到肅州之後，除了幾次對她出手之外，幾乎低調得可以，做的事情極少，根本讓人抓不到把柄和弱點。當然，這不意味著她就真的不能奈何她和楊瑜霖，她已經有了別的算計，只是還需要再忍耐一段不短的時間而已！

「是不是丁氏小人不敢確定，只是小人覺得如果沒有人在背後操縱，必然不會有這樣的事情出現。」孫明保守地道。「至於這個人是誰，小人也覺得丁氏的可能性最大，她到肅州之後，一心一意地給您找事添堵抹黑，這件事情若是她主使的，也不讓人意外。」

薛夫人恨得咬牙，孫明家的又添一把火，道：「夫人，這件事情明面上是李守福告亮子，但實際上卻是針對您來的，誰不知道亮子是給您當差、為您辦事的……丁氏這好幾件事情可都這樣，明面上好像不是直接針對您，但到了最後，針對的卻都是您。」

「就是，娘，可不能任由她這般欺上臉！」薛雪玲在一旁連連點頭，道：「娘，孫亮叔跟您這麼多年，一定會努力地把事情往自己身上攬，撇清與您的干係，可有些事情不是想撇清就能撇清的，誰知道那些人憋著什麼壞，想要找事呢！還有，齊夫人和那個丁氏關係好像很不一般，齊大人一定會幫著丁氏為難孫亮叔，然後把您也給牽扯進去的。」

「我能有什麼撇不乾淨的？頂多就是用人不當！」薛雪玲的話讓薛夫人一陣惱火，她惱怒地道：「如果我知道這些事情，我怎麼可能不管不顧，由著孫亮這般胡作非為的亂來？」

「這不算亂來吧？」薛雪玲不以為然地道。「我倒覺得李氏、胡氏更聰明，知道她們就是給人當妾的命，便明智地選擇了她們熟悉的孫亮叔，而不是那種完全不知道性情如何的人。」

就是給人當妾的命？薛夫人聽了這話心神一震，看著女兒，問道：「妳這又是什麼話？」

「我不過是實話實說罷了。」薛雪玲被他們夫妻寵慣了，壓根兒就沒有將薛夫人不一樣的神色放在眼裡，她直言道：「娘付出那麼多的心血，不就是希望等他們長大了為我們所用嗎？男的不好說，但女的要能派上用場，除了給人當妾、為爹籠絡人心之外，還能做什麼呢？反正都是給人當妾，給誰當又有多大區別？更何況，跟著孫亮叔她們的日子說不準還過得更好！」

女兒的話讓薛夫人一陣眩暈，她從未想到女兒會說出這樣的一番話來，她無力地道：「玲兒，妳胡說什麼？我什麼時候說過要讓她們給人當妾，為妳爹籠絡人心的話……」

「還用得著說嗎？」薛雪玲理所當然地道。「娘給她們請先生，讓她們學琴棋書畫，不就是為了讓她們給人當妾嗎？如果娘沒有這個意思，她們學那些做什麼？難不成還指望她們能爭氣當上夫人？娘，她們可都是無父無母無依無靠的孤女，別說是有官身、有前途的男人，就算是家有恆產的普通百姓，也不會要這樣的女子當正室。」

「她們完全可以嫁給一般出身的男人為妻啊！」薛夫人腦子裡一陣轟鳴，她終於明白為什麼那些夫人都認為是自己往她們家裡塞人了，連女兒都這麼想，別人又怎麼可能不這麼認為呢？

「娘……」薛雪玲很有些疑惑地看著薛夫人，似乎懷疑她是不是被孫亮的事情給氣糊塗了，說話都不用腦子一般，她皺眉道：「她們一個個養得跟嬌小姐似的，哪裡肯嫁給窮小子吃苦受罪？就算她們肯，人家也不一定願意養啊！」

原來自己又錯了，原是抱著技多不壓身的念頭，想讓她們多學一些東西，以後的路子更寬，選擇也更多，卻沒有想過這反而限制了她們！

薛雪玲的話讓薛夫人苦笑起來，但是很快，她便想到另外一個問題——普通人家連一個都未必能養活，孫亮又哪來那麼多的銀錢養活那麼幾個呢？她對下人一貫大方，但也沒有大方到那個地步啊！

只是這樣的話薛夫人終究沒有問出口，而是意興闌珊地搖搖手，嘆氣道：「看來我又好心辦了壞事……好了，我也累了，你們都先下去吧！」

「夫人，那亮子的事……」孫明很有些著急，明天一早就要開堂了，孫亮的事情耽擱不得啊！雖然薛夫人出頭未必就能讓孫亮脫身，但薛夫人要是不出頭，孫亮必然會被問罪。

「他自己都不在意，你著什麼急?!」薛夫人沒好氣地回了一聲，明白表示出了對孫亮十分不滿，她心中雖然對孫亮起了疑心，但卻不想讓孫明夫妻察覺，他們主僕二十餘年，孫明夫妻固然清楚她的脾性，而她也一樣瞭解這對夫妻有多麼的精明厲害，自然知道怎麼能讓他們更安心。

「夫人可是惱怒他到現在都還沒有過來向您請罪？不是亮子不想來向夫人認錯請罪，他其實早就來了。是小人氣他不爭氣、給夫人添麻煩，讓您煩心，便沒有讓他進來，而是讓他在二門外跪著……」薛夫人氣惱的話果然讓孫明安心了，他解釋了孫亮到現在都沒有露面的原因之後，小心地看著薛夫人的臉色，道：「夫人若是願意見他，小人便將他叫進來……」

「讓他滾回去，這件事情沒有處理好之前，我不想見到他！」薛夫人怒斥一聲，而後帶了些許無奈地道：「你告訴他，趕快滾回去，給李氏請個大夫好好地看看，好好地安撫李氏，要是能讓李氏出面說服李守福撤了狀子最好，要是不行……唉，真要到那一步，恐怕只能麻煩老爺出面了。」

第九十三章

「不管是薛夫人還是薛大人都沒有為孫亮出面？」敏瑜輕輕一挑眉，薛夫人不是最喜歡為人出頭的嗎？連那些如夫人在家中受了些許委屈都會出言的人，這一次怎麼反而悄無聲息了呢？或者是……想到那個可能，敏瑜無聲地笑了。

「是。」丁勤點頭，道：「不僅薛大人和薛夫人沒有為孫亮出頭求情，就連孫亮的胞兄孫明也沒有出現，齊大人雖然大為失望，卻也沒有攀扯什麼，而是就事論事，嚴判了孫亮。」

「齊大人如何判的？」敏瑜微微一笑，問道。

「孫亮任善堂主事多年來，不僅以職務之便，強迫李氏等三人與他為妾，更貪污朝廷撥款和各方善心人士的捐款萬餘兩，判孫亮徒刑五年，罪不及家人；但因其貪污，查抄其家宅，抄出的財物造冊擇日發賣，銀錢則直接撥到了善堂帳上。孫家四房妾室，除胡氏外，另外三房皆為孫亮強納進門，還她們自由之身，更補償她們每人銀錢百兩傍身。」丁勤笑著道。「這一判決可以說是大快人心，圍在大堂之外看熱鬧的百姓個個高聲叫好，都說齊大人是青天大老爺，為善堂除了一害。」

「孫亮沒有攀扯別人嗎？」敏瑜笑了，看來自己之前做的那些事情，已經在很大程度上改變了肅州百姓對薛夫人及其奴僕的看法，這件事情要是發生在三個月前的話，恐怕大多數人會懷疑齊大人拿孫亮作筏子，找薛立嗣夫妻麻煩，而非像現在認為齊大人是為民除害了。

「沒有。」丁勤搖頭。「不僅沒有攀扯，還把所有的事情攬到了自己身上，說他所做的一切都是自己的主意，和他們毫無相干；還說他千方百計地瞞著薛夫人，因為他知道，要是薛夫人知道他那般胡來，定然會揿了他的皮。」

「哦？」

「因為這個，倒有不少人覺得他雖然做了惡事，但還算個敢作敢當的漢子，也有人懷疑薛夫人其實知道他做的事情，還有人猜測他貪污的銀錢有很大的一部分進了薛夫人的荷包，甚至還有人說，他是被薛夫人捨棄的棋子。」丁勤把敏瑜可能想知道的都打聽來了，他笑著道：「反正，說什麼的都有，曾經人人稱讚的薛夫人，現在在大多數人眼中也不過是個偽善之人罷了。」

「那麼，你覺得他的所作所為是薛夫人指使的嗎？」敏瑜看著丁勤，她倒不覺得薛夫人會讓孫亮做那些事情，她雖然沒有將善堂這些年來接收到的捐助調查得一清二楚，但也大概查了一下，知道這些年來各方的捐助只能勉強維持善堂的正常運行。而事實上，薛夫人接管善堂十餘年，善堂的各項開支比現在和以前都要多，尤其是花費在那些女子身上的開支更是一筆不小的數字，要是只靠朝廷的撥款和各方的捐助，絕對入不敷出。這麼算來，薛夫人肯定往善堂投了不少銀錢，孫亮貪污的，也許不僅僅是朝廷和他人的捐助，極可能還有薛夫人投入的銀錢。

「薛家那麼多賺錢的產業，說薛家日進斗金也不為過，薛夫人又怎麼可能看得上孫亮貪污的那些銀錢呢？小人覺得那不過是一些蠢人的自作聰明罷了！」丁勤搖搖頭，敏瑜知道的很多事情都是他仔細調查回來的，自然能夠作出正確的判斷。他笑著道：「不過，他沒有攀扯他人，還是頗讓小人意外。」

「這有什麼好意外的？」敏瑜笑笑，道：「你去查一查，他上堂之前薛夫人可曾派人和他見過面？孫亮的子女是否都安然無恙？還有，孫明一家現在又如何？」

「少夫人的意思是……」丁勤微微一驚，道：「不會吧？孫亮不好說，但孫明可是薛夫人最倚重的人，還有孫明家的，薛夫人還在閨閣之中她就在薛夫人身邊了，最得薛夫人信任，薛夫人不可能連他們夫妻也捨棄了吧？」

「有什麼不可能呢？」敏瑜冷笑一聲，道：「薛夫人器重他們、信任他們，更努力地抬舉他們，可是他們做了些什麼？薛夫人以前應該沒有察覺，但這一次……如果她還被蒙在鼓裡，以她的性子必然也會為孫亮做點什麼，可她什麼都沒做，孫亮又這般老實地把事情都攬在自己身上，這就說明她已經知道他們做的事情了。」

敏瑜的話讓丁勤默然——假借職務之便，強納李氏進門不過是孫亮的惡行之一，他的四房妾室，除了胡氏之外，另外三人都是用了手段納進門的，只是另外兩女不像李氏，好歹還有個親哥哥為自己喊冤作主。而其他在善堂長大的女子，除卻那些與人為妾的之外，婚嫁都是孫亮作主，他甚至還向男方收取聘禮，放進自己的腰包。

除此之外，他當善堂主事這些年，也沒少利用職務之便貪污財物——貪污多少不好查，但是他家底不薄，宅院、田產等加起來起碼也值上萬兩銀子，這些產業極有可能全是貪污所得的銀錢置辦下來的。

不過相比起孫明夫妻的所作所為來，孫亮卻又不夠看了！

薛夫人素來器重孫明夫妻，也不吝於讓人知道她對這夫妻兩人的器重，幾乎全肅州的人都知道，很多時候他們夫妻能代表薛夫人，他們夫妻說的就是薛夫人說的。

薛家和薛夫人自己所有產業的掌櫃，每個掌櫃和孫明都有私交，每逢過年過節都會給孫明送年節禮，少則數十兩，多則上百兩；要是犯了錯，求他們夫妻美言，送的禮就更重了。而孫明家的把持內宅，內宅管事嬤嬤的任命、丫鬟的升等，雖然不是她說了算，但薛夫人卻總要徵求她的意見；內宅的管事嬤嬤和大小丫鬟都是機靈通透的，自然巴結她巴結得緊，逢年過節的孝敬當然也少不了。

這般會斂財，孫明置下的產業自然不少，除了肅州城有良田百畝、一處三進的宅院、兩處鋪子之外，在與肅州相鄰的富陽還有一處五進的大宅子，良田兩百多畝，店鋪三間，這些產業加起來，怎麼著也值三、四萬兩銀子。

孫家的一對兒女，孫興武和孫卿兒，前者已經到了談婚嫁的年紀，夫妻兩人正在給他物色妻子，令敏瑜吃驚的是他們眼界相當的高，相看的無一不是官宦人家的姑娘；他們似乎看中了盧家的長女，只是盧爾榮夫妻看不上孫興武，並不願意結這門親事，他們夫妻借薛夫人的勢想要強迫他們妥協，正僵持不定中……

敏瑜對於這個很納悶，盧家既然不願意，為什麼要和孫明一個下人僵持，直接找薛夫人把事情說開了不就是了？

孫卿兒比薛雪玲小一歲，養得極為嬌慣，身邊侍候的丫鬟、婆子就有四、五個，孫卿兒喜愛打扮，更喜歡各種頭面首飾，幾乎所有的如夫人都曾主動或被動地送過首飾給她。

女色上孫明也更勝一籌。孫明家的是個厲害的，又是薛夫人最倚重的，孫明自然不會也不敢納妾。但他不往家裡抬人卻不意味著他就不偷腥，怡情樓的姑娘，凡是姿色出眾的他都嘗過滋味，他每隔三、五天就會抽空去一趟怡情樓，而每次怡情樓的老鴇子都會讓最好的姑娘侍候他。

這一樁樁、一件件，無一不是在撬薛夫人的牆腳，敏瑜不相信薛夫人知道這些事情後還能容忍得下去！

丁勤辦事一向很得力，這一次也不例外。敏瑜吩咐的當天下午，他便查到了一些事情，正如敏瑜說的，孫亮的兩個兒子不在孫亮家，旁人問起的時候，孫亮家的很不自然地支吾兩句便將話給岔開了，而孫明一家子也全不見了蹤影。

丁勤只能查到這些，更多的他沒有再查下去，敏瑜也沒有讓他再查，而是將此事說給了楊瑜霖知曉，讓他找人調查。

楊瑜霖辦事從來都讓敏瑜覺得驚奇，一天之後，他便告訴敏瑜，孫明一家子以及孫亮的兩個兒子都被薛立嗣派人抓了起來，就關在薛家。他們之所以被關，是因為薛夫人從孫亮被告的事情察覺到了異常，然後讓薛立嗣派人調查他們兄弟的所作所為。

顯然，他們的作為讓薛夫人大受打擊，也不再顧念多年的主僕情誼。將孫亮的兩個兒子控制起來，是為了讓孫亮老實一些，不要隨意攀扯，給薛夫人添亂抹黑；而將孫明一家子關起來，卻不清楚所為何事。

半個月後，孫明一家被放了出來，但他們夫妻這麼多年斂財置下的產業卻也易主到了薛夫人手中，薛立嗣將他們送出了肅州，警告他們，讓他們這輩子都不要在肅州出現。

「唉！」敏瑜搖頭，對薛夫人能夠順風順水地過到今天很是不解。

「怎麼？看不上薛夫人做的事？」楊瑜霖笑著問道。

「是看不上眼。」敏瑜點頭承認，道：「她這樣做無非不過是不想把事情鬧大了，讓人知道她被孫明一家蒙蔽，怕人笑話，但實際上她不但不能把事情遮掩住，反而會讓人在察覺到孫明一家不見蹤影之後胡亂揣測，那個時候，她的名聲才會大受影響呢！」

「她確實不是個聰明人。不過，要不是因為這樣，我們又怎麼能從孫明處得到有用消息呢？」楊瑜霖冷笑一聲，道：「我還真沒想到，京城那邊居然想與她聯手找我們麻煩。」

「所以，情況反過來了，我們知道了他們想要和薛夫人聯手，而薛夫人卻因為孫明截了信被蒙在鼓裡。」敏瑜微微一笑，道：「我們正好可以將計就計，好好地安排。」

「少夫人，薛家又出事了！」

還沒有進門，秋霜中氣十足的聲音便傳了進來。敏瑜都還沒有來得及放下手中正在縫製的衣裳，她便掀簾子進來了，唬得秋喜連忙上前扶著她坐下。

「妳走慢些！」敏瑜放下手中的活計便嗔道：「我和妳說了多少次了，有什麼事情讓下面的小丫鬟過來通稟便是，妳怎麼還自己跑過來，妳現在可是雙身子的人，應該小心再小心。」

過完年之後，秋霜被診出有了身孕，還未滿三個月，胎都還未坐穩，正是需要萬分小心的時候，因為這個，敏瑜不但免了她的差事，還派了有經驗的嬤嬤照顧她。哪知道她原本沈穩不過的人，懷了孕之後做事卻反而風風火火的，總是讓人有些為她提心吊膽。

「哪就那麼嬌貴了！」秋霜笑著回了一聲，而後帶了幾分興奮地道：「少夫人，薛家出大事了，嘿嘿，我看薛夫人這次真得抓瞎了！」

「又出什麼事情了？」敏瑜略帶了幾分好奇地問道。

孫亮的官司和孫明一家的莫名消失，讓肅州百姓議論了好一段時間，因為薛夫人的威望一再受挫，人品也一再被人質疑，很多人甚至在猜測，說是不是薛立嗣夫妻讓這對兄弟為他們做了太多的壞事，所以，繼孫亮被丟出來頂罪當棄子之後，孫明就被滅了口，免得他也鬧出什麼事情來，給薛家雪上加霜。

這些議論讓薛夫人十分惱怒，她好幾次在眾人面前為自己辯白，但她說什麼都有人附和、都有人捧場的時代早已一去不復返了，她越是解釋、越是辯白，旁人便越是覺得她做多了虧心事，心虛得緊。薛夫人也不是不會看人臉色的，自然看得出旁人的懷疑，幾次為自己辯解都冷場之後，也頗有些心灰意冷，不明白自己到底做錯了什麼，竟落到這樣的境地。

而後，宴請便極少見到薛夫人了，一來是大受打擊，不願意再出現在眾人面前，成為他人的笑話；二來則是到了年底，需要她出面處理的事情本來就不少，加之經歷了孫明兄弟倆的陽奉陰違，她不敢再輕易地相信他人，凡事都親力親為，便也更忙了，別說是抽時間參加宴會，就連丈夫、女兒都沒有太多的時間關心照顧了。

薛夫人越是忙碌，她露出的破綻便越多，敏瑜就找到不少可以再三打擊她的事情，但敏瑜卻沒有出手，而是將更多的精力和時間放在了別的地方，譬如說和李安恬、齊夫人等常來常往，讓彼此的關係更親密；譬如說多關心關心楊瑜霖，抽出時間來和他相處，為他做件衣裳、做雙鞋襪……當然，她最多的時間還是陪楊瑜霖，只要他在家，敏瑜必然將時間空出來陪他，所以，短短一個冬天過去，兩個人的關係越發的親暱。

「少夫人可還記得在沈大人家與薛大人有了肌膚之親，而後卻跪在薛家大門外請罪，最後被送到庵堂裡落髮的馨月？」秋霜笑著問了一句，不等敏瑜回答，便說了下文，道：「薛大人親自將馨月從庵堂裡接出來了！」

「哦？」敏瑜眉毛微微一挑，笑了，道：「可是因為馨月有了身孕？」

「少夫人怎麼會猜到是馨月有了身孕？」秋霜又是驚訝又是佩服地看著敏瑜，她剛剛聽丁勤說這事的時候十分意外，怎麼都不敢相信這是真的。

「這有何難？」敏瑜笑著道。「薛大人和薛夫人伉儷情深可不是隨便說說的，他們夫妻二十年，除了在沈家出事，讓薛夫人心頭有氣和薛大人大吵一架以外，他們夫妻可是連紅臉的事情都沒有聽說過。事後，薛夫人順勢而為，將馨月一個荳蔻少女送到庵堂裡出家，薛大人也恍若未聞，沒有露過面。而現在，薛大人卻親自出面，將馨月從庵堂接出來，除了馨月有了身孕之外，還能有別的原因嗎？」

「少夫人厲害！」秋霜朝著敏瑜豎起了大拇指，而後笑著道：「聽丁勤說，都已經看得出馨月的小腹微微隆起，月分顯然不小了。」

「已經四個月了。」敏瑜大概算了一下時間，道：「以薛大人與薛夫人的感情，薛大人在沈家出事之後，就不會和馨月再有什麼糾纏……馨月倒也是個有耐心的，有了身孕之後能夠一直隱瞞下來，等到現如今，月分大了，胎也坐穩了才鬧出來，這次薛夫人可得慌了！」

「少夫人，您說這是不是那江氏給她出的主意？」秋霜笑問道，在年前，江氏就被正室夫人派來肅州的人找到了，那正室夫人派來的人也很厲害，不管江氏說什麼、做什麼，直接將人綁了帶走。江氏再是厲害、有再多的心機手段也使不上勁兒來，和她兒子一起，就那麼被帶走了。

江氏被帶走的時候，有不少人圍觀，也有人認出她的身分來，那些和她原本一起長大的、頗有些情誼的如夫人有出面為她說話的，也有衝到薛家求薛夫人為她出頭的，但是薛夫人卻始終沒有出現，而那些為她出面說話的也沒有起到任何作用。

這件事情讓這些如夫人心裡微涼，有了兔死狐悲之感；她們不知道，將來某一天，如果自家夫人不給面子的整治自己，薛夫人是不是也會這樣袖手不管。她們不知不覺中收斂了自己的氣焰，老實了不少，對薛夫人也不再像以前那般敬若神明。很多人心裡甚至生了怨恨，覺得自己淪為妾室都是因為薛夫人要籠絡人心才造成的，而薛夫人現在卻不管她們的死活，實在是太無情了些。

「十有八九是江氏出的主意。」敏瑜輕輕搖頭，她當初就覺得薛夫人做事實在是粗糙了些，既然容不得馨月進門，那就應該免除了後患，現在，不管是從哪一方面考慮，她都只能讓馨月進門……一個坐穩了胎、又對她心有怨恨的妾室進了門，薛家安寧了二十年的內宅注定要起波瀾了。只是不知道，有了這麼多煩心事的薛夫人，可還會記得要算計楊瑜霖的事情？

「讓丁勤盯緊了這事，還是老規矩，盯緊了就行，不管出了什麼，都先別出手。」敏瑜交代一聲，她很想知道，面對這樣糟心的事，薛夫人會怎樣做。

「是，少夫人。」

「阿蓉，我知道妳心裡委屈，可是看在肚子裡孩子的分上，妳就點頭，讓她進門吧！」

薛立嗣滿臉祈求地看著妻子，他知道妻子的性情，也知道她最不能忍受的是什麼，如果馨月沒有懷上他的骨肉，他絕對不會再和她有任何交集，讓妻子難過傷神。但現在，他卻不能不考慮孩子。他都已經四十出頭了，要是放棄這個孩子，或許真的要絕後了。

「看在她肚子裡孩子的分上……」薛夫人臉上的表情很複雜，說是在笑卻又滿是悲哀，說是在哭嘴角卻又翹起，勾出了一個笑臉。她原以為丈夫會是個例外，會為了自己而不去在意別的，但是現在看來，顯然都是她的一廂情願，對他來說，兒子還是最重要的。

「阿蓉……」薛立嗣知道妻子現在定然悲傷欲絕，但想要個兒子的念頭壓過了一切，他看著妻子，道：「我知道這全是我的錯，我們成親之前，我就答應過妳，這一輩子除了妳不再看另外的女子一眼，也答應過妳不會為了子嗣納妾、納通房讓妳傷心，可是現在不一樣啊，馨月肚子裡都已經有了孩子……」

薛夫人閉上眼，眼淚止不住地滾滾而下，她不知道自己該說什麼，又能說什麼？人都已經帶到她跟前了，她說不還有用嗎？可是讓她點頭，她也做不到。

「夫人……」原本一直戰戰兢兢站在一旁的馨月撲通一聲跪了下去，哀聲道：「馨月知道夫人心裡定然恨極了馨月，馨月不敢為自己說什麼，走到這一步，都是馨月愚笨、不小心，但孩子卻是無辜的，馨月只求夫人讓馨月把孩子生下，而後馨月是去是留都無所謂……夫人，馨月求您了！」

「走到這一步也是妳精心算計的吧？」馨月的話讓薛夫人睜開眼，看著馨月，她心裡明白，眼前這個看似無辜乖巧的女子是個有謀算的，要不然她有身孕的事情不會到現在才捅出來，她嘆息一聲，道：「都到了這一步，說什麼都沒用了，妳留下來吧。」

「謝謝夫人、謝謝夫人！」馨月大喜，當初在沈家選擇薛立嗣，而後不惜當眾跪在薛家大門口請罪，之後更自請出家，為的就是今天。只要她的肚子爭氣，能夠一舉得男，那麼一輩子的榮華富貴就到手了。至於進門之後可能要面對的算計，她全然不怵，她相信自己從姊姊那裡學來的手段，足以應付薛夫人這個從未經歷過妻妾爭寵的人。

「妳有身孕，不要這麼跪來跪去的，小心孩子。」薛夫人搖搖頭，而後對一旁的丫鬟道：「扶馨月先去休息，好生照顧，她要是有半點閃失，妳們也不用再來見我了。」

「是，夫人。」丫鬟們當下便將馨月攙扶起來，馨月帶了幾分祈求地看向薛立嗣，卻失望地發現他壓根兒就沒有看自己，她心裡有些惱，卻不敢造次，乖乖地被人攙扶出去了。

「阿蓉，我知道妳受委屈了。」薛立嗣對薛夫人能夠這麼輕易地便接受了馨月大為意外，屋裡再無旁人，他上前一步握住薛夫人的手，道：「妳放心，等馨月生下孩子之後，我便好生打發她走，絕對不會將她留在家裡給妳添堵、讓妳傷心。」

「你忍心讓孩子一出生就沒了娘？」薛夫人反問一聲，而後又道：「你別和我說什麼讓我將孩子抱到身邊來教養，我沒有給別的女人養孩子的善心。」

「阿蓉，生恩不及養恩，只要孩子教養得當……」

「要是教養不當呢？」薛夫人打斷他的話，她寧願收養沒爹沒娘的孩子，也不會養別的女人為丈夫生的孩子，她滿臉嘲諷地道：「你也別說什麼可以將孩子記在我名下、當我生的話。你應該知道，有多少雙眼睛盯著薛家、盯著我，又有多少人等著看我犯錯、看我出醜。孩子是誰生的根本就瞞不住，就算瞞得住，我也不想瞞。」

「阿蓉，妳……」薛立嗣嘆氣，道：「那妳的意思是將馨月留下來嗎？如果那樣的話，妳也放心，我絕對不會再碰她一下。」

「我沒那麼狠的心，讓她進了門然後守一輩子的活寡。」薛夫人搖了搖頭，心裡升起一陣悲哀，夫妻二十多年，他還不明白自己嗎？

「那妳的意思是……」薛立嗣知道妻子傷心，也知道妻子是個絕不會出手傷人的，他看著妻子，道：「阿蓉，妳想怎麼辦我都聽妳的。」

「馨月暫時不給她什麼名分，就讓她好生待產便是。至於我……」薛夫人苦笑一聲，道：「玲兒也不小了，我抓緊時間給她張羅婚事，兩年之後，我會讓她出嫁，等她有了歸宿，我們和離吧。」

「阿蓉！」薛立嗣驚呼一聲，他沒有想到妻子會說出這般決裂的話，但是多年的夫妻讓他清楚，妻子既然這麼說了，便定然做得出來。

「哀莫大於心死，你什麼都別說，我也什麼都聽不進去，這件事情就這樣吧！」薛夫人一邊笑著，眼淚卻一邊止不住地往下流，她看著薛立嗣，道：「等和離之後，你要將馨月納為妾室還是要迎娶她為繼室都由得你，但是我在這家的一天，我便容不得你有妾室，就算她為你生兒育女也一樣。」

「阿蓉，妳別說這種絕情的話，這孩子我不要了！我不要了！」薛立嗣真的後悔將馨月帶回來了，比起失去這麼多年來相濡以沫的妻子，他寧願一輩子沒有兒子。他慌亂地道：「我這就找大夫來，給她開了藥……對，我這就去！」

「你要怎麼做隨你，但我既然說了和離的話，那麼就一定會和離，馨月肚子裡的孩子能不能生下來都一樣。」薛夫人看著慌亂的薛立嗣，她知道他現在說的都是真心話，他為了自己會做那樣的事情，只是，她卻不能保證這件事情不會成為他們之間一輩子都無法彌補的傷痕，也不敢保證他一輩子不後悔。既然如此，那又何必害了一條還未出世的生命呢？

「阿蓉……」薛立嗣略帶幾分絕望地看著薛夫人，道：「沒有別的選擇了嗎？我們這麼多年，不管多艱難都過來了，為什麼……」

「有些事情一旦做了，就沒有了回頭的路。」薛夫人搖搖頭，起身，道：「我真的累了，我去躺一會兒，我現在沒胃口，吃飯也不用叫我，就讓我安安靜靜地睡一覺。」

「阿蓉……」薛立嗣伸出手，卻終究沒有去拉薛夫人，就這麼看著她一身蕭瑟地離開，心裡頭一次充滿了無措……

第九十四章

馨月進薛家之後，薛家立刻成了肅州城最讓人關注的地方，明裡暗裡不知有多少雙眼睛盯著薛家，等著看事態的發展；其中等著看熱鬧、看笑話的人最多，都想看看總為那些妾室出頭、當她們靠山的薛夫人會怎麼做？

薛夫人以前最常說的一句話便是「女人何苦為難女人」，以前是站著說話不腰疼，現在，事情落到自己頭上了，她又會怎麼做？

令人失望的是，薛夫人居然沒有做出任何激烈的反應，沒有吵鬧，異常平靜地接受了馨月進門的事實，與她的平靜形成鮮明對比的是薛立嗣的變化。都以為他就算顧及薛夫人，不會表現得太高興，也會滿心期待和歡喜的迎接孩子的降生，那可能是他第一個甚至唯一的一個兒子啊！

可是，他不但沒有表現出半點好心情，甚至隨著時間的推移，心情越來越糟，脾氣也越來越壞，還將這種負面情緒帶到了軍營之中，他身邊的將領哪怕是出了一點點差錯，都會被他毫不留情面地斥責甚至懲罰；別說那些對他不親近、有怨氣的將領，就連那些原本對他死心塌地的屬下，也因此生出些怨氣。

此消彼長之下，能力越來越被認可、地位越來越穩固的楊瑜霖，倒是越發的得人心了，他發出的指令被人駁回的次數少了，陽奉陰違的人也少了。這讓他越來越自信、越來越有威望，作決定時越發的穩重老成，私底下也越發地輕鬆，每到休沐的時候都會拉著敏瑜出門遊玩，敏瑜的騎術也因此長進了不少。

當然，薛夫人也並不是完全沒有反應的。首先，她毫不掩飾地表示了她對馨月以及她肚子裡孩子的冷漠——

馨月進門之後，她沒有為馨月以及她肚子裡的孩子做哪怕是一點點小事。彷彿沒有這個人一般，沒有為她請大夫、沒有為她找有經驗的婆子照顧，甚至都沒有給她撥一個伶俐的丫鬟過去供她使喚……這些都是薛立嗣拿了銀錢，讓馨月的姊姊如月去辦的，薛夫人完全撒手不管。

對此，有人說薛夫人消極應對，知道無法改變馨月進門的現實便乾脆什麼都不管；也有人說薛夫人定然憋著勁兒，說不準什麼時候就會發作，現在袖手不管不過是為了將來好撇清自己……

薛夫人到底在打什麼主意，沒有人敢下定論，但馨月倒因此越發地慎重了，凡是她吃入口的東西都要經過層層把關，如月在為她請大夫、物色丫鬟婆子，尤其是產婆的時候也是慎而又慎，生怕一個不小心出了差錯。

馨月的這番舉動也鬧得滿肅州城家喻戶曉，很多人都搖頭，說她要是一舉得男倒也算了，要是到最後生個丫頭片子，那才是笑話呢！

對此，薛夫人沒有任何反應，她可著勁地為薛雪玲找夫家。

馨月的事情等著看熱鬧的人沒有看成，但薛雪玲的婚事卻意外地讓人躲在暗中笑了個夠——

薛雪玲是個出色的，這一點沒有人會否認，可滿肅州城的官宦人家，還真沒有哪家願意和薛家聯姻，娶這麼一個兒媳婦進門。

別人敏瑜不知道，但張猛夫妻是絕不會要她做張家媳婦的——薛夫人中意的兒郎中就有張猛的次子，她探過張夫人的口風，張夫人自然是婉言拒絕。

事後，張夫人和敏瑜抱怨，說虧得薛夫人好意思開這個口，她不知道他們薛家那位千嬌萬寵長大的姑娘，不是普通人家消受得了的嗎？還說薛立嗣夫妻那般費盡心血的教養女兒，大家都以為他們存了將女兒送到京城參加采選的心思，現在忽然來這麼一齣，真不知道他們又在玩什麼花樣。

張夫人很大程度上代表了大多數人家的意思，薛家一直以來都費盡一切人力、物力、精力嬌養薛雪玲，為了培養女兒，薛立嗣夫妻動用了他們能夠動用的所有資源，薛雪玲受到的教養在肅州絕對是最好的，但也是最不適宜的。就像敏瑜反對齊夫人和張夫人請教養嬤嬤時說的那樣，給女兒最好的教養不如給她最合適的教導，否則不但不會給女兒加分，反而會讓她高不成、低不就。

薛雪玲就是這樣，她這樣嬌養的姑娘，肅州城哪戶人家能養得起？旁的不說，單是她日常的花費就是極大的一筆開銷。是，以她在薛立嗣夫妻心中的地位，以薛夫人對女兒的嬌寵，定然會給她準備十里紅妝，她的嫁妝完全夠她、夠她所生的兒女一輩子的花費，甚至還能養活夫家一家子，但有哪個有本事、有志氣的男兒願意被人嘲笑，說是個吃軟飯的呢？再說，薛雪玲也是出了名的心高氣傲，哪家願意娶一個可能看不起公婆、看不起姑嫂，甚至連丈夫都可能被看不起的媳婦進門呢？

張夫人的話讓敏瑜大笑，她其實隱約猜中了薛大人夫妻的心思，他們心裡定然希望女兒嫁得好，但未必就存了用女兒博富貴的想法，之所以傾其所能的教養女兒，很可能只是單純的希望給女兒最好的教養罷了。只是，薛夫人又犯了老毛病，不明白最好的並非最合適的。

在知道薛夫人欲嫁女之後，敏瑜便在等，等薛雪玲怎麼都嫁不出去的那一天來臨，但，那一天還沒有來臨，薛家便出事了。

準確的說，是馨月出事了！

馨月進薛家大門已經三個月了，也就是說她已經有七個月的身孕了，就在昨天，馨月據說是不小心摔了一跤，而後早產了！這個不小心很有說道，有人推測是薛夫人終於忍不住出手了，但更多的人都猜測是馨月擔心薛夫人下手而先發制人——七活八不活，只要順利地生下來，而後精心妥善地照顧，七個月早產的孩子一樣可以健健康康地長大。

而馨月在據說不小心摔跤之後，一點時間都沒有耽擱地就進了已經準備好的產房，由早早便請來的產婆好生照顧著，不過一個半時辰就順利分娩，若非她這招早產的戲碼是她自導自演，哪能這麼順溜？

馨月的算盤打得不錯，早一點將孩子生下來，不但可以躲開薛夫人可能有的殺招，也能讓人懷疑她的早產是薛夫人做的手腳。可是，老天都看不過她，她生下的並非她所希望的、能夠讓她身分驟然拔高的兒子，而是一個女兒！

無法接受現實的馨月，迸發出了讓人意想不到的力量，剛生完孩子的她居然不用人攙扶就出了產房，抱著小貓般大的孩子衝到了薛夫人的正房，要薛夫人還她兒子，說她生的一定是兒子，定然是薛夫人來了一齣狸貓換太子，用不知道從哪裡抱來的女嬰將她的兒子換走了。薛夫人自然不可能變出一個男嬰給她，她便舉起女兒，威脅薛夫人，說要是薛夫人再遲疑，便把那孩子當場摔死。

當然，她的舉動被人制止了，孩子也被人救了下去，而她此舉也徹底惹惱了對她原本就沒有感情、只有怨惱的薛立嗣，薛立嗣當下便讓人將她關了起來，至於以後怎麼處置她，薛立嗣沒有說，但沒有人看好她的將來。

「妹妹，妳說，薛家那個到現在都還沒有名分的姨娘，鬧那麼一齣是圖窮匕見，還是被薛夫人算計的？」李安恬笑著問道，她和敏瑜原本就惺惺相惜，她到肅州之後，兩人走得越發地近，來往也越發地多了，今日便是特意過來找敏瑜說話的。

「薛夫人這個人雖然有讓人看不慣的地方，但卻不是個喜好玩弄心機手段的，我看不見得是她算計的。」敏瑜搖搖頭，很中肯地道。

「妹妹既然這麼認為，那麼想必還真是那個姨娘自己愚蠢。」李安恬點點頭，而後又笑道：「不過，聽妹妹的口氣，似乎對薛夫人並沒有那麼反感啊！」

敏瑜笑了起來，道：「她是個很有原則，也堅持底線的人，雖然我不能理解她，也注定要和她打擂臺，但卻不妨礙我欣賞她。」

「說到不理解……」李安恬頓了頓，道：「我其實最不理解的是薛夫人為什麼那麼熱衷於做生意賺錢呢？她難道不明白她這般汲汲營營，與薛大人的仕途、她的名聲以及薛姑娘的名聲卻是有損的嗎？」

「我也不理解。」敏瑜搖搖頭，道：「或許只能說人有不同，而她獨鍾此道了。」

「不過，她做生意倒是頗有一套，雖然比不得妹妹的那位表姊秦嫣然，但比常人卻也厲害許多！」李安恬吐出一個敏瑜幾乎都要忘記的人名，李安恬一邊小心地觀察著敏瑜的神色，一邊笑道：「也不知道那秦嫣然的腦子是怎麼長的，除了琉璃之外，又搗鼓出了好幾樣稀罕東西，都是些極賺錢的。聽說福郡王已然成為最有錢的皇子，羨煞了旁人。」

秦嫣然？敏瑜微微一愣神，這是她第二次聽李安恬提起秦嫣然。

不等敏瑜接話，李安恬又笑道：「對了，我娘給我送了些東西，還順帶著給妹妹帶了一封家書過來，我今日是給妹妹當了鴻雁來了。」

「在想什麼，這麼出神？」

楊瑜霖的聲音讓陷入沈思的敏瑜回過神來，她展顏一笑，道：「你回來了。」

「回來一會兒了。」楊瑜霖笑著道，他坐到敏瑜對面都有好大一會兒了，卻不知道敏瑜在思索什麼，完全沒有察覺到身邊多了一個人。

「我剛剛看了家裡的幾封信，心裡很是感慨。」敏瑜笑笑，揚了揚壓在她手下的幾頁信紙，那是丁夫人讓靖王府的信使一併帶來託李安恬轉交給敏瑜的。

「信上說什麼了，讓妳感慨成這個樣子。」楊瑜霖笑笑，嘴上問著，手上也沒閒著，很自然地將敏瑜茶杯裡已經涼透的茶水倒到自己杯子裡，順手給她倒了一杯溫的，敏瑜臉上微微發燙，卻沒有阻止他這樣做。

這是楊瑜霖近半年來養成的習慣。二月，她來小日子的時候，不知道為何很是痛了一番，看她痛得臉色煞白的樣子，楊瑜霖很是著急擔心，不顧她的阻攔，親自衝出去把肅州城最好的大夫請了回來。那大夫原不擅長婦科，把脈之後信口說她體寒，又吃了寒涼食物才會這般痛苦。從那之後，凡是楊瑜霖視線之內，敏瑜再沒有吃過什麼涼的東西，就連茶水，楊瑜霖都只讓她喝溫的，每次看她茶杯端久了沒喝完都要驗看一下。

對此，敏瑜既好氣又好笑，也為他的關愛而感動，為了掩飾自己心裡的感動便打趣他，說好好的茶水就這般潑了，未免浪費。

敏瑜的話楊瑜霖一向用心去聽，這次也不例外。自那之後，便很自然地將敏瑜茶杯裡涼透的茶水倒到自己杯子裡去，敏瑜很有些難為情，卻也由此滋生出淡淡的親暱感覺來。

「說了很多事情。」敏瑜喝了一口茶，微微有些燙的茶水讓她心底溫暖起來，她笑著繼續道：「大哥喜得愛子，大概半個多月前，大嫂順利地生下一個男嬰，大嫂歡喜得眼睛都哭紅了。二嫂也進門了，除了略有些嬌憨的孩子氣之外樣樣出色，與家中眾人相處得很好，和二哥更是好得蜜裡調油一般。娘很歡喜，說還好當初沒有忌諱她身分貴重而錯過了這樁好親事。」

「都是好事啊！妳不是一直盼著當姑姑，早點有個乖侄兒嗎？這也算是如願以償了。」楊瑜霖笑著應了一聲，道：「敏惟留在京城原是為了成親，現在婚也成了，之後呢？怎麼打算的？」

「說是要等調令。」敏瑜笑笑，道：「爹爹說二哥不大可能再回肅州來，說不準會被調去兗州，靖王爺也在盯著這個，說不能讓人委屈了二哥。」

「去兗州也好。」楊瑜霖早在知道敏惟和李安妮親事的時候，便知道敏惟回肅州的可能性不大，倒也不覺得意外，他笑道：「敏惟最不愛用腦子，而馬將軍卻是儒將，去兗州不但能磨磨他的性子，也能跟馬將軍學學。」

「我也這麼覺得。」敏瑜笑著點點頭，道：「三哥一個人在兗州最讓人放心不下，要是二哥能過去與他作伴，相互照應的話可就太好了。」

楊瑜霖有些無奈，雖然他幾乎沒有接觸過敏行，對敏行卻不陌生，這都是因為敏瑜經常提起他，每次提起都表現得很是牽掛和擔憂，他有的時候都有一種錯覺，覺得敏瑜才是更為年長的那一個。他搖搖頭，笑道：「還有呢？還有沒有說起別的事情？」

「還提到我那給福郡王當侍妾的表姊……」敏瑜嘴角微微挑起一個略有些奇異的笑容，道：「她還真是厲害，不到一年的時間，先是拿出方子，讓人做出了一種奇異的帶有濃郁香氣、命名為香水的好東西，開了一家胭脂香水坊，讓京城無數女子趨之若鶩。而後指點著匠人做出了精美的琉璃，開了一家獨一無二的琉璃坊。現在，又研究出了一種特殊的釀造工藝，釀造出一種烈酒，那酒喝到口中彷彿火燒一般，縱使千杯不醉的人也不敵這烈酒的威力，讓不少嗜酒之人追捧……」

「瞎折騰！」楊瑜霖皺了皺眉，做了個注解。

敏瑜忍不住噴笑，而後帶了幾分嗔怪地道：「你這是什麼話啊?!你可知道她這般妙招連出之下，福郡王府多了幾處日進斗金的產業，福郡王也一躍成為最富有的皇子，照這個勢頭下去，說不準再過八、九年，甚至不用那麼久，他就能夠富甲天下，成為全天下最富有的人。」

「福郡王是皇后嫡子，要那麼多的銀錢做什麼？」楊瑜霖嗤了一聲，道：「像福郡王這般文韜武略都沾不上邊，又有一母同胞兄長可以依靠的皇子，最好的選擇就是當個逍遙自在的閒王，銀錢多了未必是好事，萬一因此心大了……」

楊瑜霖沒有往下說，但敏瑜卻知道他想說什麼，她輕輕地嘆口氣，道：「福郡王小事上漫不經心，大局上卻不是個糊塗的，他身邊侍候的都是皇后娘娘精心挑選的，不會攛掇著他胡鬧，還有許姊姊，她也是個心裡透亮的……」

「這個可說不好。」看著敏瑜略帶遲疑的表情，楊瑜霖搖搖頭，道：「如果許姑娘真能當家作主，秦嫣然未必能有出頭的機會；如果福郡王身邊侍候的真能起到作用，那些生意也定然不會只是福郡王府的產業，至於皇后娘娘……福郡王已經出宮建府，皇后娘娘很多時候恐怕也鞭長莫及。」

敏瑜心裡輕嘆一聲，楊瑜霖說的也正是她所憂慮的，她原以為許珂寧嫁給福郡王之後，以她的本事就算不能與沒有多少心機城府，甚至頗有幾分天真的福郡王恩恩愛愛、琴瑟和鳴，也能將他拿捏住。而秦嫣然呢，再怎麼出挑或非同凡響，被自己踩了那麼幾次，短時間內也不大可能再入了福郡王的眼。許珂寧與秦嫣然極有可能是同一類「妖孽」，秦嫣然會的，許珂寧不見得就不懂，許珂寧沈穩，秦嫣然浮躁，持久戰下，許珂寧定然勝出。但是現在……敏瑜看不懂了。

「秦嫣然這般風光，許姊姊的日子一定不好過。」敏瑜輕嘆一聲，略帶抱怨地道：「真不知道福郡王心裡是怎麼想的，許姊姊那般好卻不知道珍惜，偏偏縱容著秦嫣然這般折騰！」

「各花入各眼，或許秦嫣然正好是福郡王所喜歡的那一種，不過說到縱容……」楊瑜霖看著敏瑜，道：「以己推人，福郡王這般縱容倒也正常？」

他是想說就算自己也是胡來的性子，他也會縱容自己吧？敏瑜臉色又是微微一紅，白了他一眼，她要真是任性妄為的人，他還敢說這樣的話嗎？

「我們成親前，我抓住機會在福郡王面前狠狠地踩了秦表姊一次……我那表姊是個屢敗屢戰的，不管受了怎樣的打擊和打壓，總能很快調適，而後奮起。我原沒有指望能把她就此踩到泥沼中爬不起來，但也沒有想到她能這麼快就……」敏瑜搖搖頭，說實話，秦嫣然的韌性還是讓她頗為佩服，她嘆氣道：「我還是小覷了她。」

「別為這個煩惱了。」楊瑜霖笑著開解道。「下次有機會，別大意也別心軟，死命地踩，一次用足了勁，讓她永遠翻不了身。」

他還真準備毫無原則的縱容自己了？敏瑜噗哧一聲笑了出來。「既然你都這麼說了，那我可真的要把握機會了，到時候你可不能說我小心眼哦！」

「眼下就有機會？」楊瑜霖愕然，不經腦子的話衝口而出道：「我不會讓妳回京城的！」

「我不回京城。」楊瑜霖緊張的樣子讓敏瑜心底一軟，楊瑜霖固然早已將敏瑜當成了世上最親近的人，敏瑜又何嘗不是這樣。她輕聲解釋道：「福郡王有意將琉璃等東西賣到瓦剌和韃靼，他或許會到肅州來……」

說是或許，但敏瑜相信這件事情定然已經定下了，要不然丁夫人不會在信上提這件事情，而以她對秦嫣然的瞭解，秦嫣然一定會抓住這個機會，跟著福郡王前來。相信丁夫人也想到了這個，所以才將秦嫣然這半年來的作為告訴她，要不然她可能還會一直瞞下去。

「妳認為秦嫣然一定會一起前來，而後在妳面前耀武揚威一番？」楊瑜霖明瞭地道。

「是。」敏瑜點點頭，年紀漸長之後，秦嫣然在她這裡吃癟，一定希望讓她看到自己揚眉吐氣，當然，也一定想狠狠地反擊一次。

「要是那樣，妳可得現在就做準備了。」楊瑜霖冷冷一笑，這會兒已經是六月下旬，如果福郡王等人要來，定然會選擇在十月之前到肅州，十月之後天氣轉冷，路上可不好走了。

「我會的。」敏瑜點點頭。

「是薛大人的親信將人送走的？暗中盯著這件事情的人多嗎？」敏瑜輕輕一挑眉，知道馨月鬧了一齣早產的戲碼，又沒有那個命，生了一個女兒之後，敏瑜就已猜測到馨月在薛家待不長久，定然會被送得遠遠的，讓她意外的是，將她送走的人居然是薛立嗣而不是薛夫人。

不過，轉念一想也覺得正常，畢竟薛立嗣對她完全沒有什麼感情，兩人之所以有了糾纏也都是馨月設計的。薛立嗣將她接進薛家，為的不過是她肚子裡的孩子，現在孩子也出生了，她也該下臺一鞠躬了。當然這也是因為薛立嗣夫妻都不是心狠手辣、不把人命放在心上的人，要不然她就不會只是被送走，而是一床蓆子抬出去，隨便找個亂葬崗丟棄。

「是。」秋霜點點頭，道：「現在全肅州城的人視線都集中在郡王爺即將駕臨的事情上，沒有多少人關心薛家的動靜，盯著的人不多。不過，盧家的盧夫人一直很關注這件事情，她或許也知道了。」

七月下旬，福郡王從京城出發前來的消息傳到了肅州，刺史齊守義不用說，在得到消息之時便忙著佈置驛館，務必將驛館整頓一新，讓福郡王舒坦地住進去；至於其他人，但凡是心思活絡的，也都思忖著想和福郡王搭上關係，畢竟這種接近貴人的機會可不多啊！

要接近貴人，最要緊的是打聽清楚貴人的喜好，要是拍馬屁討好卻拍錯了地方那可就不好了！有門路的自然讓人快馬進京找熟人相詢，沒有門路的也讓人進京打聽人所眾知的消息，很快，關於福郡王的消息便在肅州這邊陲重城漫天飛——

當然，眾多消息中，最引人矚目的便是福郡王的妾室秦嫣然的事蹟，以及秦嫣然會與福郡王同行，一起到肅州來。於是，不僅官員們動了起來，夫人們也都忙了起來，自然也就沒有多少精力關心薛家的閒事，想必這也是薛立嗣夫妻在這個節骨眼上將馨月送走的緣故。

「這不意外，盧夫人應該是最想知道薛家怎麼處置馨月的人之一了。」敏瑜笑了，馨月被送走了，盧夫人大鬆一口氣的同時，或許也在思索怎麼收拾如月了。失去了薛夫人這個靠山的如月，定然不會像馨月這般幸運，能夠全身而退。

「盧家那位姨娘素來不知道收斂，進門之後沒少給盧夫人添堵，這半年來更仗著妹妹進了薛家，肚子裡有薛大人盼了多年的兒子，做了不少事情，盧夫人要拾掇她也屬正常。」秋霜搖搖頭，道：「既做了妾，就要有為人妾室的本分，一時得寵就妄想挑戰主母……主母若是像夫人那樣心善的，頂多也就是吃些教訓，要不然丟了性命也是正常。」

「話是這麼說，可是又有幾個為妾的得了寵不奢望更多，又有幾個當主母的能夠堅持底線呢？」敏瑜輕輕地搖搖頭，而後又道：「那個孩子呢？」

「孩子留了下來，薛夫人派了人精心照顧，自己對孩子也很關心，聽說比剛剛出生的時候好了很多，長大了不少，也長胖了許多，說不準能養大了。」秋霜回道。

「看來薛夫人就算恨極了馨月，也沒有將怒氣撒到孩子身上。」敏瑜嘆息一聲，笑道：「我怎麼忽然覺得薛夫人和娘有幾分相似呢？旁的不說，不草菅人命、堅守底線這兩點就極相似。秋霜，妳說她們倆要是能相識，會不會十分的相投？」

這話秋霜卻不大好接，她笑笑，微微遲疑了一下，輕聲道：「就在馨月被送出門的時候，薛家也來了客人……是老爺和趙姨娘。」

敏瑜微微一怔，卻又笑了，淡淡地道：「算算日子，他們也差不多該到了。讓人盯緊了。」

「少夫人放心，得了消息之後，丁勤便過去了，他一有消息就會回來稟告。薛府有好幾個下人與他相熟，他會儘量把情況打聽清楚的。」秋霜笑著道。

「嗯。」敏瑜放心地點頭，丁勤原本就是個能幹又靈活的，到肅州之後，獨當一面的機會多了，做事也越發的沈穩，既然是他親自盯著，敏瑜哪還會不放心？

秋霜卻又微微有些擔憂地道：「少夫人，若不是湊巧看見老爺和趙姨娘進了薛府，說不準還不知道他們已經到了肅州，您看是不是其中出了什麼意外？」

「妳是擔心二少奶奶的安排出了差錯吧？」敏瑜瞭然地看著秋霜，笑道：「別著急，說不準是老爺和趙姨娘一到肅州，連找個地方歇息一下都不曾就去了薛家。」

敏瑜的話讓秋霜心頭的擔憂去了大半。

第九十五章

七月初，敏瑜接到一封段氏的來信，信上就說了一件事情——被羈押在牢中的楊勇和趙姨娘提前出來了。兩人在牢中多少都吃了些苦頭，心裡恨極了他們夫妻和她，出來之後的第一件事情就是將她攆出了門，還放話說要將她休棄。

沒有趙姨娘的這幾個月，段氏早就已經施展手段，將楊家清理了一遍，上下裡外都是信得過的人，用的身契也都在她手上，自己又攢了一些銀錢，兼之把楊衛遠的性子扳過來不少，倒也有了與他們叫板對著幹的底氣。但段氏卻沒有那麼做，她一面示弱，順勢回了娘家，一面卻讓人盯緊了楊勇和趙姨娘，既想知道他們怎麼出了大牢，也想打聽他們下一步想怎麼做。

楊勇和趙姨娘都不是什麼精明過人的，沒兩天，段氏便打聽清楚了，搭救他們出大牢的是福郡王的侍妾秦嫣然，她施以援手的理由是看不慣敏瑜仗勢欺人——對於這個，段氏是一百個不相信，卻還是如實寫了。

段氏還說，楊勇和趙姨娘回家之後，愕然發現楊衛遠和他們不怎麼齊心了，不願聽從他們寫休書休妻，還勸他們消停些、安穩過日子。而楊雅琳的變化就更大了，不但讓他們消停，還和趙姨娘劃清界線，唯恐因為沾上趙姨娘而壞了自己的名聲。

兒女的變化讓楊勇愕然，也讓趙姨娘徹底暴怒，尋死覓活地大吵大鬧，之後更逼著楊勇帶她到肅州，還說在京城的兒女都完全變了樣，那個被帶到肅州的還不知道成了什麼樣子。楊勇答應了，兩人沒有耽擱，粗略地收拾了一下便上路了。

段氏拿不準他們到肅州到底是擔心楊衛武，還是要找楊瑜霖和敏瑜的麻煩，便立刻寫了信送過來，還說跟在他們身邊的人有她信得過的，她已經叮囑好了，一到肅州就找機會給敏瑜送信。

「少夫人，您說老爺和趙姨娘上薛家想做什麼？」秋霜問道。

「還能做什麼？無非是想和薛大人夫妻聯手，向我和瑾澤發難罷了。」敏瑜冷笑一聲，這兩人去薛家除了與薛立嗣夫妻聯手對付他們之外，還能有什麼事情？

秦嫣然將他們從牢中撈出來，是想讓他們給她添麻煩，而他們上薛家也是想借薛家的力量一起對付自己夫妻。但他們定然想不到，他們之前寫給薛立嗣的信被孫明截了下來，而後到了自己手裡，自己也早就做好了迎接他們的準備。

「大爺再怎樣也都是老爺的長子、嫡子，他怎麼能聯合外人對付大爺呢？」秋霜其實心裡也清楚楊勇二人上薛家是為了什麼，卻真心不理解，就算父子不和，也沒有與外人聯手對付親生兒子的道理啊！再說，除了大爺之外，還有誰能撐起楊家、光耀楊家呢？他這不是做些親者痛仇者快的事情嗎？

「他若是個有大局觀的人，就不會混成現在這樣子了！」敏瑜冷哼一聲，楊勇的名字還真沒有取錯，除了勇猛之外，他還有什麼？但凡是有一點點腦子，也不會一再立功加官進爵，卻又一再地被貶。

秋霜嘆氣，雖然敏瑜成親之後日子過得還算不錯，楊瑜霖對她體貼關懷更十分尊重，兩人感情日愈漸深，相處也越來越有默契、越來越親暱，但攤上這麼個公爹，秋霜還是為自家姑娘不值！

「妳啊，世上哪有事事如意的？誰能沒個煩惱呢？」敏瑜笑著搖頭，秋霜沒有掩飾，她心裡想什麼，敏瑜又怎會看不出來？

正說著，秋喜疾步進來，給敏瑜行禮之後，道：「少夫人，勤管事回來了，還帶了一個人，他說那是二少奶奶的人，來給您請安回話。」

「看來老爺和趙姨娘已經安置好了。」敏瑜笑了起來，笑容中帶了一抹深意，想必楊勇的薛府之行並不大如意，要不然丁勤不會這麼快回來回話。她對秋喜道：「讓丁勤兩人進來回話。」

「是，少夫人。」秋喜應聲，還不等她轉身離開，秋霞便進來，臉上帶了喜色，道：「少夫人，去雍州的人回來了，差事已經辦妥了，正在外面等著回話。」

真巧啊，都湊一起了！敏瑜一喜，笑著對也是一臉喜色的秋霜道：「妳說，我是不是該讓瑾澤明兒一早把三爺他們接回來，早點把該辦的事情辦妥當了，免得這樣拖著，大家心裡都不舒服？」

「父親請坐，請喝茶。」敏瑜臉上帶著無可挑剔的微笑，恭敬地請楊勇上座，又親手從托盤裡端茶奉上，等楊勇接過茶，又笑盈盈地問道：「父親從京城過來，一路辛苦了，丁勤去接父親的時候，媳婦已經著人收拾住處。父親稍坐片刻，喝口熱茶之後便可以好好休息了。」

「要說什麼就說吧，不用繞彎子。」看著敏瑜的笑臉，楊勇心裡只有滿滿的挫敗感，丁勤奉命到客棧「恭請」他們到都指揮使府的時候，他就知道他和趙姨娘到肅州的行蹤暴露了，來意也暴露了。他也懶得再粉飾太平，直接道：「說完了我們還是回客棧去，住這裡我不自在。」

「父親到了肅州哪還能住到客棧裡去？」敏瑜的神色沒有半點變化，笑著道：「要是讓旁人知道父親不住家裡卻住到了客棧，定然會以為媳婦和瑾澤不孝順。」

「虧妳有臉說孝順！」趙姨娘滿眼仇恨地瞪著敏瑜，幾個月的牢獄生涯讓原本有些豐潤的她瘦了兩圈，她眼中冒火地道：「妳以為我們不知道石家是受了妳的指使嗎？妳以為我們不知道段氏那賤人是依仗著妳給她撐腰才那麼胡作非為嗎？妳以為我們不知道是妳讓那教養嬤嬤教唆著雅琳不認我這個娘嗎？我警告妳，妳……」

「姨娘覺得自己有資格說話嗎？」敏瑜臉色微微一沈，毫不掩飾自己對趙姨娘的不屑和鄙薄，她淡淡地道：「看來姨娘在牢裡也沒有吃什麼苦頭。」

敏瑜的話語和神色讓趙姨娘微微一縮，她在牢裡自然吃了不少苦，只是對敏瑜的恨意以及背後有人撐腰的底氣讓她有了些膽氣，她暗自鼓了一口氣，道：「妳也別威脅我，我不怕妳。我告訴妳，妳沒幾天好蹦躂的了！」

「哦？是嗎？那我倒要拭目以待了。」敏瑜又笑了，而後滿是深意地看著楊勇，道：「媳婦原以為父親帶著姨娘不遠千里的到肅州來是收到了瑾澤的信，現在看來卻是媳婦想錯了。也是，瑾澤的信才寄出不久，或許還在路上呢！」

「老大寫信讓我到肅州來？」楊勇愣住。

「是。」敏瑜睜著眼睛說瞎話，道：「瑾澤不僅給您寫了信，還給家父和老國公爺寫了信，請他們幫忙將您從牢中接出來。」

呃？楊勇更納悶了。

不等他說話，趙姨娘便搶先一步道：「表哥，別被她給騙了！一定是段氏那賤人給她通風報信，她知道我們到肅州會大鬧，讓肅州的人都知道他們兩口子忤逆不孝的罪行，才說這些來迷惑你。」

雖然丁勤早已經將他們兩人在薛家說的話打聽清楚了，也早已經知道他們此次前來就是想與人聯手，當眾鬧一場，讓世人知道楊瑜霖忤逆不孝，刻意要壞了他的名聲和前程，但趙姨娘當面說破，還是讓敏瑜心中大怒。

她眼中閃過寒光，臉上卻帶了吃驚、委屈等諸多複雜的神色，好一會兒才收斂住情緒，定定地看著楊勇，帶了質問的語氣道：「父親真認為瑾澤忤逆不孝？」

楊勇心虛，楊瑜霖對他是談不上孝順，但造成這種局面的罪魁禍首卻是自己，他避開敏瑜的視線，輕咳一聲，道：「老大孝不孝順，妳心裡應該清楚。」

「看來父親早已經給我和瑾澤定了罪。」敏瑜輕嘆一聲，而後態度一變，冷冷地道：「那麼，父親您呢？父親覺得自己是個孝子嗎？」

楊勇覺得敏瑜的話說得沒頭沒腦的，趙姨娘卻得意洋洋地道：「表哥自然是孝子，姑母生前誇得最多的便是表哥事母至孝。」

「事母至孝？好一個事母至孝！」敏瑜臉上滿滿的都是嘲諷，她質問道：「那麼對祖父呢？」

楊勇心一顫，想到敏瑜曾經給了趙家兩位嫂子錢財，讓她們帶著趙慶燕回雍州的事情，難不成她們兩人將楊家和石家之間的恩仇說給敏瑜聽了？他沈聲道：「妳想說什麼？」

「父親對祖母孝順卻是愚孝，而對祖父更是不孝！」敏瑜看著楊勇，冷酷地道：「父親可知道祖父因何而死？可知道祖父葬在何地？可有想過祭奠祖父，又可曾想過將祖父的屍骨遷回，讓他魂歸故里？」

敏瑜一連串質問讓楊勇腦子裡翻騰得厲害，他不是個有大智慧的人，但也沒有笨到家，自然知道敏瑜這般問定有深意。

但和之前一樣，不等楊勇開口，趙姨娘便又搶先道：「姑父怎麼死的？姑父是被石明銳那個老混蛋害死的！」

罵完，趙姨娘又得意洋洋地看著敏瑜，道：「妳知道石明銳是誰嗎？我告訴妳，就是老大那個短命娘的爹，老大的外祖！殺父之仇不共戴天，表哥恨石家人，也恨流著石家血脈的老大！」

「我與父親說正事的時候，姨娘最好別再插話！」敏瑜臉色陰沈，冷冷地警告道：「姨娘若是不守規矩，就別怪我不給父親留面子了。」

敏瑜的話才落，一個老氣橫秋的聲音便插了進來——

「我倒要看看妳一個黃毛丫頭敢把我閨女怎麼著！」

緊接著一個頭髮花白、土財主打扮的老漢便一點都不客氣地闖了進來，極為無禮地看了敏瑜一眼，而後頭一扭，衝著楊勇道：「阿勇，你這個公爹怎麼當的？換了我的話，這種沒規矩的兒媳婦，早就一大耳刮子過去了，還容得她這麼沒禮貌?!」

老漢的話讓敏瑜臉罩寒霜，撇過頭，看都懶得看他一眼。

「爹，您怎麼來了?!」趙姨娘喜出望外，撇下楊勇迎上去，滿心歡喜地扶著老漢，頗有些趾高氣揚地衝著敏瑜哼了一聲。

「我怎麼就不能來了？我再不來，妳還不被人給欺負死了！」來的正是趙姨娘的父親趙虎，他說了趙姨娘一句，轉向楊勇，道：「阿勇，你當初娶阿芬的時候是怎麼答應我的，你說過會一輩子好生對她，不讓她受半點委屈，怎麼現在連兒媳婦都敢給她臉子看了?!」

「舅舅……」

「不給我個滿意的交代，就別認我這個舅舅！」趙虎一點都不客氣地打斷了楊勇的話，他氣呼呼地看著敏瑜，道：「還有妳，還不給婆婆磕頭認錯！」

「老爺子，這裡可不是你能裝瘋賣傻的地方。」敏瑜冷冷地看著趙虎，冷冷地道：「你確定你是過來給趙姨娘撐腰，而不是想害死她的？」

趙虎眼睛一瞪，厲色道：「沒規矩的丫頭，還敢嘴硬，我一巴掌抽死妳！」

「老爺子可以試試看。」敏瑜冷冷地看著趙虎。

「妳……」趙虎敢倚老賣老地胡說一氣，卻真沒膽子動手，只好惱羞成怒地衝著楊勇道：「阿勇，你千里迢迢的把我從雍州接來，就是為了讓我來受氣的？」

呃？楊勇又是一怔，他哪裡派過什麼人去雍州接人啊！

「爹，您不是自己來的？」趙姨娘咋咋呼呼地問道，她原以為趙虎是聽了趙家兩位大嫂的話，知道自己被楊瑜霖兩口子害得坐了牢，特意到肅州來給自己出頭的。

「雍州和肅州隔了上千里路，我怎麼會自己來？」趙虎也傻了，道：「不是你們派人接我過來享清福的嗎？」

「不是！」趙姨娘糊塗了，道：「大嫂、二嫂回雍州，沒跟您說我和表哥被收押坐牢的事嗎？」

「妳和阿勇被收押坐牢？」趙虎還真是不知道這件事情，他搖頭，道：「她們回去沒說過這個，只說皇上給阿勇的大兒指了婚，燕子和他的婚事成不了，你們便給燕子置了些嫁妝，讓她回雍州嫁人。」

她們居然沒有把自己被害得進了大牢的事情告訴家裡人！趙姨娘氣極。

楊勇想起來那幾人是敏瑜打發離京的，他苦笑一聲，看著臉色冷冽的敏瑜道：「是妳讓她們回去什麼都不要說的吧？」

「不錯。」敏瑜點點頭，她確實讓她們回去別胡亂說話，卻沒有抱太大期望，但現在看來她們這件事情做得不錯。她淡淡地道：「不僅如此，這位架子不小、聲音也不小的老爺子，也是我派人接來的。」

趙姨娘忽然想起那人說的敏瑜心狠手辣、連庶妹都能下手害死的事情，顫慄起來。

楊勇則沈聲道：「妳想做什麼？」

「父親別想多了，我只是想問清楚祖父的死因。」敏瑜冷靜地道。「聽說，祖父當年與趙家老爺子一起到肅州當兵，祖父的死訊是趙家老爺子帶回去的，我想，祖父怎麼死的，趙家老爺子應該最清楚。」

「妳是懷疑我說了假話，阿龍不是石明銳殺的吧！」趙虎眼神閃爍，道：「阿勇，你爹千真萬確是被石明銳給殺的，我拿不出證據來，但我能對天發誓，如果我說了假話，就讓我天打五雷轟！」

趙虎的話讓趙姨娘又得意起來，而楊勇卻心生歉意，道：「舅舅待我恩重如山，舅舅的話我自然信得過，無須發什麼毒誓。」

「趙老爺子說祖父是被外祖父所殺，那麼，趙老爺子能說說，外祖父為什麼要殺祖父嗎？」敏瑜冷笑，趙虎這點小把戲真是不夠看。

趙虎臉色一僵。

敏瑜步步進逼道：「外祖父曾在肅州待了整整十六年，十六年間他下令斬殺過數百人，有罪大惡極的通敵叛國之徒，有膽小怯懦、不敢上陣殺敵的逃兵，也不乏小奸小惡、敗壞軍紀的害群之馬……不知道祖父是那一種人呢？」

趙虎的眼中閃過慌亂，本能地感到大事不妙。

楊勇怒喝一聲，道：「妳休得胡說！妳祖父錚錚鐵骨，怎麼可能犯那些罪行！」

「那麼，替人頂罪呢？」

替人頂罪？楊勇愣住，石明銳是他的岳父，他自然知道石明銳在肅州軍中的職務，他也曾想過父親或許是犯了罪才被石明銳下令斬殺，但那是他父親啊，雖然從未見過父親楊龍，但在他心裡父親絕對是個頂天立地的大英雄，那樣的念頭才閃過，就被他自己掐了。他寧願恨岳父，恨已故的妻子，也不願意懷疑自己的父親。

「阿勇，你別被她糊弄了！」掩蓋了幾十年的真相被人揭開，趙虎有說不出的慌亂，他不敢想像楊勇若知道當年的真相會出什麼事。

「趙虎，你這卑鄙小人！」

精神矍鑠的趙豹一聲怒喝，大步走了進來，楊瑜霖昨天晚上連夜出城去了鳴鹿山，今天一早便接了他過來。

「你……」三、四十年未見，趙虎卻還是將眼前這個有些眼熟的人給認了出來，他伸出手指顫巍巍地指著趙豹，腦子裡一片空白……

趙豹的出現，立刻讓真相大白。

「阿勇，我真不是有心要騙你們娘倆的！」抵賴不過，不得已只好承認自己用謊言欺騙了楊勇母子的趙虎猶自為自己辯解，他看著抱著頭蹲在地上的楊勇，道：「我真沒有隱瞞欺騙的心思，是你娘……你也知道你娘的脾氣，她聽到你爹的噩耗之後整個人就不對了，我要是敢說出事實，她一定會殺了我給你爹償命。我害怕，鬼迷心竅才說了謊話，這些年來，我每每想到這件事情，心中就惶恐不安……」

鬼迷心竅？不知道是什麼樣的鬼，能把他的心一迷就是三、四十年！

敏瑜嗤之以鼻，趙虎的話她是一個字都不相信，若真是心中有愧，他剛才就不會極力否認趙豹所言。若非趙豹說了當年同袍還有留在肅州的；若非楊瑜霖證實當年的卷宗已經翻出來，只要趙豹指證，便有可能為楊龍翻案，讓他伏法，他說不定還在抵死不認呢！

趙豹也一樣不信趙虎的話，他冷笑道：「你惶恐不安？你若是個有良心的，就算不能以實相告，將阿龍為你頂罪而死的事情說出來，也能找個更好的理由，而不是編造石大人挾私報復將他殺害的謊言，一錯再錯！」

「我還能怎麼說呢？」趙虎苦笑連連，道：「和我們一道到肅州的同鄉不少，只要稍微用心便能打聽到姊夫是被處死的……在姊姊心中，姊夫是鐵骨錚錚的漢子，阿勇也將他當成了大英雄，我又怎麼忍心說他是犯了通敵之罪被處斬的？我只能編造一個能夠說得過去的理由！」

「那後來呢？」楊勇眼睛發紅地看著趙虎，痛苦地道：「這四十多年來，舅舅有得是機會將實情說出來，你為什麼不說呢？」

「有些事一旦做錯了，就只能一錯到底啊！」趙虎滿臉痛苦地看著楊勇，道：「一開始是因為懼怕你娘，後來卻是因為你……你我名分上是舅甥，但在我心裡你就是親兒子啊！看著你長大，教你習武，後來更竭盡所能地將你送到大平山莊，看你越來越出息，我心裡就越來越高興、越來越自豪，卻也更不敢將事實說出來了。我害怕，害怕知道實情之後，你會不再認我這個舅舅……」

楊勇被趙虎說得心裡發酸，敏瑜卻在一旁涼涼地道：「不知道舅老爺是一開始就說了外祖父的名諱，還是在母親進門之後才告知的？」

敏瑜的話讓楊勇一愣，怔怔地看著趙虎。

趙虎被看得很是不自在，惱怒地瞪著敏瑜，道：「什麼時候告訴他的不都一樣？」

「一樣嗎？我怎麼不覺得？」敏瑜冷笑，道：「若是前者，父親一開始就該知道兩家有不可調和的仇怨，也就是說父親在成親之初便抱有不可告人的心思，迎娶母親進門，想的不是結兩姓之好，而是用這樣的手段報復。但如果是後者……舅老爺能說說你在說出外祖父與父親有殺父之仇的時候心裡是怎麼想的嗎？是想掩蓋自己的謊言，推卸自己的過錯，還是起了別的心思？」

趙虎的臉色發青，眼神飄移不定。

楊勇愣愣地問道：「還能有什麼別的心思？」

「聽說，舅老爺很早之前便起了將姨娘嫁給父親、親上加親的念頭，只是祖母希望給父親娶一個能夠幫扶的妻室，一直不鬆口……」敏瑜看著楊勇，道：「如果母親不是仇人之女，父親覺得祖母會讓您納了姨娘嗎？」

這個「聽說」自然是聽趙家的兩位嬸子說的，她們得了敏瑜的好處之後，把自己知道的所有事情都和敏瑜說了，只求謀取更多的好處。

楊勇如遭雷擊，敏瑜卻猶嫌不夠地道：「舅老爺剛剛也說了，他一直因為欺瞞了當年的事情惶恐不安……如果真是那樣，那麼他在見到外祖父，知道兩家已經是親家的時候，就應該將事情吐露。事情過去了那麼多年，祖母哪怕明白被蒙蔽，看在舅老爺長久以來照顧你們母子、為你們母子做了那麼多的情分上，就算不能原諒他，也不會讓他償命吧！再不濟，也能裝傻含糊過去，而非指證外祖父是您的殺父仇人。」

「妳閉嘴！」在趙虎無奈承認楊龍為他頂罪而死後便一直沈默的趙姨娘尖叫起來，她指著敏瑜道：「表哥與我青梅竹馬，妳不要挑撥我們……」

「她沒有挑撥，如果沒有所謂的殺父之仇，娘不會逼我納妳進門，我也不會聽從娘的安排。老大他娘又能幹、又賢慧、又孝順，剛進門就有了身孕，在舅舅進京之前，娘不知道多喜歡她，不止一次地說能娶到這樣的媳婦是我的福氣也是楊家的福氣，要我好好地對她，千萬別做什麼對她不起、讓她傷心的事情……後來，娘驟然變了態度，執意要回雍州的時候我還滿頭霧水，不知道她為什麼忽然態度大變。」楊勇臉上帶了悲哀，道：「舅舅也確實說過要妳嫁給我、親上加親的話，但我長妳九歲，娘希望我能夠早點成家，而不是等妳長大，蹉跎歲月；二來，如老大家的說的一樣，娘希望我娶個能幫扶我的妻子，而妳……」

「我怎樣？」趙姨娘尖銳地叫了起來，道：「這十多年來，我給你生兒育女，幫你操持家業，做得還不夠多、還不夠好嗎？姑母生前也從未挑剔過我，你怎麼敢說不好？」

楊勇苦笑一聲，楊老夫人不是沒有後悔過將趙姨娘納進門，而後一直縱容她、連累楊勇的事情，只是她生性倔強，不願意承認自己做錯了事情而已。直到她臨終前才鬆口，說自己錯了，不該讓趙姨娘進門，害了楊勇的前程。

「阿芬，妳閉嘴！」趙虎喝斥了趙姨娘一聲，現在不是討論她是否賢慧的時候，等趙姨娘忿忿地閉上嘴，他看著楊勇，一臉蒼涼地道：「這件事情壓在我心頭也有四十來年了，今天說開了也好，起碼我以後不用為此而日夜不安了！阿勇，你爹因我而死，你就算要我給他償命我也無話可說！」

「舅舅，我……」楊勇遲疑了，父親的死他無法釋然，但讓趙虎為楊龍償命他也做不出來，無論如何，趙虎給他的關懷和照顧都做不了假啊！

「舅老爺，因為你的謊言而死的，可不只祖父一人啊！」敏瑜涼涼地道。「還有我那苦命的婆母……對了，嚴格算起來的話，還有個未出世的孩子。」

敏瑜的話，讓楊勇心如刀絞。

趙虎面無血色地看著敏瑜，色厲內荏地道：「我就爛命一條，妳想怎樣？」

「父親，我們請父親和趙虎到肅州來只為兩件事，其一，將真相說出來，不再受奸人蒙蔽；其二則是為祖父遷墳，讓他得歸故里。」楊瑜霖不屑與趙虎說什麼，他也無法心平氣和地與他說什麼。依他的意願，他自然是恨不得將趙虎千刀萬剮，但敏瑜一再勸阻，讓他不要為了這麼一個小人給人揪住了錯，要替母親報仇，多得是辦法，不急在這一時。他看都不看趙虎，道：「至於要不要為枉死的祖父、冤死的母親和弟弟妹妹做什麼，全由父親決定，兒子絕無二話！」

楊瑜霖的話讓趙虎一喜，心頭一鬆，可憐巴巴地看著楊勇，嘴上卻道：「阿勇，你殺了我吧！這樣既能給姊夫報仇，也能給石家和你家老大一個交代。」

「爹！」趙姨娘尖叫起來，而後撲通一聲跪到還蹲在那裡的楊勇面前，道：「表哥，我爹都已經這一把年紀了，年輕的時候又落了不少病根，就算他對不起姑父，也騙了你和姑母那麼多年，但念在他一直以來把你當兒子看待的分上，你就放過他吧！」

看看趙虎和趙姨娘，又看看楊瑜霖和敏瑜，再想想已死的父親、母親和妻子，楊勇長嘆一聲，對趙姨娘道：「我不會為難舅舅的，妳起來吧！」

趙姨娘心神大定，立刻站起來，示威一般地斜了敏瑜一眼，道：「我就知道表哥不是冷血的人……」

「舅舅，以前的種種已經過去，我不會再追究什麼，但是以後……」楊勇閉上眼，再睜開時眼中一片冷清，道：「從此之後，楊家與趙家橋歸橋、路歸路，不再來往，你我舅甥之情也從此斷絕。」

「表哥，你怎麼……」趙姨娘驚叫一聲，怎麼都不肯接受這樣的結果。

「兒子、女兒都姓楊，自然是楊家人，我會要求他們與趙家斷絕往來；至於妳，若是能夠遵從我的話，就留在京城，老二會好生奉養妳，但若是捨不得娘家人，那妳就跟著舅舅回雍州去，我會給妳一些財物，讓妳到了雍州也能過得好好的。」楊勇冷靜地道，沒有半點商量的餘地。

「你呢？」趙姨娘難得聰明了一次，察覺到了楊勇的話未說完。

「我？」楊勇苦笑一聲，道：「將父親的墳遷回，與母親葬在一處之後，我會去石家負荊請罪……我知道石家沒人稀罕我這般做，但不這樣做，我卻無法安心。」

楊勇的幡然悔悟，讓敏瑜不以為然地撇了撇嘴，人都死了這麼多年，他負荊請罪有什麼用？他當年只要稍微謹慎一些，想方設法的求證一二，或許早就真相大白。母親不會被害死，楊瑜霖不會小小年紀沒了母親又被父親和祖母嫌棄，楊老夫人也不會至死都不知道真相了……

不過，敏瑜卻沒再多說，次日一早便安排了人陪著楊勇去了楊龍墳上，幫著他將楊龍的墳遷回了雍州楊家祖墳。

趙姨娘想要跟著楊勇一起，卻被他喝斥，最後只能獨自回了京城。

至於趙虎當天便離開了肅州回鄉，快到雍州的時候翻了車，壓斷了脊骨，癱瘓在床的他苦熬了半年之後，一身臭氣地死去……

第九十六章

「夫人，郡王爺到了。」腳步匆匆的丫鬟乾淨俐落地給齊夫人行禮之後，道：「秦姑娘正往這邊過來。」

「嗯。」齊夫人點點頭，而後笑著道：「郡主、楊夫人，我們是不是去迎迎秦姑娘呢？」

秦姑娘指的自然便是秦嫣然，這稱呼沿用了福郡王府下人對她的稱呼，敏瑜覺得這個稱呼頗值得玩味，不知道是秦嫣然不甘被人稱為「秦姨娘」，便仍用這掩耳盜鈴般的稱呼，還是她雖身為福郡王的寵妾，實際上卻還沒有過明路，只是個沒有任何名分的、郡王爺的房裡人——通房丫頭和那種被收了房卻沒有名分的丫頭，可都被下人稱「姑娘」的。

而齊夫人特意和敏瑜二人說這話也是有講究的。昨日一早，福郡王手下人早一步趕到肅州報信，福郡王等人昨日傍晚左右抵達。齊大人當下便將肅州府衙和都指揮使司的官員都請來，商議出城迎接福郡王駕臨。

府衙的官員不用說，自然是齊大人怎麼說，他們怎麼做，但都指揮使司的卻要看楊瑜霖這個都指揮使的意思了。出人意料的是楊瑜霖對出迎一事沒有半點意願，還說這是地方事務，他不宜插手——態度很明確，他不會一起出迎，但也不會刻意的約束都指揮使司的官員和肅州軍的將領。他們要想一起出迎，他沒有意見。

楊瑜霖的話引起一陣譁然，但冷靜下來一琢磨，卻也覺得他是對的——福郡王並非奉旨前來，楊瑜霖出迎是情分，不出迎則是本分，而且就他的身分而言，適當避讓著些也是應該的。

齊大人與官員們商議出迎事宜時，齊夫人也請了夫人們商議迎接的事情——福郡王自有男人們接待，但女眷卻得她們來招待啊！不料，她才說了個開頭，李安恬便明確表態，如果與福郡王一道前來的是福郡王妃，那麼不用齊夫人說，她定然會殷勤的迎接；但陪福郡王前來的不過是個侍妾……李安恬說到這裡便沒有繼續往下說，但態度已然明朗，那就是她絕對不會去招待一個侍妾，就算那是郡王爺的侍妾，就算那侍妾名滿京城也一樣。

齊夫人心裡嘆氣，李安恬的態度她並不意外，她可是有封號的郡主，福郡王的侍妾確實沒資格讓她自降身分迎接招待。於是，她將目光轉向敏瑜——福郡王的這位姨娘可是她的表姊，還是寄居耒陽侯府長大的，她就算不十分熱絡，也不會像李安恬那般不給面子的一口拒絕吧？

敏瑜的態度確實比李安恬好很多，但齊夫人卻寧願她像李安恬那樣直接拒絕，而不是拐彎抹角地說了一堆。說不管秦嫣然以前是什麼身分，但既然已經進了福郡王府，成了福郡王的侍妾，就應該用對侍妾的態度對她，否則就是對福郡王妃不敬，也是陷她於不義，讓人非議她離了京就不守規矩。說到最後，不但表達了她和李安恬一樣不會出迎的態度，還給了齊夫人和其他人一個建議和意見——就算想向福郡王和秦嫣然表示熱烈的歡迎，讓他們有賓至如歸的感覺，她們也應該自持身分。當然，要實在是過意不去的話，可以讓家中的姨娘去迎接招待秦嫣然。

齊夫人能採納敏瑜的意見，選幾家姨娘出迎嗎？顯然不能！但也不能再親自出迎了，最後，事情沒有商議出個結果便散了。而後，不過半個時辰，齊夫人偶感風寒，請了大夫的事情便傳開了，當然，她隨齊大人一起出城迎接福郡王家眷的事情也就不了了之。

當然，齊夫人沒有出迎並不意味著就沒有人迎接秦嫣然，何夫人馬氏帶頭去了，見過秦嫣然之後大讚，說這位傳聞中有曠世奇才的秦姑娘長得天姿國色，也沒有半點架子，十分的平易近人。

聽到傳聞，敏瑜失笑，而後玩味地想，何夫人去迎接秦嫣然，還傳出這些話來，到底是她自己的想法，還是薛夫人的手筆？連楊勇、趙姨娘都向他們表示聯手對付楊瑜霖的意思，秦嫣然恐怕也不會錯過與她聯手的機會吧？

還有薛夫人，她能夠拒絕楊勇，還能再拒絕秦嫣然嗎？秦嫣然風頭正盛，可不是楊勇和趙姨娘那等落魄失勢的人能夠相比的。

薛夫人會拒絕與楊勇聯手，敏瑜不意外，薛立嗣與楊勇既是同袍又是師兄弟，薛夫人應該很明白，楊勇就是個有勇無謀的莽夫，與他聯手，贏面著實不大。薛立嗣對薛夫人可不僅僅是愛重那麼簡單，薛夫人拒絕了，他自然不會點頭。他這麼做薛夫人顯然很高興，因為馨月而起的隔閡也因此消失，據說薛立嗣那日之後心情驟然好轉，對下屬也恢復了以前嚴厲卻不嚴苛的態度。

想到這裡，敏瑜微微一笑，道：「齊夫人是主人家，要不要起身迎客，夫人決定就好，我就偷個懶，不動了。當然，齊夫人如果想拉人作陪，可以請薛夫人相陪……薛夫人素來熱情好客，應該不會拒絕吧！」

齊夫人暗自嘆氣，她就算沒有打聽到敏瑜和秦嫣然不對盤的消息，也知道兩人定然不怎麼親近，要不然敏瑜就不會這般的不給面子了。不過，現在卻不是想那些的時候，她順著敏瑜的話將目光投向薛夫人，沒有說話，但詢問的意思表露無遺。

薛夫人微微有些遲疑，她比任何人都更想見一見「老鄉」的廬山真面目，卻也不想這麼快見「老鄉」——見了她，是該表示疏遠，還是表示親近？如果表示疏遠，那麼這位極有可能也猜出自己身分的老鄉會不會惱羞成怒，而後給自己下絆子？如果表示親近……萬一她其實並不願意和自己有什麼瓜葛呢？老鄉之間，固然可以說說只有彼此才能聽得懂的話，只有彼此才能理解彼此的想法，但老鄉見老鄉同時也是王見王，有人或許願意多個伴，但也有人更願意除掉那個知道自己最大秘密的人啊！

薛夫人的遲疑讓齊夫人苦笑一聲，她自然不知道薛夫人腦海中的萬千思緒，只以為薛夫人擔心陪著她去了會讓人笑話，說她終究改不了與妾室來往的習慣。她笑笑，道：「薛夫人也是客人，我哪好意思煩勞薛夫人作陪呢？我一個人出去迎一迎也就是了。」

說完，齊夫人也沒有再問何夫人等定然樂意跟她一起出迎的人的意見，她不想讓秦嫣然以為她故意怠慢，但也沒有必要讓旁人認為她有巴結秦嫣然的意思，她笑著起身，才往外走了幾步，便看到家中的管事嬤嬤引著一位身著銀紅色襖裙的女子過來——

她疾步上前，熱情地道：「這位可是秦姑娘？」

秦嫣然點點頭，輕聲慢語地道：「嫣然前來，給夫人添麻煩了。」

「哪裡、哪裡！」秦嫣然渾身的柔美氣息讓齊夫人大生好感，連忙笑道：「秦姑娘光臨，令寒舍蓬蓽生輝，哪裡能說是添麻煩呢？」

秦嫣然展顏而笑，如百花齊放般絢爛，眼波流轉處更帶了萬種風情，除了少數幾人，都在心裡暗讚一聲，李安恬和敏瑜卻不動聲色地交換了一個眼神，彼此眼底都帶了濃濃的不屑。

而齊夫人剛剛對秦嫣然生出的好感更是驟然消失。女子最要緊的是端莊，在夫婿、姊妹或者密友面前流露這樣毫不掩飾的媚態，雖不矜持卻也無傷大雅，然而若是像現在這般場合，卻只能落得一個輕浮的評價。

對此，秦嫣然毫無所察，她嫣然巧笑，道：「齊夫人此言可折殺嫣然了。貴府今日高朋滿座，哪有嫣然的位子？」

齊夫人一聽就知道，秦嫣然對於只有何夫人等人出城迎接她，心有不滿和芥蒂，她笑笑，道：「今日設宴便是為郡王爺接風洗塵……秦姑娘，請上座。」

齊夫人說這話也頗有些不得已，肅州稍微有些頭面的夫人都在這裡了，如果她沒有半點脾氣，那今日之後，她定然會被人當成了軟柿子一個。當然，這也是因為李安恬和敏瑜的態度很鮮明，要不然她也不會當面說些綿裡藏針的話。

秦嫣然心中著惱，她成為京城的風雲人物之後，話裡藏針使她難堪的人雖然不少，但哪一個的身分地位都不是齊夫人區區一個刺史夫人能比得上的。她眼中閃過一絲厲色，臉上的笑容卻濃了幾分，道：「齊夫人真是太客氣了，嫣然自知身分低微，可不敢上座，要是王爺知道了，定會責罵嫣然沒規矩。」她微微頓了頓，笑道：「嫣然理應敬陪末座。」

齊夫人咬咬牙，不等她說話緩和氣氛，敏瑜便輕笑出聲，道：「齊夫人，既然秦姑娘這般識趣，那就這麼安排吧。」

敏瑜的話讓秦嫣然完美的表情出現一絲裂縫，而齊夫人心裡暗爽，臉上卻帶了不自然的笑，道：「楊夫人最是個愛開玩笑的，秦姑娘千萬別放在心上。」

秦嫣然心裡嘶喊——她在開玩笑？她哪裡是在開玩笑，分明就是故意讓自己下不了臺！但是，她卻不得不接受齊夫人這個解釋，因為她知道，要是真的和敏瑜翻了臉，她絕對討不了好，要是她們倆正面起衝突，她最大的靠山福郡王一點都靠不住。

想到福郡王，秦嫣然心裡又是一陣怨恨，福郡王就是一個徹頭徹尾的渣男——自己用知識和才能，製出了讓他日進斗金的琉璃、香水，製出了讓他得以在皇帝面前露臉的烈酒，更溫柔小意地對他，全京城不知道有多少男人羨慕他的好福氣，不知道有多少男人希望取而代之，可是他呢？卻一點都不知道珍惜！面上敬重的是明媒正娶的許珂寧，心裡念著的是青梅竹馬的敏瑜。不和兩人比個高低的時候，自己還算是個寶，但只要和兩人相比較，自己立刻就成了路邊的野草。秦嫣然也想過把這個渣男一腳踹開，另尋自己的真命天子，但……唉！

不管心裡怎麼個咆哮，秦嫣然只能笑著道：「齊夫人不用在意，我們姊妹多年，敏瑜妹妹什麼性子，我最清楚不過了，不會和她認真的。」

秦嫣然看似大度、實則示弱的話，讓齊夫人眼睛微亮，不期然地想起敏瑜及笄禮那日，皇后娘娘和慶郡王都派了人的事情，她心裡透亮，看來福郡王雖然沒有派人前來祝賀，但不見得對敏瑜就很陌生。

想到這裡，齊夫人心裡更踏實了，她笑著再次請秦嫣然入座，等她坐下後，有禮但不過分殷勤地為她介紹在座的眾夫人。

秦嫣然笑著和眾人一一打招呼，最後將目光落在薛夫人臉上，微笑道：「在京城的時候便聽說肅州有位德才兼備、樂善好施的女菩薩，今日得見，是嫣然之幸。」

「秦姑娘過獎了。」薛夫人笑笑，秦嫣然對敏瑜的退讓，令她對這個「老鄉」的忌憚之心驟減，被丁敏瑜那般擠兌還忍氣吞聲，想必本事也有限得很。她笑道：「我不過是在肅州這小地方有幾分虛名罷了，哪比得上秦姑娘聲名遠播。大齊現在誰不知道秦姑娘的名聲啊！」

「薛夫人客氣了。」秦嫣然微笑，道：「只是不知道薛夫人為什麼會給自己名下的點心鋪子取『稻香村』這麼一個名字？」

「秦姑娘為什麼問這個？」薛夫人的目光微閃，秦嫣然提這個是想告訴自己她已經猜到自己的身分，還是另有意圖呢？

「只是好奇。」秦嫣然笑盈盈地道：「不知道為什麼我覺得這個名字很親切，所以便問了。薛夫人不會笑話我主次不分吧?!」

聽著秦嫣然刻意咬重了「主次」兩字的音，薛夫人忽然明白了秦嫣然的意思，哭笑不得之餘也暗自嘆息，對於這個鬧出了偌大名頭、似乎很有本事的老鄉也沒有了信心——一個對自己有信心的人，是絕對不會在意這個，更不會說這種話，她會很自然地將自己放在了主導位置上。與她聯手算計丁敏瑜，似乎不是個很明智的選擇啊！

「我怎會笑話秦姑娘呢？」薛夫人心頭嘆息，嘴上半點不讓地道：「說到這個，其實我對『琉璃工房』和『蘭蔻』這兩個名字，也覺得很親切，也很好奇秦姑娘為何會取這麼兩個名字。」

秦嫣然眼中閃過寒光，不等她發作，一旁的何夫人便笑著道：「秦姑娘和薛夫人還真是很有緣呢！秦姑娘智慧過人，連琉璃這樣的稀罕物都能動腦子、想法子做出來，薛夫人雖然沒有像秦姑娘那般造出舉世震驚的稀罕物，但各種奇思妙想也是極多的……連想法都有相似之處，真是難得啊！」

何夫人的話讓敏瑜的心微微一動。可不是，這兩人還真是有很多相像的特質，或許這薛夫人也是……想到這裡，薛夫人的某些舉動也就有了合理的解釋，她微微一笑，道：「何夫人說得不錯，薛夫人一間接一間地開鋪子，秦姑娘則是想了一個又一個生財的點子，還真是志同道合啊！」

她這話……薛夫人微微皺眉，敏瑜這話聽起來好像在譏笑她們兩人一般的喜歡賺錢、渾身銅臭，但她總覺得敏瑜另有深意。

秦嫣然卻認定了敏瑜是想在眾人面前打擊自己、讓自己丟臉，她壓住心頭怒氣，笑道：「我和薛夫人不過是一見如故罷了，還真談不上是志同道合。要說與我志趣相投的，還真只有敏柔妹妹，可惜紅顏薄命……唉，敏瑜妹妹，我真的不懂，妳怎麼能……再怎樣她也是妳的親妹妹啊！」

秦嫣然曖昧的言辭讓不少人眼中閃爍起八卦的光芒，一個個帶著探究神色的看向敏瑜。

敏瑜大方地迎上秦嫣然略顯得意的眼神，淡笑道：「秦姑娘怎麼可能不懂呢？敏柔雖說是我的庶妹，但最親近的卻從來不是我這個嫡姊，而是秦姑娘。她為什麼落到如今的下場，想必秦姑娘比我清楚其中原因。」

秦嫣然提到敏柔原本就在敏瑜的意料之中。丁夫人前些日子又來了一封信，信上說了一件事情——半年前，秦嫣然想盡一切辦法去古月庵與敏柔見面了，兩人單獨說了好大一會兒話。這件事情丁夫人和丁培寧當天便知道了。和丁夫人一樣，丁培寧也想到了敏瑜從敏柔那裡搜出來的奇藥……當天晚上，敏柔被人發現自縊而死！

「妳……」敏瑜的淡然讓秦嫣然恨得咬牙，她上古月庵與敏柔見面自然不是為了敘舊情，而是想再一次從敏柔手裡拿到秘藥，她為此不惜發毒誓，許諾了敏柔不少條件，誰知道，還沒等她拿到東西，敏柔就一命嗚呼了！她絕不相信敏柔會自縊，唯一的可能就是敏柔和自己的密議被人察覺，而後給她帶來了殺身之禍。

敏柔死了，秦嫣然並不覺得有多可惜，但她還沒有拿到那能讓福郡王眼中、心中只能看到她的秘藥啊！想到這裡，她就恨死了耒陽侯夫妻，也恨死了敏瑜！他們都是她成功路上的絆腳石，總有一天，她會將他們一一剷除，不留痕跡！

敏瑜輕輕一挑眉，笑盈盈地看著秦嫣然，秦嫣然卻忽然頓住，噗哧一聲笑出聲。「我失態了！經歷了那麼多的事情，我還是沈不住氣，讓大家見笑了。」

不錯，長進了！敏瑜微感意外，卻還是沒有說話。

「哪裡、哪裡，秦姑娘乃真性情之人，我們怎麼會笑話呢？」接話的還是何夫人，她看看秦嫣然，又看看敏瑜，最後下定決心一般地道：「只是我有一事不明，不知道為何楊夫人那庶妹不親近自己的親姊姊，卻與秦姑娘交好呢？我看楊夫人對秦姑娘也不甚友好啊?!」

何夫人的話讓熟悉她的夫人們感到意外的同時，也將探究的目光轉而投向了秦嫣然，都在心裡猜測這位秦姑娘到底給了何夫人怎樣的好處，才讓她說了這麼一番話出來呢？

「說來也很簡單，秦姑娘殫精竭慮地為我那庶妹及其生母出謀劃策，幫她爭寵，我那庶妹豈能不感激、不親近秦姑娘呢？」敏瑜坦然地解釋了一句，又促狹地道：「都說三歲看老，秦姑娘能成為福郡王的寵妾，可見並非偶然啊！」

「噗！」李安恬忍俊不禁地笑出聲來，與她一樣被敏瑜這番促狹的話逗樂了的大有人在，就連正凝神聽丫鬟稟告事項的齊夫人，眼中都浮起濃濃的笑意。

這些笑聲猶如一點火星，點燃了秦嫣然的怒火，她雙眉一豎，便要發怒。

就在這個當口，齊夫人愕然地道：「什麼？郡王爺身邊的內侍過來了？」

齊夫人刻意拔高音調的話，讓秦嫣然的腦子為之一清，也讓其他人的神情為之一震，平日對敏瑜十分關心的張夫人更有些擔憂地看著敏瑜，而被敏瑜隱晦地刺了一記的何夫人卻精神一振，笑著道：「郡王爺該不會是擔心秦姑娘在這裡受了委屈，特意讓人過來看看的吧？」

秦嫣然滿心苦澀，福郡王會擔心自己受委屈？恐怕是擔心自己讓敏瑜受委屈吧！

沒等她說話，齊夫人搶先一步笑道：「何夫人這會兒可猜錯了，那位內侍是來給楊夫人請安的。楊夫人，您看……」

眾夫人愕然，福郡王讓內侍給丁敏瑜請安？這又是什麼狀況？

敏瑜笑笑，福郡王還是那副脾氣，想一齣是一齣，完全不考慮場合。她看了神色不明的秦嫣然一眼，道：「讓他進來吧！」

「我想，我今日來拜訪的目的，薛夫人心裡很清楚。」丫鬟奉茶退下之後，秦嫣然便直截了當地道：「我與丁敏瑜互不相容，妳與她積怨頗深，既然如此，我們聯手吧！」

秦嫣然會主動上門原在薛夫人的意料之中，但她連場面話都不說就直奔主題的做派，還是讓薛夫人頗感意外，暗嘆一聲——這位老鄉看是風光無限的背後，過得可不怎麼如意啊！

不過這也正常，她終究只是福郡王的侍妾，就算真如傳聞所言的那樣，福郡王寵她寵得沒邊，也會因為身分而處處受人箝制，更別說福郡王對她似乎也並非那般喜愛——福郡王貼身伺候的內侍喜樂對敏瑜和對她大不一樣的態度就能說明一切，與敏瑜說話的時候，那眼神、那表情、還有那略顯誇張的語氣，除了恭敬之外更透露著一股子親近的味道。而與秦嫣然說話的時候，恭敬是恭敬，眼神卻帶著一種輕慢。

薛夫人沒怎麼與內侍接觸過，但她卻明白，內侍，尤其是像喜樂這種貼身伺候的內侍，其一舉一動都代表了主子的態度。主子喜歡什麼他們就喜歡什麼，主子親近什麼人他們就親近什麼人……從喜樂的態度不難推斷出來，福郡王顯然更重視、更親近丁敏瑜，而不是他的侍妾秦嫣然。

至於喜樂當著眾人呈上的、據說是郡王妃給敏瑜準備的禮單，薛夫人也都懷疑那些禮物實際上是郡王爺準備的，不過是為杜悠悠之口，假借了郡王妃的名義。若她的猜測錯誤，那些禮物真是郡王妃所準備，也只說明福郡王夫妻都很重視、親近敏瑜，同時也意味著與敏瑜互不相容的秦嫣然日子會更難過！

因為這些猜測懷疑，薛夫人沒有主動與秦嫣然交好——與敏瑜交手，她連連失利，始終處在下風不說，還蝕了不少。那一樁樁、一件件的事情，讓薛夫人清楚地知道，自己真不是丁敏瑜的對手，她能撐到現在，更多還是因為丁敏瑜並不想用迅雷之勢將自己斬落，這也代表了她肯定另有考量。

她若與秦嫣然結盟，極有可能改變丁敏瑜對她的態度——如果秦嫣然是個強而有力的盟友，她自然不懼丁敏瑜可能發生的轉變，但萬一呢？孫家兄弟已經讓她感受到了豬般隊友的殺傷力，她可不希望再找個禍害自己的豬隊友。

能夠製出琉璃、提煉出香水、蒸餾出高濃度的酒，秦嫣然的智商毋庸置疑——能做出這些事情，若非開了外掛，便是本身就很專業，若是後者，那秦嫣然顯然是專業人士，智商肯定高。但從秦嫣然出現之後的表現，以及其與丁敏瑜的交鋒來看，她的情商有待商榷。高智商，低情商，完全就是豬隊友一個啊！

吃虧吃多了，薛夫人也謹慎多了，所以她毫不猶豫地拒絕了楊勇、趙姨娘——楊勇是個有勇無謀的莽夫，趙姨娘是個成事不足敗事有餘的潑婦，與他們聯手是給自己找麻煩，結果證明她是對的。

要不要與秦嫣然結盟，她在猶豫，也在觀望。秦嫣然開門見山的話反倒讓她很為難，她遲疑了一會兒，笑道：「秦姑娘這又是何必呢？妳和楊夫人是打小一起長大的表姊妹，就算有什麼矛盾也不至於——」

「薛夫人，我將妳當成了自己人才這般坦然，妳也不要說些虛話來敷衍我。我相信和我一樣，妳也恨不得她從來就沒有出現過！」秦嫣然不客氣地打斷了薛夫人假模假樣的規勸，道：「是聯手對付她還是各自為戰，薛夫人可要想清楚了。」

「秦姑娘，冤家宜解不宜結……」秦嫣然越是這般咄咄逼人，薛夫人就越是猶豫。

「冤家宜解不宜結？難不成薛夫人還想著與丁敏瑜和解，來一個皆大歡喜的大結局嗎？」秦嫣然冷笑起來，道：「我勸妳，還是打消了那個不切實際的念頭，丁敏瑜是不可能放過妳的！」

「秦姑娘這話真讓人費解，我和楊夫人雖有矛盾分歧，可也沒到妳死我活的境地吧?!」薛夫人也惱了。

「薛夫人可還記得，我曾提過丁敏瑜的庶妹敏柔，她被丁敏瑜害死了！」秦嫣然看著薛夫人，一字一頓地道：「和妳我一樣，敏柔也不屬於這個世界，而她也因此慘死。丁敏瑜不止一次地說我是『妖孽』，更不止一次地想要『降妖除魔』……薛夫人，妳說丁敏瑜是否已經知道妳其實也是個『妖孽』了呢？」

秦嫣然的話讓薛夫人渾身冰冷，更讓她感到了前所未有的危機。

秦嫣然略帶得意地看著面無血色的她，揚眉問道：「薛夫人，妳還是好好地考慮考慮吧！」

「妳我聯手就能奈何她了嗎？」薛夫人覺得秦嫣然的神色格外的刺眼，她潑冷水道：「楊夫人的手段秦姑娘想必也領教過不少，應該比我更清楚她的厲害。」

「再厲害的人也一樣有軟肋！」秦嫣然冷笑一聲。

「哦？秦姑娘已經有了好對策？」薛夫人挑眉，話雖這麼說，實際上她卻一點都不相信秦嫣然能有什麼好主意。

薛夫人並沒有掩飾自己的懷疑，秦嫣然自然看得清楚，她心裡著惱，臉上卻還是帶著微笑地道：「我與丁敏瑜姊妹多年，很清楚她的為人和脾性，也知道她的弱點所在，只可惜我自己一人勢單力薄……當然，現在有了薛夫人這麼一個強而有力的盟友，也就不用擔心自己孤掌難鳴了。」

「聽起來，秦姑娘的好計謀需要我才使得出來。」薛夫人臉上帶了嘲諷，心裡卻微微一沈，冷笑道：「到底是什麼妙計，還請姑娘賜教。」

「讓丁敏瑜再也騰不出時間、精力與妳我作對，等她自顧不暇的時候，就是我們反擊的良機了！」秦嫣然心中早有算計，她看著薛夫人道：「不過，正如薛夫人所言，這件事情還真需要薛夫人才能做成。」

讓丁敏瑜自顧不暇？薛夫人微一沈吟，便猜到了秦嫣然想的是什麼招數了，她直接道：「我道秦姑娘有什麼妙計，原來是這麼個算計。不瞞妳說，我也想過相同的招數，可到最後卻是搬起石頭砸了自己的腳。想讓楊大人納妾已是難事，就算成了，也未必就能給楊夫人造成困擾。區區一個妾室，能給楊夫人造成多大的困擾呢？」

「只要運作好了，足以讓她永無翻身之地！」秦嫣然說著自己都沒把握的話，她想用這樣的手段最要緊的還是想噁心敏瑜，她看著薛夫人，道：「讓楊瑜霖納妾沒有問題，只是人選……這個就需要薛夫人割愛了。」

「什麼意思？」薛夫人立刻有了不好的預感。

「薛夫人的愛女薛姑娘長得嬌俏可人，琴棋書畫皆有涉獵，更難得的請了教養嬤嬤……」秦嫣然誇讚了一番之後，看著臉色陰沈的薛夫人道：「以薛姑娘出身、相貌和才華，她進了楊家，丁敏瑜不犯愁都不可能！」

秦嫣然並沒有見過薛雪玲，有關於她的一切都是聽何夫人說的，當然，何夫人不只說了薛立嗣夫妻在薛雪玲身上花的心血，還說了薛夫人想要嫁女卻愁嫁的窘況。秦嫣然靈光一閃，覺得將薛雪玲塞給楊瑜霖是個不錯的選擇，她甚至都已經想好了怎麼把薛雪玲塞給楊瑜霖。

「秦姑娘，妳不覺得太過分了嗎？」薛夫人勃然大怒，沒想到秦嫣然居然打的是女兒的主意，她冷著臉道：「我女兒是絕對不會給人當妾的！」

「我知道薛夫人心疼女兒，這也是人之常情，薛夫人放心，等……」薛夫人的反應秦嫣然一點都不意外，薛夫人要是不生氣那才奇怪呢！

「秦姑娘什麼都不用說了！這些話我當沒有聽過，也當秦姑娘今日沒有來過。」沒等秦嫣然把話說完，薛夫人便打斷了她，更毫不客氣地下逐客令，道：「秦姑娘請吧！」

秦嫣然的臉色一沈，直接道：「薛夫人，連話都不想聽我說完嗎？」

「無非是說些什麼只要我點頭，玲兒就算受些委屈也只是暫時，等以後秦姑娘有了大造化之後會給她撐腰，就算扶正也未必不可能……」薛夫人冷笑，不認為有什麼好聽的，道：「秦姑娘，妳還是省省吧，妳有那個本事、那個能耐，還是考慮考慮自己吧！」

「薛夫人就不擔心丁敏瑜了嗎？」秦嫣然又威脅道。

「就算楊夫人知道我的身分，就算她已經鐵了心要置我於死地，我也不會讓自己的女兒給人當妾，毀了她一生。」薛夫人冷眼看著秦嫣然，道：「我知道秦姑娘無法理解，就像我無法理解秦姑娘為什麼非要給人當侍妾一樣！」

「妳……」秦嫣然被薛夫人的話氣得冒火，她委身福郡王為妾也是情勢所逼啊！她氣惱地道：「既然薛夫人捨不得，那也沒有什麼好說的了，希望妳不要後悔！」

「這個秦姑娘盡可放心。」薛夫人冷笑，她這世上只有兩個親人，為了薛立嗣她或許還不能做到犧牲一切，但為了女兒她卻可以。

薛夫人的話說到了這個分上，秦嫣然再說什麼都無用了，她只能悻悻地離開薛家，上了馬車之後，對身邊的人道：「我想見薛姑娘，盡快！」

第九十七章

刺史府燈火通明，絲竹之聲響徹。福郡王明日一早便要回京，齊大人自然要設宴為他踐行，與接風宴不一樣的是，這一次宴會男女賓客並沒有分開，當然，也正因為這樣，能坐到正廳裡的人便少了很多。

酒過三巡，坐在福郡王身邊的秦嫣然帶著笑，朝著敏瑜舉杯。「表妹，明日一別不知道何日才能再見，我這當姊姊的敬妳一杯。」

敏瑜抬頭看了秦嫣然一眼便將視線移到福郡王身上，眉毛微微一挑，沒有說話，但福郡王卻立刻明白了她的意思，輕斥道：「哪裡輪得到妳給敏……楊夫人敬酒了？」

秦嫣然牙都要咬碎了，自己連敬她一杯酒的資格都沒有了嗎？不等她再有什麼反應，福郡王便好脾氣地對敏瑜道：「楊夫人，妳也別太認真了，這不是不在京城嗎？規矩鬆散一些也無傷大雅。」

「王爺此言差矣。」敏瑜滿臉微笑，眼神卻冷冷的。「規矩就是規矩，與在什麼地方沒有關係。如果娘娘知道我到了肅州，就把打小學的規矩丟到了一邊，還不知道會氣成什麼樣子呢？」

敏瑜認真或者生氣的時候，福郡王的習慣是退讓和認錯，這一次也不例外，立刻賠著笑臉道：「好、好，是我錯了，妳別生氣就是！」賠完笑臉，又笑著打圓場。「我們不說這個，看歌舞、看歌舞！」

楊瑜霖在一旁很是無言，敏瑜當初對他說過她與福郡王之間青梅竹馬的情意，他那時認定敏瑜對福郡王沒有男女之情，而是將福郡王當成了兄長一般，現在他覺得自己錯了——敏瑜壓根兒就把福郡王當成了弟弟，還是個長不大、可以教訓的弟弟。

而一旁豎著耳朵聽這邊動靜的人，心裡都各有思量，尤其是這些日子和秦嫣然走得很近、從她那裡得了不少好處的何夫人馬氏更是心思百轉，想到自己配合秦嫣然安排的戲碼馬上就要開始，更有些坐不住了。

不過，不等她做什麼，場中原本悠揚的曲風驟然一變，變成帶了幾分肅殺風格的曲調，廳中的舞娘退下，一身霓裳的蒙面女子隨著曲子舞動手中的寶劍，頗有幾分英姿颯爽。

看著蒙面女子輕盈優雅卻不失英氣的劍舞，男人們眼中都帶了幾分欣賞，而女人們的表情則多變一些，有欣賞、有嫉妒、有懊惱……不約而同的都在猜測，這是不是變相的向福郡王獻美人？

知道內情的秦嫣然眼中滿是得意，何夫人馬氏坐立不安，敏瑜則玩味地向薛夫人看過去，只見她難以置信的神情與滿眼的怒火，她身邊的薛立嗣臉色更是鐵青一片……

一曲方罷，秦嫣然便十分捧場地鼓起掌來，笑著道：「真是精彩！王爺，您說可是？」

如果沒有敏瑜之前刻意掃秦嫣然面子的事情，福郡王或許也會隨口附和兩聲，但這次卻只是點點頭，嗯了一聲。

福郡王的敷衍讓秦嫣然心裡暗恨，卻還是笑盈盈地道：「既然王爺也說不錯，那是不是該好好的賞賜呢？」

沒等福郡王點頭，一旁的薛立嗣便臉色鐵青地道：「王爺，小女不懂事，只求王爺看在她年幼無知的分上，不追究她莽撞便已是萬幸，至於賞賜，萬萬不敢接受。」

「小女？」福郡王語調微微上揚，看看那成為焦點的蒙面女子，沒有多說。

「確實是薛姑娘！這場精彩的劍舞也是薛姑娘毛遂自薦，何夫人才特意安排的。」秦嫣然笑盈盈地道。「薛姑娘可是肅州最負盛名的才女，琴棋書畫精通，劍舞也堪稱一絕，今日獻藝，一來是一展才華，二來也想藉此好機會，求王爺一個恩典。」

「哦？」福郡王拖長了音，眼角的餘光卻不由自主地瞟了敏瑜一眼，她臉上看不出什麼，眼中卻興味盎然，他心裡微微一鬆，順著秦嫣然的話問道：「什麼恩典？」

原來她是想借郡王爺之勢讓楊瑜霖納妾！薛夫人心裡立刻明白秦嫣然想做什麼，如果場中的不是自己的女兒，她定然會在一旁看熱鬧，但現在……她勉強笑了笑，道：「秦姑娘這話從何說起？小女想要什麼，我夫妻倆自會為她謀劃，何至於求到王爺跟前？」

秦嫣然起意要讓女兒委身楊瑜霖為妾之事，薛立嗣也聽薛夫人說過，他心頭恚怒，表情僵硬地道：「王爺，小女這般胡鬧，都是愚夫婦教導不嚴。夫人，妳還不把她帶回去好生管教！」

「是！」薛夫人也顧不上是否失禮了，應了一聲便起身就往薛雪玲走去，不管秦嫣然打什麼主意，當務之急是將女兒帶走，至於她今日之舉造成的不良影響，薛夫人無暇考慮。

「薛夫人急什麼呢？」好不容易走到這一步，秦嫣然又怎能讓薛夫人輕鬆地將薛雪玲帶走？她嬌笑一聲，道：「何不聽聽薛姑娘的說法呢？」

「玲兒，跟娘回去！」薛夫人伸手去拉女兒的手，臉色是前所未有的嚴肅，她知道如果沒有女兒的配合，是絕不會有這一齣的。

「娘——」看父母的神色，薛雪玲就知道他們定然大為光火，如果是平日，她定然會乖乖巧巧地跟著薛夫人退下，但這一次，她不能再聽母親的。

「走！」薛夫人心沈到谷底，莫名的，她想到了前幾個月她為女兒張羅親事卻四處碰壁時女兒的毫不在意，那時她以為女兒年紀小，情竇未開，但現在卻忍不住地胡思亂想起來——莫不是女兒喜歡上了楊瑜霖，所以才對親事那般不在意嗎？

「娘！」薛雪玲這一聲叫喚中滿滿的都是哀求，她的雙腳死死地黏在地上，不肯挪動半點。

「薛夫人，都到了這一步，為什麼不聽聽薛姑娘的心裡話呢？」秦嫣然眉眼之間全是得意。

在薛夫人那裡碰壁的次日，秦嫣然便與薛雪玲見了面。她才起了一個頭，薛雪玲便順著她的意思點頭應允，還說她對楊瑜霖仰慕已久，之前是因為女兒家的矜持不好意思向他表露，好不容易下定決心表白，楊瑜霖卻又娶了妻，還說只要能夠陪伴在楊瑜霖身邊，她並不在乎是為妾還是為婢……

秦嫣然準備好的滿腹說辭都沒有派上用場，便與薛雪玲達成了協定——她安排薛雪玲在人前展示才藝，而後薛雪玲當眾表達對楊瑜霖的愛慕之情，她再利用福郡王的權勢強逼楊瑜霖納薛雪玲為妾……現在，到了驗收成果的時候，她怎麼會讓薛夫人輕易地將薛雪玲帶走呢？

「秦姑娘，我的女兒我會管教，還請秦姑娘不要插手！」薛夫人神色冷冽地回了一聲，而後使勁地拉著女兒的手，沒有半點商量餘地的道：「玲兒，走！」

「不！」薛雪玲知道今日是她唯一的機會，錯過了今生再不會有的機會，她用力地掙脫薛夫人的手，哀求道：「娘，就讓女兒任性一次吧！」

「妳還沒有任性夠嗎？」薛夫人抓住女兒掙脫的手，道：「今天容不得妳再任性，跟我回家！」

「薛夫人，妳這又是何必呢？」秦嫣然輕輕的搖頭，一臉惋惜地道：「我知道夫人斷然捨不得嬌養的女兒與人做妾，只是女兒大了，心思也大了，妳管得了一時管不了一世啊！」

秦嫣然的話引起譁然一片，薛夫人更被她這話氣得肺都要炸了，她死死地盯著秦嫣然，彷彿有不共戴天的仇恨一般。

薛立嗣不客氣地道：「秦姑娘，話可不能亂說！」

「我可沒有亂說。」秦嫣然眉毛輕輕一挑，她忌憚敏瑜，但對旁人卻沒有什麼忌憚，她微笑道：「如若不信，何不聽薛姑娘說說自己的肺腑之言呢？」

「秦姑娘！」薛夫人忍著滿腔的怒火，看著秦嫣然，道：「我知道我得罪了秦姑娘，如若姑娘心中有氣，我願向姑娘負荊請罪，還請姑娘不要遷怒到小女身上。她尚年幼，若名聲有瑕，以後怎麼嫁人？」

「薛夫人，妳還沒有看清楚現實嗎？」秦嫣然也知道逼急了薛夫人，說不準會將大家都是穿越女的事情說出來拚個魚死網破，如果她沒有從敏柔那裡得知敏瑜極有可能已經猜到她是「換了芯」的「妖孽」，她還不敢冒這個險，但是現在……她在短短一年之內搗鼓出香水、琉璃和烈酒，又何嘗沒有這個原因，既然隨時有可能被人揭破身分，那最重要的不是掩飾，而是給自己增加籌碼——即便福郡王知道自己是穿越女，卻也捨不得將自己捨棄的籌碼。

薛夫人微微一滯，她一愣神的瞬間，薛雪玲又一次掙脫她的手，而後俐落地跪到了福郡王面前，她的舉動讓薛立嗣和薛夫人都痛苦地閉上了眼，不忍再看。

秦嫣然笑了起來，聲音輕柔地道：「薛姑娘，有什麼願望直言便是，王爺素來仁厚，定然會極力成全姑娘，無須行如此大禮。」

「薛姑娘有什麼事請說吧，本王聽著。」福郡王配合地出了聲，到了這會兒，他不可能還看不出秦嫣然想借他來算計敏瑜，只是……他眼角的餘光瞟了一眼滿眼興味盎然的敏瑜，他真不相信秦嫣然這般拙劣的手段能算計到她。

「小女子仰慕王爺，求王爺帶小女子回京！」薛雪玲抬起頭，滿眼愛慕地看著福郡王，清脆的聲音傳到正廳裡每一個人的耳中。「小女子自知蒲柳之姿，不求在王爺身邊有一席之地，只求能伴隨王爺左右，為奴為婢無悔無怨！」

她說什麼？她仰慕的不是楊瑜霖嗎？怎麼忽然……秦嫣然簡直不敢相信自己的耳朵，她瞪著滿眼愛慕和嬌羞的薛雪玲，好一會兒，才僵硬地將視線移到敏瑜的臉上，看到的是滿臉的嘲弄之色……

「玲兒……」薛夫人腦子嗡嗡作響，她從未想過女兒會有這樣的心思，更沒想過她居然會當著這麼多的人說出來，她上前拽起薛雪玲，將她拉到自己身後，而後頗有些控制不住自己情緒地道：「王爺，小女年幼無知又受人蠱惑，才信口胡說，還請王爺不要放在心上！」

「娘，我沒胡說！」薛雪玲知道自己的言行舉止定然讓父母暴怒失望，但比起自己的願望就要實現，父母的情緒就顯得微不足道了，她不顧一切地再一次掙脫薛夫人的手，撲到福郡王跟前。「王爺，小女子對王爺的一番心意日月可鑑，嗚嗚——」

薛夫人上前死死地捂住薛雪玲的嘴，不讓她再胡說下去，薛雪玲心一橫，用力一咬，薛夫人吃痛鬆手，她滿心悲涼，心頭的千言萬語化作一句。「玲兒，妳太讓娘失望了！」

看著薛夫人鮮血淋漓的手，薛雪玲也後悔自己下口太狠，但薛夫人的話她卻不認可，一直以來她都以為薛夫人竭盡全力地培養她，讓她學琴棋書畫、學歌舞、學規矩，為的就是讓她飛上枝頭，薛夫人對她的舉動感到失望，而她何嘗不是這樣呢？

好吧！福郡王到了肅州之後，母親不但沒有製造機會，讓她在福郡王跟前露面，反而約束著她、不讓她隨意出門的時候，她已經隱隱地覺察到了自己對母親的誤解，可要讓她放棄為之努力了多年的目標，她做不到。所以，明知道母親和秦嫣然已經鬧翻，她還是去見了秦嫣然，瞞著母親，聽從秦嫣然的安排出現在這裡……現在，好不容易到了這一步，她萬萬不能因一時心軟便聽從母親而功虧一簣！

想到這裡，薛雪玲狠下心來，對薛夫人道：「娘，女兒心意已決，還請娘不要再阻撓！」說完，她將面紗取下，滿是期望地看著福郡王，情意綿綿地道：「還請王爺垂憐！」

秦嫣然眼睛噴火地看著薛雪玲，她恍悟過來了，自己這是借刀不成卻被人當了梯子！難怪薛夫人想都不想就否決了自己的建議，原來有更高的目標啊！至於薛夫人和薛立嗣努力阻止薛雪玲的舉動，也被她當成了演戲，她冷笑一聲，道：「薛姑娘，可不是什麼阿貓阿狗都有資格對王爺說這種話的！」

秦嫣然的冷嘲熱諷讓薛雪玲臉上浮現委屈之色，略帶幾分可憐地道：「秦姑娘，雪玲知道之前欺騙了您，讓您心裡不痛快了，可是，若雪玲如實相告，您能讓雪玲在王爺跟前露面嗎？」

秦嫣然氣極，一直看熱鬧的敏瑜則在這時候涼涼地說道——

「不知道薛姑娘之前怎麼欺騙了秦姑娘，才讓秦姑娘大費周折地安排薛姑娘表演劍舞，更不遺餘力地幫著薛姑娘與郡王爺搭上話呢？」

秦嫣然啞了，薛雪玲卻垂下頭，低聲道：「秦姑娘讓雪玲當眾對楊將軍表達愛慕之情，還說只要雪玲依照她的意思說了，她便能讓雪玲進楊家……只是雪玲心中仰慕的只有王爺，只能辜負秦姑娘的苦心安排了。」

話說到這個地步，眾人都明白怎麼回事了，心裡暗笑秦嫣然自作孽的有之，驚詫薛雪玲順勢而為的心機有之，而敏瑜則玩味地看著薛雪玲，以前還真沒看出來她有這份心機啊！

「原來是這樣啊！」福郡王早已猜到秦嫣然想利用眼前的女子算計敏瑜，但被人說開之後，仍然很惱怒，他冷冷地看著秦嫣然，道：「離京之前妳是怎麼說的？」

秦嫣然無言以對。福郡王此行原本不願帶上她，是她說她與敏瑜以前誤會重重，想要和敏瑜見見面，澄清之前的誤會，福郡王才鬆口帶她同行的。

薛雪玲心中暗喜，抓緊機會道：「小女子也知道，藉此機會在王爺跟前露面、向王爺吐露心聲，會讓秦姑娘著惱，小女子應該拒絕秦姑娘，另尋機會面見王爺才對。只是楊將軍英勇無雙，楊夫人聰慧美麗，原是天造地設、人人羨慕稱讚的一對，小女子若是拒絕，秦姑娘定會另尋他人橫加進去……小女子思索再三，才順水推舟，依從秦姑娘的安排。這樣一來，既能全了小女子的心願，見到王爺，又能阻止秦姑娘對楊夫人的算計。」

還真是巧舌如簧啊！秦嫣然敢肯定，這番話是薛雪玲臨時想出來的，自己真是瞎了眼找上她！

如果是一年之前，薛雪玲的這番話還能騙騙福郡王，但是現在……離宮開府之後，他面對的誘惑多了，經歷的事情也多了，又怎麼可能相信薛雪玲的說辭？他笑笑，道：「薛姑娘還真是用心良苦啊！楊夫人，妳說本王是不是該看在這良苦用心上，收了她呢？」

福郡王這句話立刻將敏瑜頂上了風口浪尖，所有人都將目光移到了敏瑜身上，薛夫人更帶了三分哀求地叫了一聲：「楊夫人——」

敏瑜心裡翻了個白眼，收不收薛雪玲與她何干，這不是給她找麻煩嗎？只是，薛夫人從未有過的示弱讓她心底惻然，她暗嘆一聲，淡笑道：「郡王爺問錯人了，您應該先問問薛大人和薛夫人是否捨得割愛？他們膝下僅有這麼一個女兒，說是命根子也不為過。」

敏瑜這話讓薛夫人心裡一鬆，滿心感激地看她一眼，不等福郡王再問，便直接道：「王爺，愚夫婦僅有這麼一個女兒，捨不得讓她遠嫁。」

「娘——」薛雪玲哀求地看著母親，對她來說這是盼了多年的機遇，錯過了定然懊悔終生。

薛夫人並未因為女兒的哀求而心軟，她還沒來得及思索女兒今日之舉背後的原因，但她卻清楚的知道，真為了女兒好，這個時候就不能心軟。她用力且堅定地拉起女兒，勉強笑笑，連座位都沒回，便拉著薛雪玲離開。

薛雪玲滿心不甘，但她也明白，就算掙扎著留下來，也不過平添笑料，她可憐兮兮地看著福郡王，得不到任何回應之後，狠狠地瞪了敏瑜一眼，才被薛夫人拉走。

看來又多了個恨自己的人！敏瑜暗自搖頭，知道薛雪玲定然認為自己壞了她的好事，不期然地，她想起張夫人曾經說過的，肅州很多人都以為薛立嗣夫妻費那般心思教養女兒，為的是讓女兒參加采選、博取富貴，看來不只旁人那般想，薛雪玲也是這個心思。

鬧出這麼一齣之後，所有的人都有些意興闌珊，沒多大的一會兒，宴會便散了，而敏瑜在回程的路上，卻被秦嫣然的馬車擋了路。

秦嫣然掀開簾子，笑盈盈地道：「表妹可方便借一步說話？」

「我和妳還有什麼好說的嗎？」敏瑜輕輕挑眉，與旁人，她或許還會虛與委蛇，但秦嫣然……還是算了吧！

秦嫣然恨得咬牙，她也不認為自己和敏瑜還有什麼好說的，但她卻不得不來這一趟，她忍著滿腹的恨意，道：「我知道表妹心裡定然惱了我，我在這裡向表妹賠不是了！表妹，妳我終究是一起長大的姊妹，能有多大冤仇，妳說可是？」

「我們是沒有多大的冤仇，但是……這麼說吧，與薛夫人我能握手言和，但與秦姑娘……妳我注定無法和解，這一點秦姑娘也該心知肚明。」敏瑜輕輕搖頭，微笑道：「我不想自欺欺人，秦姑娘也不用做給旁人看了。」

秦嫣然知道，敏瑜看出來她是被福郡王逼著來的了，她也冷了臉，道：「這麼說來，表妹是連面子上的情分都不願意維持了？表妹，不是我危言聳聽，如果大家真的撕破了臉，吃虧倒楣的是誰還未可知。」

「我知道秦姑娘手段多，但又如何？」敏瑜渾不在意地反問一聲，秦嫣然不說，她也知道秦嫣然定然還有很多沒有顯露的本事和手段，只是那又如何？別說大家遠隔千里，就算同在一處，她也不懼。她微微一笑，道：「我記得秦姑娘當初也曾為荷姨娘出謀劃策，給她出了不少點子，讓她爭寵，可結果呢？秦姑娘的手段讓妳成為郡王爺的寵妾不難，但即便是郡王爺的寵妾又如何？一個妾，與我平起平坐的資格都沒有，又能奈我何？我又何懼與妳交惡呢？」

敏瑜的話算是說中了秦嫣然的傷疤，她瞪著敏瑜，道：「表妹別忘了，郡王爺天潢貴胄，將來說不定……到了那個時候，表妹想後悔可就來不及了。」

是她胡說還是郡王爺起了意？敏瑜被秦嫣然話裡的意思嚇了一跳，但很快便冷靜下來，福郡王就算有了大志向贏面也不大，慶郡王的地位可不是他能夠撼動的。

她微微一笑，道：「秦姑娘憑什麼認為只要到了那麼一天，妳就能作威作福？憑那些奇技淫巧嗎？」

「是！」秦嫣然也不是不知道有人非議自己，說製香水、造琉璃都非正業，但被敏瑜當面這麼說還是把她給氣壞了，她惡狠狠地瞪著敏瑜，道：「我還會更多的奇技淫巧，總有一天我會讓妳知道，那些妳看不上眼的奇技淫巧到底有怎樣的威力！」

第九十八章

「砰！」

一個大花瓶從天而降，落在城門口的青石板上，四濺的碎片、清脆的聲音，打破了清晨的寧靜，也成功地讓正準備走出城門的車隊停了下來。

身手敏捷的護衛將車隊團團護住的同時也將視線移至了城頭之上，想看看到底是什麼人吃了熊心豹子膽——

城頭上只有一個身著白衣的纖弱身影，她站在城牆之上，臉上帶著一抹奇異的笑。

「薛姑娘，妳在那裡做什麼？還不快些下來！」最早認出並叫破女子身分的是送福郡王一行出城的齊大人，他不知道薛雪玲又想鬧什麼，一邊上前與她說話，一邊則打了個手勢，一個極機靈的隨從不用他吩咐，便動作迅速地離開，往薛家報信去了。

「我有話要對王爺說，還請王爺上前來！」薛雪玲大聲叫道，她的聲音不僅傳到了齊大人耳中，坐在馬車裡的福郡王和秦嫣然也聽到了。

「薛姑娘，王爺豈是妳想見就能見的？別胡鬧，快點下來！」齊大人心中叫苦，想起了昨晚的鬧劇，這薛家丫頭不會是想在這裡來一齣委身為妾的鬧劇吧？她腦子進水了不成？

「王爺，小女子知道您在車裡，也知道您能聽見小女子說話！」齊大人的話薛雪玲自然聽不進去，她乾脆撇開齊大人，將聲音放到最大，高聲道：「小女子對王爺的愛慕之心日月可鑑，還請王爺憐惜，帶小女子回京。」

薛雪玲的聲音很大，城門裡外都聽得清清楚楚，聽者都忍不住地發出驚嘆聲，視線在城門上的薛雪玲和車隊之間來回移動，更有不少人小聲議論著……

齊大人滿嘴膽汁一般，他苦笑著道：「薛姑娘，這玩笑過了，妳還是快點下來吧！」

薛雪玲輕蔑地瞟了齊大人一眼，都這樣了他還想著粉飾太平嗎？真是個蠢貨！她高聲道：「王爺！小女子知道，王爺對小女子所言定然存疑，如果王爺不相信小女子的話，小女子願從這裡跳下，以死明志！」

薛雪玲的這番話又引起一陣譁然，坐在馬車中、原本不想露面的福郡王也坐不住了，他臉色鐵青地下了馬車，看著那在秋風中更顯得纖弱的身影，冷哼一聲，對已經大汗淋漓的齊大人道：「齊大人，這算什麼？威脅本王嗎？」

「王爺請息怒！王爺請息怒！」齊大人心裡叫苦連天，恨死了薛雪玲，也恨死了養女不教的薛立嗣夫妻，他苦笑著道：「下官已經讓人去請薛大人夫妻，他們很快就會過來解決此事，絕不會耽擱王爺的行程。」

站在城頭上的薛雪玲看到了福郡王，她的眼睛一亮，整張臉都浮起一層瑩瑩的光芒，她高聲道：「王爺，小女子也知道今日之舉會給王爺帶來煩擾，只是除此之外，小女子實在是找不到更好的辦法了，還求王爺看在小女子對王爺一腔深情的分上，憐惜一二……」

一腔深情？有這般以死相逼的深情嗎？福郡王臉色越來越冷，踐行宴上他對薛雪玲尚有幾分憐惜，若非薛夫人堅決反對，他也不介意收下她，將她帶回京城去，福郡王府中有名分、沒名分的妾室不在少數，多她一個也無所謂。但是現在，就算薛立嗣夫妻跪下求他，他也絕不會收下薛雪玲。他冷冷地對齊大人道：「讓她跳下來吧！」

「王爺請息怒！王爺請息怒！」齊大人都不知道該說什麼了，要多蠢才能說出這麼一番話來啊！她以為她逼著郡王爺帶她回京就萬事大吉了嗎？真是天真！

一陣疾馳的馬蹄聲讓齊大人如同看到曙光一樣大鬆一口氣，他甚至失態地丟下福郡王迎了上去，高聲道：「薛大人，你們總算來了，快點勸勸令嫒吧！」

薛立嗣飛身下馬，落地後扶薛夫人下來，薛夫人腳一著地便奔上前，朝著女兒高聲道：「玲兒，不許胡鬧，快點下來！」

「我沒有胡鬧！」薛雪玲眼中帶著憤怒，昨晚她被薛夫人帶回去之後，不但被叨唸責罵了很長時間，還被人看管起來，若非嬤嬤幫忙和出謀劃策，她現在還被關在房裡呢！她看著薛夫人，眼中帶了一絲瘋狂。「娘，您什麼都不用說了！今日，要麼讓王爺帶我離開，要麼我就從這裡跳下去，血濺當場！爹、娘，如果您們還心疼女兒，就幫女兒求求王爺吧！」

「玲兒，下來，別鬧了！」薛夫人看著女兒，這一刻，她竟覺得女兒是那麼的陌生，她這些年忙著開鋪子做生意，忙著為丈夫積累人脈，忙著建立好名聲，對女兒卻疏忽了很多。她溫聲道：「玲兒，妳要相信娘都是為了妳好，聽話，乖乖下來，娘不會生妳的氣的。」

「王爺不答應帶我走的話，我就不下來！」薛雪玲拒絕。經過昨夜，她算明白了，父母原來壓根兒就沒有想過為她的未來好生謀劃一番，她從小勤學苦練的一切緣於母親藝多不壓身的想法，而不是為高嫁或進宮做準備。這樣的落差讓她實在是無法接受，她怎能聽父母的安排，嫁個販夫走卒之流，沒沒無名地過一輩子呢？

「玲兒，別任性！」薛夫人耐心十足地勸著女兒，道：「妳的終身大事爹娘會好生為妳謀劃，一定不會讓妳受委屈的。」

「依從我自己的心願，才不會讓我受委屈！」薛雪玲看著薛夫人，道：「娘，我知道您擔心什麼，您放心好了，女兒這麼多年學了那麼多的東西，跟著王爺去了京城，也能過得很好的……」

「玲兒，妳怎麼就不明白呢？」薛夫人真覺得不知道該怎麼和女兒解釋，原以為為女兒請最好的先生、最好的教養嬤嬤，盡可能地讓她多學些才藝便是對她好，哪知道這一切不但沒有將女兒教養成色色出眾的大家閨秀，反倒將她給教歪了。她輕輕搖頭，道：「爹娘從未想過讓妳用妳的一生去博什麼大富貴，也沒有指望過妳有什麼大造化，爹娘只希望妳能安安樂樂地過一生。」

「不是我不明白，而是您不明白！娘，女兒已經別無選擇了！」薛雪玲看著薛夫人，眼中帶了悽楚，道：「娘，如果您還疼愛女兒的話，就為女兒求求王爺，讓王爺帶女兒走，讓王爺好生對女兒，要不然，您只能恕女兒不孝了！」

看著執迷不悟的女兒，薛夫人搖了搖頭，很堅定地道：「玲兒，娘就妳這麼一個寶貝女兒，妳是娘的命根子，但娘卻不能什麼都依著妳胡鬧！玲兒，只要娘還有一口氣，就絕對不會讓妳走上歧路。」

「娘是要讓女兒去死了？」薛雪玲真沒想到都到了這一步，母親還不改初衷，她微微上前了半步，衣裙在微風中搖曳，看上去搖搖欲墜，卻也帶了別樣的美麗。

「玲兒，妳先下來，有什麼話我們慢慢再談！」薛立嗣原就是個心疼妻女的，見女兒這樣，心都到了嗓子眼，他甚至有些動搖了。

「只要娘答應我，我就下來！」薛雪玲咬緊牙關不鬆口，在這上面站了這麼大的一會兒，她其實也有些撐不住了，眩暈的感覺更是一陣一陣襲來，卻還是堅持要母親答應——在她記憶中，母親只要答應了她的事情，就沒有食言過，但父親卻沒有這麼好的信用。

薛夫人咬牙，薛立嗣看著同樣倔強的母女，帶了幾分哀求地叫道：「阿蓉——」

「我……」薛夫人痛苦萬分。

「夫人不妨先答應吧！」聞訊趕過來的敏瑜微笑著上前，道：「薛姑娘年紀也不小了，去京城玩一圈，長長見識也是好事。」

她的意思是……薛夫人眼睛微微一亮，是啊，答應讓女兒去京城並不意味著就是答應讓她給福郡王做妾，更何況這也不是她答應就能成的事情。看福郡王那臉色，恐怕絕不會接納女兒進門。

想到這裡，她狠狠心，咬牙看著城頭上的薛雪玲，道：「玲兒，妳下來吧！娘答應妳便是！」

「娘答應了？」薛雪玲反倒有些不敢相信了，她看看母親，距離太遠，看不清母親臉上的表情，卻能看到站在母親身邊的敏瑜，她腦子飛快地轉了一下，道：「娘既然答應了，就幫女兒求求王爺，讓王爺帶女兒進京吧！」

薛夫人臉色僵住，福郡王臉色也難看起來。

敏瑜為薛雪玲的得寸進尺輕嘆一聲，卻不得不開口，道：「郡王爺，薛姑娘一介女子，孤身進京原不妥當，只能拜託您一路照顧了。」

敏瑜的話讓薛夫人心裡再一次升起了感激之情，而福郡王則沒好氣地瞪了敏瑜一眼，聲音不大不小地抱怨道：「妳真會給我找事情！」

他這是答應了嗎？薛夫人心頭一鬆，而後聽見福郡王高聲道：「妳再不快點下來，我可就不等妳了。」

福郡王的話讓薛雪玲心花怒放，用力一點頭，脆生生地答應了一聲，一旋身，便想從城頭上下去——

眼力最好的薛立嗣最先發現女兒踩到了自己的裙襬，沒等女兒搖搖欲墜的身子跌落，他便腳下發力，衝過去想要接住女兒。

慢了一拍的薛夫人，在看到女兒站立不穩，一個踉蹌跌落的時候才尖叫起來。「玲兒！」

只差一步，薛立嗣便能接到女兒，他眼睜睜地看著女兒跌落在自己跟前，他甚至看到了女兒臉上的表情從滿懷喜悅到驚懼萬分再到痛苦不堪，四濺的鮮血落在他身上、臉上，甚至眼中，他看到被鮮血染紅的世界和將世界染紅的女兒，他雙手顫抖地抱起血泊中的女兒，笨拙地用衣袖擦拭著從她嘴裡湧出的鮮血，撕心裂肺地叫著：「玲兒——」

薛夫人也撲到了女兒面前，小心翼翼地摟過女兒，瘋了般地大叫。「玲兒！玲兒！」

薛雪玲吃力地轉動著眼珠，掃過眼前的每一個人——父母的悲痛欲絕，福郡王略帶厭惡的惋惜，旁人的同情甚至興奮……她將視線收回，看著悲痛得不能自抑的母親，吃力地道：「娘……」

「玲兒，別說話！」薛夫人牢牢地抱著女兒，不敢用力，卻也捨不得放鬆，她帶著哭腔，瘋了似地叫：「大夫？大夫呢？」

「娘……」薛雪玲吃力地伸手，剛觸到薛夫人滿是眼淚的臉便頹然滑落，眸子裡最後映出的是薛夫人已然變形的臉，最後聽到的是薛夫人痛徹心腑的呼喚……

薛夫人表情麻木，僵硬地坐著，臉色晦暗，若非毫無光彩的眼睛偶爾會眨一下，實在讓人懷疑那是不是一個活人。薛雪玲嚥氣之後，她痛哭一場，便成了這副模樣。

薛立嗣還未從失去女兒的沈痛打擊中緩過神來，又為妻子的狀態而心焦，片刻不離地親自照顧陪伴妻子，連女兒的身後事都讓旁人去辦。

看著恍若活死人一般的薛夫人、心力交瘁的薛立嗣，福郡王心裡喟嘆一聲，卻只能勸慰地道：「事已至此，兩位節哀順變。」

薛立嗣擠出一個悲傷的笑，道：「養女不教，累及王爺，還請王爺海涵！」

儘管女兒的死讓薛立嗣感受到了剜心之痛，但是他並沒有糊塗到遷怒福郡王的地步，他知道，福郡王也是被無辜牽連的，女兒的死多少會影響福郡王的名聲。

「都是本王管教不嚴，侍妾秦氏惹是生非，導致了這場悲劇，說來還是本王的不是。」福郡王誠意十足地認錯，而後對身後的秦嫣然道：「妳還站著做什麼？」

迫不得已跟著福郡王過來弔唁的秦嫣然站了出來，滿心屈辱地朝著薛立嗣夫妻深深鞠躬，道：「薛大人、薛夫人，我真沒想到事情會變成這樣，還請兩位節哀順變。」

秦嫣然知道福郡王強令自己跟著過來，是要讓她向薛立嗣夫妻認錯，也知道這番不痛不癢的話薛立嗣夫妻不能接受，福郡王也會惱怒，但她卻還是這麼說了——她不能認錯，一旦認錯，她就該為薛雪玲的死負起至少一部分責任。她不能讓自己背上那樣的罪名，否則說不準將來某一天就會成為壓死自己的最後一根稻草。

秦嫣然敷衍的態度和推卸責任的言語讓薛立嗣憤怒了，他死死地看著秦嫣然，冷冷地道：「秦姑娘真有誠意啊！」

秦嫣然眼中閃過怒氣，眼角的餘光看到福郡王臉上升起的惱怒，不得已地乾咳一聲，但沒等她再說什麼緩和的話，一直以來都處於失魂狀態的薛夫人卻回神了，她僵硬地將臉轉向秦嫣然，一直黯淡無神的眼睛也找到了焦距，毫無起伏地道：「秦姑娘，現在妳滿意了吧？」

薛夫人的話讓福郡王瞪了秦嫣然一眼，那眼神中是秦嫣然全然陌生的威嚴，她情不自禁地嚥了一口口水，已到嘴邊的辯解吞了下去，滿心惶恐的同時也興奮起來……

說完這話之後，薛夫人不復之前的毫無生氣，她環視了四周一圈，看到敏瑜之後，步履不穩地走過去。

看著她遊魂一般的模樣，敏瑜也戚戚然，主動扶住她，道：「薛夫人，逝者已矣，生者如斯，妳要保重！」她看了看緊跟在薛夫人身後、眼中彷彿只有薛夫人的薛立嗣，又道：「妳看看薛大人，薛姑娘去了，只有妳與他相依為命了，就算為了彼此，你們也該努力振作起來啊！」

敏瑜的話讓薛夫人愣住，木然地轉頭去看丈夫，薛雪玲嚥氣之後，她便一直處於失魂落魄的狀態，外界的一切都被她隔絕了，若非敏瑜這番話，她都沒有留意到丈夫的變化。她愣愣地道：「你怎麼這樣了？」

「阿蓉，楊夫人說得對，玲兒已經沒了，只剩我們倆了，如果妳再有什麼的話，我真的沒有勇氣和理由獨活。」薛立嗣看著妻子，失去了女兒，再痛他也能堅強地活下去，但若是失去了妻子，他卻只能像個懦夫一樣跟著妻子去了。

薛夫人乾澀的眼眶中溢出了淚水，她伸手握住丈夫的手，放聲大哭起來，薛立嗣既心疼卻也微微有些放心，她能哭出來是件好事，他輕輕地拍著妻子的背，不讓她哭得閉過氣去。

薛雪玲出事這一天一夜，薛夫人不僅水米未進，也沒有合過眼，心情激盪之下，沒哭幾聲便暈厥過去……

薛立嗣大驚，趕緊檢查一番，確定她只是暈了過去，無甚大礙，卻也放心不下，一邊讓人去請大夫，一邊將她抱回房去，連前來弔唁的人也管不了了。

看著混亂一片的薛家，眾人紛紛告辭離開，福郡王也不例外。

出了薛家，上了馬車，他冷著臉對秦嫣然道：「回京之後，妳到佛堂去，為薛姑娘多抄寫幾本經書，她的死，妳難辭其咎！」

「是。」秦嫣然恭順地應了一聲。方才福郡王那難得一現的威嚴，讓她頭一次深刻的感受到了福郡王溫和陽光的皮相下也藏著霸氣的一面，這讓她怦然心動起來。

福郡王眼中閃過一絲疑惑，察覺到秦嫣然似乎不同了，他沈聲道：「妳無話可說了嗎？」

「王爺有命，嫣然自當遵從。」秦嫣然還是沒有說自己錯了，她輕笑道：「嫣然正好想到了一個好點子，抄寫經書之餘，也可以將它整理完善，不用多久，就能……」

福郡王不著痕跡地皺了一下眉，不耐煩地打斷了秦嫣然的話，道：「好了！那些以後再談！」他頓了頓，又道：「賺錢點子有一、兩個便已足矣，多了反而不美，妳有那麼多的時間、功夫，還是多看看書、學學為人處事的道理，不要鑽錢眼裡拔不出來。」

秦嫣然愣住，不期然地想起敏瑜那番輕蔑的話，難道福郡王這個獲益者心底也認為自己那些超時代的技術是奇技淫巧？她認真地看著福郡王，看到了他眼中的不耐煩和厭倦，她的心一緊，不經腦子的話衝口而出。「我想到的新點子是用來強兵、強軍、強國的。」

福郡王先一驚，再一喜，而一思索，最後意興闌珊地搖搖頭，道：「這話以後不用再說了！」

他這是不相信自己？福郡王的神態和言語，令秦嫣然將剛生出的一絲悔意拋到腦後，她不假思索地道：「王爺，我真的能做出能強軍強國的東西。那東西名為火藥，用它能製出射程遠、殺傷力極大的火銃，能製出足以將山梁夷為平地的炸藥，還能製出既能攻陷城池、也能守衛城樓的紅衣大炮……有了它，瓦剌、韃靼便如土雞瓦犬般不堪一擊！」

秦嫣然的話讓福郡王覺得自己的腦子不夠用了，他難以置信地看著秦嫣然，似乎這樣就能看穿她，能知道她所言是真是假，好一會兒之後，他搖搖頭，道：「世上哪可能有那樣的東西？就算有，也不是妳一個女子能做出來的。好了，這樣的大話以後不要再說了。」

「王爺，若是沒有，嫣然又怎能說出它的名稱來？」秦嫣然帶了幾分倔強，道：「短則三年，長則五年，嫣然一定能將這些東西都做出來，到時候王爺便知道嫣然所言句句屬實了。」

秦嫣然說得那麼肯定，容不得福郡王不信，他臉上閃過複雜的情緒，似乎有很多念頭在腦海中角力一般，秦嫣然看得出來他的掙扎，她覺得自己看懂了，語帶誘惑地道：「只要嫣然將火藥製出，王爺想要什麼，都將如探囊取物一般輕巧容易。」

「身分、地位、權勢我什麼都不缺，我還想要什麼？」福郡王用力地甩了甩頭，似乎想藉這個動作將腦子裡的某種奢念甩出去一般。

「王爺是皇子，有什麼不能要的？」秦嫣然甜甜一笑，道：「只不過，好東西人人都想要，王爺想要成為最後的勝利者，必須擁有旁人所沒有的強大武器才行。」

「那麼，到了那個時候，妳又想要什麼呢？」秦嫣然的話福郡王聽懂了，他深深地看著秦嫣然，眼神深邃不見底。

秦嫣然心頭振奮，笑得更甜了，道：「除了長伴君側之外，嫣然別無所求！」

好個長伴君側！好個別無所求！福郡王笑了，道：「回京之後，我會給妳找一個清靜的地方，妳著手去做吧！」

「是，王爺。」秦嫣然也笑了，有了那劃時代的強大武器，皇位定然唾手可得，等到論功行賞，自己這個大功臣也必居高位，到那個時候，丁敏瑜還敢小看自己，說自己不過是一個妾室嗎？想到敏瑜將會在她面前低頭，秦嫣然便渾身興奮，錯過了福郡王眼底的冷意……

「薛夫人，什麼叫做我準備怎樣處置妳？」敏瑜皺眉看著薛夫人，她的臉色依舊蒼白，眼睛卻灼灼有神，不復昨日的失魂落魄，然而說出口的話卻還是有些顛三倒四。

「和秦嫣然一樣，我也是妳眼中的妖孽，楊夫人要降妖除魔，連庶妹都容不得，何況是我？」薛夫人也不拐彎，直接道：「我自知不是楊夫人的對手，也不想再做無謂的掙扎，只希望楊夫人能留點餘地。」

「是秦嫣然說我要將她置於死地，也不會放過與她身分相同的妳？」敏瑜瞭然，她輕輕地搖頭，道：「我知道妳和秦嫣然是同一類人，事實上，我認識更多其他和妳們一樣的。我不知道妳們為什麼會來到這裡，但存在即有道理，我沒有立場也沒有權力因為妳們的不同，便以『正義』的旗號將妳們除之後快。」

敏瑜這話沒有半點作假，初聞「妖孽」一說時，她倒真的是起了「降妖除魔」的心思，但隨著年紀漸長之後，她自己便否決了那種念想——她又不是志異中的道士、和尚，整日想那些做甚？

除了秦嫣然和她那個已死的庶妹之外還有別的穿越者？薛夫人先是一驚，但很快便想通了——若非如此，她又怎能知道「穿越者」的存在，還將自己這類人歸為妖孽呢？

「我能猜到秦嫣然大概說了些什麼，我只想問妳一句，若我真起了殺意，秦嫣然還能活到今天，還能在妳面前胡說一氣嗎？」敏瑜反問一聲，而後道：「薛夫人，我和秦嫣然宿怨頗深，與她有著不可調和的矛盾，我對她尚不能下殺手，又怎麼會對因為立場不同而對立的妳下狠手呢？這樣的話，薛夫人以後不要再說了。」

薛夫人苦笑起來。是啊，若丁敏瑜真是她口中那種以「降妖除魔」為己任的人，秦嫣然哪還能活到現在？自己真傻，和玲兒一般的傻！

想到女兒，薛夫人心如刀絞，她苦笑道：「楊夫人一定覺得我很蠢吧！一再地做蠢事不說，還將自己的女兒養成那樣……」

敏瑜輕嘆一聲，死者為大，她不會再說薛雪玲一句不是。

「我的初衷其實很簡單，只是秉著藝多不壓身的想法，讓她盡可能地多學些東西，旁的念頭從未有過，更沒有想過會因此給她和她身邊人錯誤的資訊，最後害了她！」薛夫人說到傷心處，只覺得痛徹心腑，她頓住，大口喘氣平復心情，而後擠出一個笑，道：「同樣的錯我不會再犯，但應該給兒女怎樣的教導才合適，我心裡卻真是沒底，還望楊夫人能夠指點。」

敏瑜微微一怔之後，目光落到了薛夫人小腹上。

薛夫人也不矯情，坦然點頭，道：「昨日我暈倒，家裡請來了大夫，把完脈後說我有了一個多月的身孕……我生玲兒的時候難產，傷了身子，原以為這輩子再無希望了，哪知道就在我對人生徹底絕望的時候又有了。」

「所以妳才那般迫切地想知道我會怎樣對妳？」敏瑜輕嘆一聲，絕處逢生不外如是。

「嗯。」薛夫人點頭，道：「為了孩子，我可以放棄肅州的一切，遠走他鄉……當然，那是最後的選擇。」

「現在妳可以不用擔心了。」敏瑜笑了，道：「雖然我們注定不能和平共處，但也沒到妳死我活的地步。」

「我們不能和平相處？楊夫人，經歷了這麼多的事情，我們夫妻也沒有了所謂的雄心壯志，沒必要還和以前一樣……」薛夫人心裡其實很希望能與敏瑜化敵為友。

「但肅州需要有不同的聲音。」敏瑜輕輕搖頭，道：「肅州軍只有一個聲音，成為鐵板一塊可不是好事啊！」

「我懂了！」薛夫人省悟過來，她看著敏瑜，道：「外子以前怎樣，以後還是怎樣，但我以後會安心在家相夫教子，只希望有不解之處，楊夫人能夠指點迷津。」

「薛夫人安心養胎便是，若有什麼需要我幫忙，不用客氣。」敏瑜微微一笑，而後起身，道：「時間不早了，我就不打擾夫人休息了，告辭。」

七個月後，薛夫人順利地產下一雙男嬰，洗三那日，敏瑜也去了，襁褓中一般模樣的雙胞胎，頗讓人眼熱，就連敏瑜這個原不怎麼喜歡小孩子的，都抱了又抱，捨不得放下。

回來之後，敏瑜笑著對楊瑜霖道：「真沒想到小孩子居然會這般可愛！」

「妳要是喜歡，我們也生一個？」薛立嗣中年得子，還是一雙十分健康的雙胞胎的喜事，不知道讓多少人豔羨不已，楊瑜霖也不例外。只是他和敏瑜成親也快兩年了，兩人相處時間愈長，感情也越來越深厚，私下獨處的時候敏瑜雖也願意讓他親近一二，卻仍未圓房。

他看著敏瑜，眼中滿是火熱，道：「旁人的孩子哪有自己的骨肉可愛，妳說可是？」

「是……」敏瑜低低地應了一聲，縱使沒有與他對視，也能感受到他炙熱的目光，她覺得自己的臉燙得厲害，聲音也緊繃得不似從自己嘴裡發出來的一般。

「敏瑜？」

「咳咳……」敏瑜輕咳一聲，不敢去看楊瑜霖驟然發亮的臉，她的聲音低不可聞。「你也該搬回正房……啊——」

楊瑜霖心情激盪之下，抱著敏瑜轉了個圈，看著他如獲至寶的喜悅神情，敏瑜也笑了……

——全書完

番外一 回京

「瑜兒！總算是回來了！」聽到通稟，丁夫人便匆匆地迎了出來，一眼就看到站在馬車旁的女兒，她甩開扶著她的丫鬟的手，疾步上前，將女兒摟進懷裡，熱淚盈眶。

「我回來了，娘！」敏瑜回擁著母親，心頭也酸酸的，她一去便是六年，自然是思念成災。

抱了好一會兒，丁夫人才讓敏瑜站起了身子，貪婪地看著她，怎麼都看不夠，她心疼地撫摸著敏瑜的臉，道：「瘦了，也黑了！這些年妳一定吃了不少苦！」

「娘，我沒吃苦。」敏瑜笑盈盈地道。「在肅州這幾年，我過得不知道有多逍遙自在，雖然黑了些、瘦了些，但精神卻比以前好得多。」

「看起來精神是不錯。」丁夫人又摸了摸女兒，而後問道：「瑾澤呢？他為什麼沒一起回來？」

「他晚幾天。」敏瑜笑著道：「接到兵部的公文之後，我便打點行裝帶著孩子先回來了，他要將軍務安排妥當才能進京。不過，他們定然是急行軍，不會晚太久的。」

「孩子呢？」聽敏瑜提到孩子，丁夫人才想起還未見過面的外孫子、外孫女，她東張西望，這才看見站在一旁正一臉好奇地看著她的小男孩，和他身邊那媳婦子懷裡的小女孩。

「石頭、青玉，過來給外祖母請安。」敏瑜笑道。成親六年，她為楊瑜霖生了一子一女，長子楊辰翊小名石頭，今年四歲，正是頑皮搗蛋又好奇心重的時候；長女楊芷菁小名青玉，一歲兩個月，還不大會走路。

「外祖母，石頭給您磕頭了。」一直盯著丁夫人看的石頭，馬上笑呵呵地上前朝丁夫人磕頭，丁夫人愛得不行，撇下敏瑜，立刻就想將第一次見面的外孫子給抱起來……石頭不愧是石頭，沈得很，丁夫人歡喜地道：「石頭長得可真結實！」

「他皮實得緊，娘小心閃著腰。」敏瑜慌忙扶了丁夫人一把，笑道：「這孩子又能吃又能長，我現在都已經抱不動他了。娘，您放他下來吧！」

「比虎子都結實！」丁夫人也不逞強，將石頭放下，又伸手去抱青玉，青玉倒也不認生，不但讓她抱，還給了她一個甜甜的笑，口齒不清地叫道：「外祖母——」

「乖孩子！」丁夫人的心都酥了，親了親青玉的小臉，語帶抱怨地道：「妳大嫂連生兩胎是男孩，妳二嫂和馬瑛生的也都是男孩，妳大嫂肚子裡的那個，看懷相也像是兒子……別人都羨慕，說我有福氣，兒孫滿堂，可我還真想要個粉粉嫩嫩的孫女。」

「娘，您啊，真是貪心不足！」敏瑜笑著埋汰一句，王蔓青剛成親的時候難開懷，但生下長子之後還不到一年便又有了身孕，長子、次子相差還不到兩歲，生完次子之後，丁夫人要她好生調養，不要再在短時間內懷孕，免得虧了身子，但就算這樣，幾個月前，她還是又懷上了。

「這可不是貪心！」王蔓青扶著腰慢慢地走近，她看著粉雕玉琢的青玉也眼熱，道：「兒子哪比得上女兒貼心？還是妹妹有福氣，兒女雙全！」

「大嫂小心些！」敏瑜連忙放開丁夫人去扶王蔓青，而後道：「妳身子重，可要小心。」

「月分小，沒那麼嬌氣。」

「對了，二哥、三哥能回京過年嗎？我還沒有見過二嫂和孩子們呢！」敏惟娶了李安妮之後去了兗州，次年，李安妮生下一子。而敏行則是三年前和馬瑛成了親，馬瑛在信上和她說了敏行的變化以及兩人的一些事情，說他們過得都很好，但敏瑜卻還是掛念。

「敏行能回來，敏惟暫時不會回來。」丁夫人嘆了一口氣，抱著青玉捨不得撒手，慢慢往裡走。

敏瑜扶著王蔓青跟在一旁，石頭看看這個，看看那個，確定沒人牽自己之後，笑咪咪地跟在了丁夫人另一側。只聽丁夫人嘆氣道：「他四月送安妮和孩子回來之後便又回去了。」

「前些天，靖王妃有些不適，娘便讓安妮回去陪王妃，虎子也跟著去了。」王蔓青笑著解釋一聲，這些年來，她和丁夫人相處得越發好了，不是母女卻勝過母女，她真心覺得自己最大的幸運不是成為丁敏彥的妻子，而是成了丁夫人的兒媳。放眼京城，真沒有哪家的婆婆能像丁夫人這樣，真心疼愛兒媳婦的。她笑著道：「我已經派人去靖王府送信了，安妮想見妳也不是一天、兩天的事情了，知道妳回來一定會趕回來的。」

「安妮是個活潑的，很好相處。」丁夫人笑著說了一句，在她眼中，三個兒媳都很好，大媳婦沈著穩重，二媳婦活潑開朗，小兒媳英武聰慧，都是很好的孩子。尤其難得的是她們都能擺正自己的位置，相互之間也能理解體諒，家宅和睦，日子自然越過越好。她笑著道：「娘娘昨兒還讓人傳話，說好幾年沒有見妳，心裡想得緊，讓妳回來之後便去見她。我這些日子身子有些不適，蔓青身子重，讓安妮陪妳進宮一趟。」

「是。」敏瑜點點頭。

說話間，回到了正院，丁夫人戀戀不捨地將青玉交還給奶娘，讓人先帶孩子去洗漱，而她則坐下，看著敏瑜道：「瑜兒，京城的局勢妳應該心裡有底吧？」

「嗯。」敏瑜點點頭，遠在肅州並不意味著她對京城的局勢就不關心，除了耒陽侯府每個月家書上能瞭解一些之外，她還派人專門搜集京城的各路消息，自然知道京城的情勢緊張。

大約三年前，皇帝的健康便出了問題，每個月總會有那麼一、兩天因病輟朝，而不知為何，他一直沒有立太子，請立太子的奏章不少，但皇帝卻似乎沒有看到一般。有大臣曾在朝議的時候直接上奏，皇帝只說再議，而後便沒了下文。

最開始的時候，請立慶郡王為太子的呼聲最高，奏章也最多，但因為皇帝似乎並不想立他為太子，漸漸便有了請立其他郡王的聲音，除了年幼尚在宮中的皇子之外，其他被封郡王、離宮建府的皇子都被提名——不過，明眼人都看得出來，五皇子安郡王、七皇子禮郡王、八皇子和郡王以及九皇子福郡王只是陪客，其他幾位皇子才是重點。

二皇子魯郡王最能幹，做事乾淨俐落，手下能吏不少，皇帝交給他的差事基本上都能完成，讓人詬病的是強硬偏激，每辦一次差，就得引起怨聲一片。

三皇子理郡王銳意進取，與朝中新派相得，與守舊派則矛盾重重。

四皇子文郡王文采風流，熱衷於著書立說，深得清流名士的愛戴，名聲最好，只是辦差極少，辦事也不俐落，不止一次讓人給他收拾殘局。

六皇子勇郡王勇猛過人，與軍方大將關係不錯，卻被文臣視為蠻夫。

四人在朝野頗有些擁躉，只是遠遠不及慶郡王，只能給慶郡王帶來困擾，卻不足以構成威脅，直到一年前，福郡王異軍突起。

福郡王是皇后嫡子，身分天生就更為貴重，皇帝、皇后對他也十分疼寵，他性格好、脾氣好，人緣也極好，無論是清流權貴抑或文臣武將，對他印象都還不錯。但早幾年提起他的時候，都只說他是最富有的郡王，更多的便沒有了，甚至還因為他名下有好些日進斗金的產業而讓人非議，說他與民爭利。四年前，他名下的爆竹廠研製出了炸藥，兩年前在此基礎上研製出了火銃，等到他自組用火銃武裝的火炮營之後，那些非議的聲音驟然變小。

一年之前，他讓人研製出來的紅衣大炮在震驚朝野的同時，也將他的聲望提升到最高點——兩門紅衣大炮能輕鬆地攻陷一座普通城池；只要有五門就能攻陷京城；如果有十門，將整座京城夷為平地也非難事，而他拿出來獻給皇帝的，便有足足十二門紅衣大炮。

火銃、火炮讓不足五百人的火炮營成為大齊最強大的武力，在絕對強大的武力面前，名聲也好、才能也罷，都是浮雲，擁有最強大武力的福郡王，也因此成了最可能繼承皇位的郡王，其他擁有大批擁護者的郡王爺黯然失色的同時也倍感威脅。

原本關係就還不錯的魯郡王和文郡王來往得越發密切，不止一次笑話勇郡王、說他不過徒有匹夫之勇卻沒有長腦子的文郡王，對勇郡王忽然客氣起來，而理郡王和文郡王走近許多的同時也與魯郡王更為親近。當然，他們也沒有忘記向慶郡王這個長兄表示尊重恭敬，向福郡王展現他們友愛的……私底下如何姑且不說，但至少人前呈現的是一團和氣，請立太子的聲音也忽然消失不見了。

但沒有維持多久，這虛偽的平靜便被打破了，六月初，朝議時，皇帝當朝暈倒，讓人愕然擔憂的同時，請立太子之事又一次被提上議程，比以往來得更激烈不說，也出現了一個可以和慶郡王分庭抗禮的人選——福郡王。

五年前，福郡王與慶郡王之間便因為外人不得而知的原因生隙，即便有皇后娘娘從中調和，卻也沒有讓他們和好如初，最後漸行漸遠，這一次兩人的關係更降至冰點，各種傳聞也漫天飛，其中最誇張的莫過於福郡王已經將火炮營秘密調進京城，做好了隨時逼宮的準備……這樣那樣的傳聞，讓整個京城驟然緊張起來。

楊瑜霖收到兵部公文讓他進京述職的時候，曾考慮過孤身回京，將敏瑜留在肅州，是敏瑜說服了他，這才帶著孩子回來了。

「妳心裡有底就好。」丁夫人嘆了一口氣，道：「十天前，皇上又在朝上暈倒了，醒來之後下了一道旨意，令慶郡王暫理國事……很多人都在猜測，皇上下一步可能會立慶郡王為太子。三天前，慶郡王主持廷議的時候，福郡王當眾發難，最後兩人鬧得不歡而散，皇后娘娘想要從中調解，福郡王卻避而不見，也不許福郡王妃進宮。我想，皇后娘娘極有可能是想讓妳去勸說福郡王。」

「娘娘太高看我了。」敏瑜失笑。

「能推託就推託。」丁夫人嘆息，道：「自從那年秦嫣然被杖責，而後染病過世，福郡王就變了許多，變得讓我們都覺得陌生，妳還是少接觸他的好。」

「娘，您放心吧，我會小心的。」敏瑜點頭，心裡卻嘆息。五年前，也就是從肅州回京之後，秦嫣然不知道犯了什麼錯，皇后娘娘大為惱怒，派了內侍上福郡王府將她杖責一頓，不久，便傳出了秦嫣然染病去世的消息。

敏瑜剛聽到的時候倒也沒有多想，但炸藥、火銃以及紅衣大炮的出現讓她確定秦嫣然沒死，不確定的是她到底是假死而遁，還是成了囚籠裡的鳥……

——本篇完

番外二　不稱職的說客

「妹妹黑了！可是無人管束，有時間便往外面跑，給曬成了這副樣子的？」主賓坐下之後，許珂寧便笑著開口，帶了濃濃豔羨地道：「看妹妹精神十足的樣子，就知道妹妹在肅州是何等的逍遙自在了！」

「還是姊姊有眼光，前日剛回來的時候，我娘拉著我直掉眼淚，說看我又瘦又黑，不知道吃了多少苦、受了多少罪，昨日進宮覲見娘娘也是，一個勁兒地說苦了我……」敏瑜笑著嘆氣搖頭，無奈極了，許珂寧也被她說得笑了起來。

「妹妹比以前活潑了很多啊！」許珂寧略帶幾分取笑地看著敏瑜，道：「看來楊將軍也是個會心疼人的，妹妹過得滋潤，才會有這般變化。」

敏瑜輕輕挑眉，半點不示弱地笑道：「也？姊姊這話說得可真好，只是不知道另一個會心疼人的是誰？心疼的又是哪一個呢？」

許珂寧被敏瑜的反問鬧了個大紅臉，嗔道：「幾年不見，妹妹越發地牙尖嘴利了，楊將軍也不管嗎？」

「瑾澤素來不愛多管，這個郡王爺肯定比不得。」敏瑜戲謔地看著許珂寧，道：「看姊姊的變化就知道，郡王爺管得頗多。」

「妳這牙尖嘴利的壞丫頭！」許珂寧嗔罵一聲，而後又感慨道：「早些年處得好的姊妹，要麼跟著夫君去了任上難得一見，要麼就因為這樣那樣的原因逐漸疏遠，我都不知道有多久沒和人這般輕鬆地說說笑笑了。」

「這也是沒辦法的事。」敏瑜輕嘆一聲，道：「世上最不缺的便是無可奈何，姊姊看開些。」

「妹妹今日來不只是為了敘舊吧？」許珂寧一聽這話音，心裡便升起一絲無奈——敏瑜也是來當說客，讓她勸導福郡王不要和慶郡王對著幹，要珍惜兄弟情誼的吧！這幾年，尤其是最近一、兩年來，不知道有多少人抱著這般心思上門，她真的厭倦了。

「除了敘舊，還應該有別的嗎？」敏瑜反問。年歲漸長卻反而更沒耐心，只說明許珂寧這些年來過得不錯。不過也是，從皇后娘娘的抱怨中不難得知，他們夫妻感情不錯。

「妹妹不是外人，我便直說了吧！」許珂寧輕嘆一聲，道：「妹妹上門若是為了當說客，那就什麼都不用說了，說了無用，還影響我們之間的情分。」

「既然姊姊這麼說，那我乾脆就省省，不浪費口舌了！」敏瑜笑著點頭。昨日進宮的時候，皇后娘娘確實讓她好好地勸說福郡王夫妻，敏瑜當時也點頭了，但她今日上門還真不是來當什麼說客的，而她也不覺得自己該說那些話。

敏瑜的乾脆反而讓許珂寧微微一怔，這一年多來，上門的說客真是不少，她不堪其擾，剛才的那番話她不知道說了多少次，比那更嚴重、更不留情面的也都說過，但還真沒有哪個像敏瑜這般，她一說，便乾脆俐落地應允的。

她的樣子讓敏瑜失笑，道：「怎麼？難道姊姊其實是希望我苦口婆心地勸說一番？要是那樣倒也簡單，我一定會聲淚俱下地勸你們。」

敏瑜戲謔的話讓許珂寧笑了，也輕鬆了起來，笑著道：「要是個個都像妹妹這般該多好，妳不知道，我真的是煩了也怕了，不得已，最後只能稱病，閉門謝客，可就算這樣，也還有人打著探病的名頭來……」

「難怪姊姊羨慕我在肅州逍遙自在。」敏瑜笑著搖頭，不用多問，她就能猜到許珂寧的日子有多苦，她笑著搖頭，道：「那些人定然不知道郡王爺到底是什麼性情，要是知道，就不會上門自討沒趣了。」

剛到花廳外，正猶豫要不要進來的福郡王一聽這話，便將避嫌的念頭拋到一邊去了，乾脆地走進來，直接問道：「我是什麼性情，妳倒是說說！」

「見過郡王爺。」敏瑜笑著起身見禮，幾年未見，他看起來倒是沈著穩重多了。

「什麼時候見了我也要行這些虛禮了？」福郡王心裡不快，若是人多，他也不會說這樣的話，但現在花廳裡除了他們三人之外，再無其他人，他和敏瑜又有著青梅竹馬的情誼，敏瑜被指婚之後所作的抗爭許珂寧都清楚，也都能理解接受，敏瑜再這般客氣，就讓他不舒服了。

「若是以前，敏瑜尚可仗著與郡王爺幼時的情分放肆一二，但現在，敏瑜可不敢無禮。」敏瑜瞪大了眼睛，道：「郡王爺手握大齊武力最強大的火炮營，更有可能繼承大統，敏瑜要再那般不知輕重，豈不是給自己和家人子女惹禍？」

「妳是來勸說我的？」福郡王帶了幾分失望地看著敏瑜，他原以為如果有懂自己的人，那麼敏瑜定然是其中之一。

「是。」敏瑜點點頭，笑著道：「娘娘很擔心你，和我說了不少，讓我找機會好好地勸勸你。」

「妳什麼都別說，我不會聽的！」福郡王臉色立馬沈了下來。

「這可是你說的。」福郡王立馬翻臉的模樣讓敏瑜忍不住笑了。怎麼還像以前一樣，有什麼都擺在臉上呢？她笑著道：「我勸了，你不聽，我也沒辦法的，那就這樣吧！」

她勸了？她什麼時候勸了？福郡王微怔之後，立刻醒悟過來，略有些忿忿地瞪著敏瑜，道：「妳哪有勸了？妳這樣不是辜負了母后的重託和信任嗎？」

「沒有啊！」敏瑜瞪大了眼，一臉無辜地道：「你的性子就那樣，若是拿定了主意、下定了決心，那麼說什麼都沒用，既然你讓我別說，我說了豈不是白費口舌，那我為什麼不省省呢？這樣多好，你不煩，我不費事，皆大歡喜。」

「真的什麼都不說了？」福郡王有些開心又有些惱怒，看著敏瑜道：「妳就不擔心我真的為了皇位和大哥反目，連兄弟情分都不顧？」

「我該擔心嗎？」敏瑜反問，就算之前有過擔心，被福郡王這麼一問，那些許的擔憂便也消失不見了，她笑盈盈地道：「我可一點都不擔心。」

「妳是不是知道了？」福郡王狐疑地看著敏瑜，道：「是不是妳大哥和妳說了？」

敏瑜但笑不語。

福郡王惱道：「他怎麼能這樣？當初說好了連母后都不能透露的，他怎麼能告訴妳呢？哼，這下讓我抓到他的錯了，看我怎麼找他的麻煩。」

「郡王爺可別亂說話，我大哥可什麼都沒和我說。」敏瑜立刻為兄長辯白。

「他沒說琉璃工房和蘭蔻都是大哥占大頭？沒說爆竹廠從一開始便是大哥的？沒說火炮營其實是大哥一手組建的？」福郡王冷哼，道：「若不是知道這些，妳能一句勸說的話都不說？我才不信！」

許珂寧捂著臉，實在不想承認眼前這個幼稚的男人是自己的丈夫，她真的沒有見過福郡王這般幼稚的一面，真相總是如此的慘不忍睹啊！

敏瑜噴笑，萬般無奈地看著福郡王，道：「我真的什麼都不知道，只是想著你若是起了奪嫡之心，定然是早早地下定了決心，你的性子我知道，不會輕易作決定，一旦作了決定，即便旁人說什麼也都不會輕易更改。我若是不識趣，自以為是地勸說，只會讓你反感，起不到任何作用。若你沒有那樣的心思，我說了不中聽的話，反而傷了舊日的情分……既然說不說都不討好，那我還有必要說什麼呢？」

福郡王看看敏瑜，又看看捂著臉笑的許珂寧，羞惱起來，衝著許珂寧就道：「妳看出她是在戲弄我的，為什麼不提醒一聲呢？」

能說自己稀罕他呆萌的樣子，才什麼都不說的嗎？許珂寧放下手，眨眨眼，道：「你說話的速度太快，我來不及……」

福郡王看看這個，看看那個，丟下一句「妳們慢慢聊」，便逃也似地出去了，那樣子讓兩女都忍不住地大笑起來……

「郡王爺真是……」敏瑜笑得眼淚都出來了。

「他對自己認可的人不會端架子、不會設防、不會虛偽，更不會算計，親人、親情對他來說十分十分的重要。在皇家能養成這樣的性子，真的是件稀罕事，正是這樣，他才能抵擋住誘惑……」許珂寧笑著搖搖頭，道：「妹妹今日能說這些話，他心裡定然快活極了，妳不知道，皇后娘娘一再讓人上門遊說、勸說的事情，真的讓他極為難過。」

「姊姊，妳以為皇后娘娘真認為郡王爺和慶郡王爺反目了嗎？」敏瑜搖搖頭。這個世上最瞭解福郡王性情的定然是皇后，連她都看得出來的事情，皇后能被蒙在鼓裡？

「那她為什麼……」許珂寧的話沒有說完，自己便省悟過來，慶郡王和福郡王這般做作，身為母親的皇后自然要大力配合了，她輕嘆一口氣，道：「看來最傻的那個是我。」

「姊姊心思單純是件好事，若是人人都像秦嫣然那樣，豈不是天無寧日？」敏瑜笑著寬慰她一聲，而後道：「皇后娘娘其實沒有那麼難相處，她在深宮中也很寂寥，姊姊若是有時間，多帶孩子進宮陪陪娘娘，她會領情的。」

許珂寧點點頭，又道：「秦嫣然還真是個能折騰的，若非她，郡王爺也不會被推到風口浪尖之上，而她也不會被……」

「人死萬事消，姊姊以後不用再想她了。」敏瑜打斷許珂寧的話，她可不想從許珂寧嘴裡聽到關於秦嫣然的話，更不想知道她的「現狀」。

許珂寧微微一愣，然後釋然地笑了，道：「是啊！她早已經是個死人了，說她做什麼？妹妹，今日過來怎麼沒有把孩子帶過來呢？」

「姊姊，妳不知道……」敏瑜順著許珂寧的話抱怨起來。

許珂寧含著笑聽她抱怨丁夫人將外孫女占為己有的惡行，思緒卻飛得遠遠的……

——本篇完

番外三　最終

「來看你娘了？」剛剛祭拜完起身，楊瑜霖便聽見身後傳來不陌生的聲音，他神色一整，微微側身，行禮道：「見過父親。」

敏瑜抱著青玉，帶著一臉好奇的石頭，跟著他一起行禮——

知道父親死亡真相的楊勇和趙家斷絕了往來，楊勇將其父的屍骨遷回雍州之後，上石家負荊請罪，之後便在石氏的墓旁結廬而居，這一住便是五年。其間，趙姨娘曾無數次的哭鬧著求他回去，楊衛遠也帶著兒女請他回家，都被他拒絕了。

他在草廬前闢了一塊荒地，種了些菜，養了幾隻雞，過上了清苦至極的生活。他的舉動漸漸地也打動了一些人的心，甚至有了些正面的風評，說起他的時候很多人都會搖頭嘆息，說一聲可惜。

他的所作所為敏瑜自然清楚，也和楊瑜霖說了，楊瑜霖雖然恨恨地說了一句「人都死了那麼多年，他做那些還有什麼用」，但對他的恨意卻少了很多。

「嗯。」楊勇點點頭，不錯眼的看著敏瑜身邊的孩子。

敏瑜笑笑，輕輕地摸了摸石頭的頭，溫聲道：「石頭，給祖父磕頭。」

「祖父，石頭給您磕頭了。」石頭跪下，砰砰砰，乾淨俐落地給楊勇磕了三個響頭，青玉也讓奶娘抱著給他磕了頭。

「好孩子！都是好孩子！這孩子長得真壯實，一看就是個習武的好苗子。」楊勇眼角有些濕潤，上前扶起石頭，牽著石頭的手，抬頭望了望天，道：「日頭正大，到屋子裡休息一會兒，沒那麼熱了再回去吧！」

看著頭髮斑白、比五年前蒼老了許多的楊勇，楊瑜霖心頭湧上說不清、道不明的情緒，點點頭，簡單地道：「好。」

「我這裡簡陋得緊，只能用白開水招待你們了。」楊勇給他們倒了水，他的生活很清苦，除了粗茶淡飯再無其他了。

看著簡陋的草廬，楊瑜霖臉色緩了緩，道：「這天越來越冷了，再過些日子也該下雪了，聽二弟說，父親身體不比當年，還是回家吧。」

「沒事，我一個人在這裡住很自在。」楊勇笑呵呵的，道：「在這裡陪你娘這幾年，我過得很舒心，每天陪你娘說說話，種種菜，愜意得很。我這一輩子，除了和你娘成親的那幾年，就這四、五年過得好了，還是不回去了。老二一家子日子過得不錯，我不想回去之後家裡又烏煙瘴氣、雞飛狗跳的。你們也別擔心我的身體，我沒病沒痛，真的很好！」

「瑾澤回京述職，可能會在京城過完年再回肅州，父親還是和我們一起回去，也好一家人過個團圓年。」敏瑜輕聲道。

楊勇守墓這些年，趙姨娘跟著楊衛遠兩口子過。趙姨娘是個折騰不休的，換著花樣找段氏的麻煩。段氏早已掌握了家中大權，把楊衛遠給管住了，生下了長子，哪裡會怕她折騰？尤其是趙姨娘還失去最大的靠山，不到一年，趙姨娘便被打壓下去，段氏在家裡設了小佛堂，趙姨娘被變相地關了起來。這些事情楊勇並非一無所知，楊衛遠也曾與他說過這事，是他淡淡的一句「也好，她折騰這幾十年，也該安靜安靜了」，讓楊衛遠心安理得地接受了趙姨娘被關起來的事實。

「老大的職位不會有什麼變動吧？老三信上說，老大這些年做得不錯，威信無人動搖。」楊勇關心地問了一聲。

「如果沒有意外，不會有什麼變動。」敏瑜接話，她知道面對楊勇，楊瑜霖頗有些不自在。

「穩妥一些好，老大不到而立之年，有此成績已經是列祖列宗保佑了！」楊勇笑呵呵地道：「老大能有今日，也虧得是娶了妳……若不是妳，老大不會這麼平順；老二家的也沒有底氣把老二給扭正了；老三出不了頭，也娶不到老三家那麼好的媳婦；琳兒更不可能嫁得好。能娶到妳，是老大的福氣，也是我們楊家的福氣啊！」

一年前，楊衛武和楊雅琳先後成親，楊衛武的妻子是武官之女，開朗大方，持家有道，與楊衛武婚後感情不錯，過得倒也有滋有味，進門就有了身孕，長子剛滿月不久。

楊雅琳則嫁給了懷遠侯世子為繼室——能攀上這麼一門好親也是機緣巧合，一來懷遠侯府這些年已然沒落，除了一個空架子之外，什麼都不剩。二則是因為懷遠侯夫人，她也是繼室，還是小門小戶出身，嫁到侯府之後生了好幾個兒子，一心琢磨著打壓懷遠侯世子，讓自己的兒子得到侯府的一切。

楊勇因為趙姨娘一再被貶斥，甚至遭牢獄之災的事，京城無人不知，她想著有其母必有其女，一個趙姨娘能毀了楊勇的前程，那麼楊雅琳就能壞了懷遠侯世子的前程。懷著不可告人的心思，懷遠侯夫人為繼子求娶楊雅琳。

楊雅琳當時就被這個大餡餅砸暈了，什麼都不管便鬧著要嫁，就擔心錯過了這個村再無這個店。段氏無奈，徵求楊勇和敏瑜的意見，楊勇猶豫不決的時候，敏瑜寫信同意了這門親事，同時對楊雅琳提出了兩個建議——第一，婚後，凡是懷遠侯世子反對的，都不准做；第二，一定要竭力維護懷遠侯世子，為此不惜和懷遠侯夫人翻臉。

楊雅琳歡歡喜喜地嫁了，進門之後照敏瑜說的做，將丈夫看得比自己的命還重要，也將對丈夫懷有惡意的婆婆當作了仇人，才進門一個月便和婆婆吵翻了天……楊雅琳是不會學趙姨娘動不動在地上打滾的潑婦行為，但她也不會顧忌什麼臉面，與懷遠侯夫人對罵時，跳得那叫一個厲害，雅的、俗的罵人的話噼哩啪啦，一串一串地往外冒，第一次還生生把懷遠侯夫人給罵暈了。但是對丈夫，卻連半個難聽的字都沒說過，衣食住行無不親力親為。懷遠侯世子原有些懦弱，繼室既能與繼母對抗，又能貼心照顧他，他哪能不滿意？慢慢地，小倆口的日子也過得不錯起來，楊雅琳說起丈夫就是一臉的甜蜜。

段氏也說她嫁得不錯，唯一不好的就是懷遠侯府家底早就被掏空了，還要維持面子，日子過得緊巴巴的。敏瑜這次回京，不但給楊雅琳多帶了些貴重的禮物，還又補貼了她一些，讓身懷六甲有些感性的楊雅琳，感動得哭了一場。

「媳婦也就盡了本分。」面對誇讚，敏瑜只是淡淡地回了一句。

楊勇也沒有再說這個，而是問起了孩子的事情，那才是他最感興趣的。

這一坐，就坐到了太陽偏西，看著暮光中離開的兒子一家人，楊勇抹去不知道何時落下的眼淚，拍拍身邊的墓碑，道：「孩子他娘，妳這下該放心了，老大過得很好。」

夕陽餘暉下，墓碑及他的身影被拖得老長……

剛進城門，楊瑜霖就敏銳地發現了異樣，他皺緊眉頭，拉過一個守城兵，直接問道：「發生什麼大事了？」

「未時一刻，六宮鳴鐘，響徹京城！」守門兵抹了一把眼淚，道：「都說皇上駕崩了，大人們都穿了喪服去皇宮了……」

六宮鳴鐘？楊瑜霖怔住。

他該意外嗎？三日前，皇上強拖著病體上朝，當朝宣讀聖旨立慶郡王為太子的時候，他和很多人都看出來了，皇上已然時日不多了啊……

「快！我們直接進宮！」在車裡的敏瑜也急了，她掀開簾子，往皇宮方向看去。

「讓孩子們回去，我們進宮！」楊瑜霖點點頭，將手伸向敏瑜，等她握上，一用力，敏瑜便騰空而起，從馬車上到了馬背上。看著絕塵而去的父母，石頭不滿意地嘟了嘟嘴，對正呼呼大睡的青玉道：「爹又把娘搶跑了！青玉，別怕，哥哥陪妳。」

「他既然這麼說了，那就照做吧！」皇后，不，她此時已經是太后了，她一身倦意，苦笑道：「當初他執意不讓她下葬，後來更為她修建了專門停棺槨的殿宇時，我就該明白，他一心想的便是生同衾死同穴，有這樣的遺願，我一點都不意外。好在他還給我留了顏面，留的不是遺旨。」

「母后……」看著神色晦暗的太后，剛出爐的皇帝一臉歉然。

「不用擔心我，我只是有些感慨而已。」太后搖搖手，道：「那是你父皇的遺願，你照做便是，不用管我，我不和已經不在的人爭。再說，夾在他們中間一輩子了，我也不想死了還夾在他們中間，就這樣吧。」

「謝母后。」皇帝大鬆一口氣，一個是生母，一個是養母，偏偏兩個都全心為他考慮，他哪個都不能偏啊！

「好了，你去忙吧，別擔心我，我這裡有嵐娘呢！」太后揮揮手，皇帝駕崩，還不知道有多少事情要忙呢？在這個時候，萬萬不能再給兒子添麻煩了。

「兒臣告退。」皇帝立刻起身告退，就如太后所想，他有得忙了。

才出坤寧宮，內侍雷德七便輕聲道：「陛下，去西山大營辦差的人回來了，差事辦好我糊塗了。」

「嗯。」皇帝微不可見地點頭，道：「將她的痕跡抹去，若是九弟問起來……我糊塗了，九弟又怎麼會再問呢？」

雷德七沒有應聲，福郡王或許有這樣那樣的毛病和不足，但在大事上絕對不含糊，他能將那個女人交給陛下就證明了這點，陛下登基之後，定然會給他異於常人的榮耀和寵信。

「你說，我是不是急了點，那女人腦子裡定然還有很多有用的東西，若是多留兩年……唉，還是不該留，再過兩年哥兒們長大了，留著她遲早會帶來大禍的。」皇帝搖搖頭，大步往前走去……

——本篇完

看膩了穿越女總是贏的套路嗎？

繼貴妻之後，油燈又一新鮮好評代表作

貴女

全套五冊

別出心裁・反骨佳作

文創風 215 **1**

自從來依親的表姊出現後，敏瑜不再是最受疼寵的嫡女，
她成了愛妒嫉、器量小、不懂事的嬌嬌女，
真是冤啊！這一切都是穿越來的表姊使的壞詭計……
而她堂堂一個侯府嫡女，竟落得要跟一個外人爭寵？
她可不想輸了面子又輸了裡子……

文創風 216 **2**

做了公主的侍讀之後，她刻苦勤學，
只為了贏過表姊，這是她作為丁家嫡女的志氣，
只要她夠好，就不必怕活了兩輩子的妖女對她使壞……
漸漸地，她發現自己不再是當年求大家疼寵的嬌嬌女，
她擁有了專屬自己的氣質和光華，心裡也有一份自信跟篤定……

文創風 217 **3**

所有人都想著她嫁九皇子是遲早的事，
這認知可給她招來了不少麻煩，
幸好她跟妖女表姊鬥慣了，自己也練就了識人籌謀的好功夫，
面對因為想攀高枝嫁九皇子的曹家女兒想潑她污水，
可別想她會忍氣吞聲、只守不攻……

文創風 218 **4**

敏瑜一直以為自己會嫁給皇后疼愛的九皇子，
所有的教養也是為了進入皇家做準備，
不料卻被指婚給家世聲名狼籍的年輕將軍楊瑜霖，
卻在聽見他竟願意自污自損聲名，讓她解除這個婚約，
她的心隱隱感動，嫁他似乎也不壞，她得好好盤算新的將來了……

文創風 219 **5** 完

從一開始的不期待，到發現他對自己是如此呵疼有心，
她覺得不嫁皇子而嫁武夫，倒是老天垂憐她了，
至於夫君家的糟心事，她可一點都不看在眼內……
她只在意成為夫君的賢內助、最強的後盾，
為他清除障礙，理出一片光明坦途，跟他和和美美地共度一生……

比拚上「多才多藝」、「吃過的鹽比你吃過的米多」、
「料事如神」、「花招百出」的穿越女……
當朝小女子，若不想當個挨打的沙包，
嬌嬌女也要力求大變身……

穿越時空／靈魂重生／政治鬥爭／婚姻經營之奇情佳品！

生動靈活、別具巧思／天然宅

年華似錦

全套四冊

多年前死裡逃生，只求平安度過下半輩子；
多年後風口浪尖，不想出頭卻是身不由己。
看她勇於抵抗命運，努力爭取幸福，活出一番錦繡人生！

文創風 199 1

這這這……這到底是穿越重生，還是重新投胎啊？!
丹華意識到自己變成小嬰兒，誕生在一個讓人感到陌生的地方，
在她只會哇哇大哭，還沒能真正弄清楚情況之前，
她的親爹突然抱著一個小男嬰回來，說他是當朝太子的遺孤，
要交換他們兩個人的身分，讓她這個親生女兒代替他去死！
就在丹華絕望地以為這次她真的得跟世界告別之際，
幸得忠君之士不顧危險救了她，並賦予她新身分——沈丹年。
之後沈氏一家借守喪之名遠離皇都，回到家鄉當起農戶，
雖然族人、鄰居不乏好事者，甚至還有人強占他們家的土地，
但她這個靈魂成熟的小女娃可不會讓這些人好過！

文創風 200 2

為了早日掙脫牢籠般的生活，又掛心養父與哥哥的安危，
丹年前去「威脅」親爹與那個太子遺孤，取得援助糧草的承諾，
甚至單槍匹馬前往遙遠的邊境，更深入敵營打探軍情，
遭到軟禁不說，還被挾持著逃命，換來一身傷。
雖然最後大昭打了勝仗，丹年一家也在外面另外找到住處，
然而她內心深處的願望卻落空了——
他們還得繼續待在京城，只因兩國之間的戰爭尚未完全結束，
養父與哥哥隨時都要準備好再上戰場賣命！

文創風 201 3

丹年就知道狗改不了吃屎，壞到骨子裡的人就是學不乖！
當初在家鄉欺負他們的族人，聽她養父與哥哥封了官受了賞，
竟厚著臉皮求她收容，實則想藉機揩油，好在京城橫著走；
而跟她討厭的堂姊一掛的蠢女人，則把腦筋動到她哥哥身上，
妄想藉機獻藝，再求得皇上賜婚，好成全一段「佳話」！
幸虧她明察秋毫，不但粉碎他們的野心，更一雪前恥，
在皇宮內大出風頭，讓眾人眼前一亮，刮目相看。
只可惜，她這麼做還是不足以杜絕某些人的癡心妄想，
看到那個笨蛋太子遺孤呆呆中了迷香，差點被人拉去「快活」，
還一副飄飄然、不明所以的模樣，她就氣得頭發暈！

文創風 202 4 完

就說她跟他一點關係也沒有，怎麼就是沒人相信呢？!
丹年很頭大地發現，古代八卦人士與狗仔隊的功力相當了得，
非但大肆渲染他們交往的「事實」，還把案情形容得很不單純，
不管她怎麼澄清，就是沒有人做出「更正報導」。
這下可好，以前追求過她或對她有意的人全翻了臉不說，
太子遺孤先生更正大光明地以另一半的身分自居，
不僅把她當成所有物，還對她毛手毛腳，簡直色情狂！
偏偏一波未平一波又起，新皇登基後想穩固治理根基也就罷了，
竟還把主意打到丹年這輩子最關心的人身上——
身處遠方的哥哥被陰謀算計，心愛的死對頭更是動輒得咎……

為流浪貓狗加油 和貓寶貝 狗寶貝 廝守終生(一定要終生喔！)的幸福機會

對人來說，貓寶貝狗寶貝只是生活的一部分，但妳（你）對牠們來說，卻是生活的全部，領養前請一定要考慮清楚——

▲ 等真正幸福的饅頭

性　　別：男生
品　　種：米克斯
年　　紀：3歲
個　　性：樂觀懂事、親人親狗
健康狀況：已結紮、定期注射疫苗、定期體內外驅蟲。
目前住所：新北市三芝區

本期資料來源：https://www.facebook.com/blackmixmantou

『饅頭』的故事：

第一次遇見饅頭，是在街道上的寧靜角落。面對我的靠近，牠總是搖著尾巴，笑臉迎人，那親人、不怕生的可愛模樣融化了我的心。不捨牠這般流浪，所以當時我積極為牠尋找家人，但也因為是第一次送養，以為牠真的找到幸福時，卻因自己未好好了解認養人，在半年後被告知饅頭因為齒槽癌癌末，只剩下幾個月的生命……

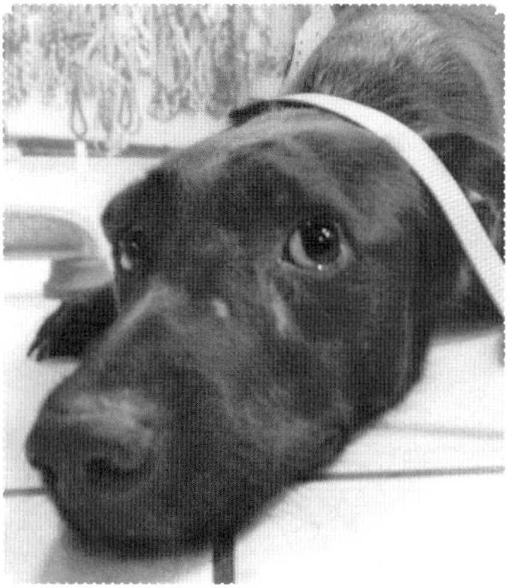

聽到這個消息，我不禁錯愕又自責。尤其看到饅頭受病痛折磨，口、耳、鼻流著膿血而奄奄一息，在抱饅頭的那一刻，眼淚不禁落了下來。半年前牠還是健康的小幼幼，為何在短短的時間內就病成這樣？聽認養人說僅帶照片給醫生看，就草率判定牠罹患齒槽癌?!當下，我決定帶回饅頭，親自帶牠送醫治療，才得知牠可能在流浪時期，口腔感染到菜花，因未及時發現，所以才會這般嚴重。

在治療的過程中，饅頭那股堅毅眼神，時不時將頭靠在我的腿上，像在安慰我不要傷心，牠會挺過去，我不禁對牠在受這麼大痛苦時，還會體貼人感到窩心，同時又萬般自責牠這般堅強懂事，竟遭受這等折磨！所幸饅頭撐過來了，現在身體恢復良好，不過因為感染到菜花，以後不能再啃骨頭或任何尖銳食物，但吃飼料是沒有問題的。

熬過病痛的饅頭恢復以往的活潑、有朝氣，特別喜歡和人玩耍，也和其他狗狗相處得很好。在饅頭小幼幼時就很會討人喜歡，而現在的牠更體貼人了！歡迎來信至ivy0623@yahoo.com.tw，讓這個苦過來、樂觀堅強的孩子，能夠擁有真正溫暖的家。

認養資格：

1. 認養者須徵得家人或室友同意，若租屋者要確認房東是否同意飼養。
2. 認養後須配合後續送養人不定期之追蹤探訪。
3. 若因任何原因無法續養，認養人不得任意將認養動物轉讓予他人，必須先通知送養人並與送養人討論。
4. 同意於認養時與狗狗及送養人合照並簽署認養協議書，並提供身分證影本。

來信請說明：

a. 個人基本資料：姓名、性別、年齡、家庭狀況、職業與經濟來源等。
b. 想認養「饅頭」的理由。
c. 過去養寵物的經驗，及簡介一下您的飼養環境。
d. 若未來有當兵、結婚、懷孕、畢業、出國或搬家等計劃，將如何安置「饅頭」？

文創風 219
貴女 5 完

國家圖書館出版品預行編目資料

貴女 / 油燈著. --
初版. -- 臺北市 : 狗屋, 2014.09
冊 ; 公分. --（文創風）
ISBN 978-986-328-346-1（第5冊 : 平裝）. --

857.7　　103013317

著作者　油燈
編輯　王佳薇
校對　張詠琳　黃亭蓁
發行所　狗屋出版社有限公司
地址　台北市104中山區龍江路71巷15號1樓
電話　02-2776-5889～0
發行字號　局版台業字845號
法律顧問　蕭雄淋律師
總經銷　知遠文化事業有限公司
電話　02-2664-8800
初版　103年9月
國際書碼　ISBN-13　978-986-328-346-1
原著書名　**《贵女》**，由起點女生網（www.qdmm.com）授權出版

定價250元
狗屋劃撥帳號：19001626
網址：love.doghouse.com.tw　E-mail：love@doghouse.com.tw